広島藩の志士

二十歳の英雄
高間省三物語

穂高健一

南々社

広島藩の志士

もくじ

※本書は、2014年に刊行された『二十歳の炎』（日新報道）を改題して、新装版で再刊したものです。

まえがき――「薩長芸による倒幕」秘史をリアルに再現

明治維新は薩長倒幕によるものだと、日本中のだれもが信じて疑わない。その実、長州藩（毛利家）は徳川幕府の倒幕にほとんど役立たなかった、と言うと、えっ、とおどろきの声をあげるだろう。

第二次長州征伐（慶応2＝1866年）で、長州藩は勝った、勝ったというが、藩内（現・山口県）にふりかかった火の粉を追い払ったにすぎない。その先なおも朝敵で、となりの芸州・広島藩領にも京の都にも行けなかった。

慶応3年10月15日に、徳川家が大政奉還をおこなった。そこから約1か月半後の12月9日に、王政復古による小御所《こごしょ》会議（京都御所）で明治新政府が誕生した。ここにおいて260余年もつづいた徳川幕府が正式に倒れた。この時点で、京にいた毛利家の家臣といえば、品川弥二郎たち数人が情報収集で潜伏していただけである。明治新政府が発足しても、長州藩から三職に任命されたものはだれ一人いない。ここからしても、長州藩は倒幕の表舞台で役立つ藩ではなかったのだ。

明治42（1909）年に編さんが完成した『藝藩志《げいはんし》』は芸州・浅野家の家史である。編さん委員には約３００人が携わっている。本書は、この『藝藩志』をもとに書き下ろした歴史小説である。

その『藝藩志』には、倒幕のさきがけは広島藩だったことが、実証的に記載されている。

禁門の変で、毛利家は京の御所に銃を放ち、京都市街の2分の1を火の海にした。孝明天皇が怒り、天皇家に銃をむけた毛利家を朝敵だとし、征夷大将軍の徳川家茂《いえもち》に長州藩を征伐せよと命じた。

だれが幕府と長州藩の仲介役をするのか。毛利家の親戚筋にあたる筑前藩、宇和島藩は幕府の怒りを怖れ、周旋役から逃げた。どの藩も逃げ腰だった。そこで、広島藩の浅野家がその役を買ってでたのである。第一次長州征伐（元治元＝１８６４年）は毛利家３人の家老の切腹、４参謀の斬首で終わらせた。ところが第二次長州征伐へときな臭くなり、幕府は広島表に大軍をあつめた。

広島藩は、すでに長州処分は解決済みで、征伐の大義がないと主張し、戦争に反対した。藩主、世子《せいし》、執政、若い家臣らは命をかけて戦争回避へとすさまじく行動を開始したのだ。

ここから本書の主人公・高間省三《たかましょうぞう》を中心に小説がうごきだす。省三は18歳にして学問所の助教となり、頼山陽二世といわれるほど、文武にすぐれた若者だった。省三たち55人が切腹を覚悟で非戦を唱え、幕府の老中暗殺までも予告した。この若者たちの意見から広島藩は幕府に出陣を断った。

こうした広島藩の抗議活動も虚しく、幕府は2回目の長州への攻撃を開始したのだ。芸州口の戦いで、広島藩の領民は大被害をうけた。そこで若者たちから、わが藩領をしっかり守れる職業軍人による強い軍隊の神機隊《しんきたい》なる構想が生まれた。ただ、設立まで1年を要した。

慶応2年7月将軍家茂の死去により、幕府と長州は宮島で休戦協定を結んだ（9月）。同年末には、長州を朝敵とした孝明天皇も崩御した。それでも幕閣は、長州処分は未解決だとし、第三次長州征伐を言いだしてきた。

「こんな徳川幕府の周旋など、広島藩はもうやめよう。近年、欧米の軍艦が鹿児島と下関を艦砲射撃で攻めている。その脅威はなおつづいている。片や、260諸藩の民は塗炭の生活苦なのに、徳川家が威厳をみせる戦争などやれば、わが国は滅びてしまう。徳川家には政権を天皇家に戻させよう。大政奉還をさせないと、国破れて山河ありになってしまう。われらがさきがけで、徳川家から怒りを買い改易《かいえき》されようともよい。浅野家を守って、国が滅びては元も子もない」

浅野家は、藩校の頼山陽が著した『日本外史《にほんがいし》』を生んだ国柄から、藩論を尊王主義に統一して大政奉還への運動に突っ走っていく。慶応3年正月には、最初の大政奉還の建白書を老中に提出するが、無視されてしまった（世にいう土佐藩・後藤象二郎の建白書より10か月も早い）。

次なる策として薩摩藩の島津久光、家老の小松帯刀を倒幕運動へとまきこんだ。広島藩と薩摩藩は、広島藩・御手洗港の密貿易で経済的につよい結びつきと、親密な往来があった。「経済が政治をうごかす」。薩摩と芸州が軍事圧力をもって将軍慶喜に大政奉還を迫る、という趣旨で合意した。

土佐藩の後藤象二郎をまきこんでみたが、藩主の山内容堂は挙兵に反対だった。小松家老の口から「ならば、朝敵の長州を挙兵させよう」と奇策が飛び出した。幕府は毛利家の家老に上坂（大阪）せよ、「防長寛典《かんてん》」を伝えると命じていた。家老はいつも仮病で逃げ回っていたが、ここは一転、上坂させよう。当然、家老警護は少人数。長州正規軍は薩芸の旗、軍服で進発させる。

本書は、大政奉還の立役者だった辻将曹（広島藩執政〈家老〉）の視点からも描いている。

長州藩は挙兵上洛の誘いにのってきた。慶応3年9月、薩長芸による軍事同盟が成立したのだ。歴史上において、この段階から「薩長芸による倒幕」が開始されたとみなされる。

同年9月には、広島藩に西洋式軍隊の神機隊が結成された。学問所の出身者たちである有能な家臣が中心となった。神機隊は農兵組織ではなく、職業軍人として、軍律の厳しい、最新銃をもった優秀な軍隊をめざした。主人公の高間省三は満二十歳にして大砲隊長となった。

しかし薩長芸の挙兵は同年9月に展開されたが、土佐藩の後藤にふりまわされて、結局失敗してしまう。2度目は大政奉還後の11月下旬で、船越洋之助たち神機隊メンバーがふかく関わり、秘かな戦略の下で、薩長芸3藩進発の挙兵に成功する。船越は、御手洗港に結集させた長州藩兵を薩芸に偽装させ、西宮の大洲藩邸と淡路島沖の軍艦にとどめおく戦略をとった。12月9日の小御所会議で、薩芸のはたらきかけから毛利家の朝敵が外されると、長州藩兵はようやく大坂経由で上洛できたのだ。

それから約20日後、翌慶応4（明治元＝１８６８）年正月三日に、鳥羽伏見の戦いがおきた。

この時、維新政府の参与だった辻将曹は、「これは薩摩が仕掛けた会津との遺恨の戦いだ。すでに徳川家から平和裏に政権移譲がおこなわれている」と主力部隊をうごかさなかった。そのため、鳥羽伏見の３日間の戦いで広島藩は日和見主義だと言われ、立場をなくしてしまった。戦火はしだいに戊辰《ぼしん》戦争へと拡大していく。

神機隊の３００余人が自費で、戊辰戦争に参戦をきめた。かれらは長州征伐の戦争には大反対したのに、なぜ上野戦争（江戸）、奥州戦争へと参戦したのか。

本書は平和主義と戦争の狭間で、ゆれ動く若者たちの精神と行動と生き方を追いつづけていく。

仙台・相馬藩兵は４０００人前後で、いっとき神機隊が一隊で10倍もの敵兵をあいてに凄まじい戦いを展開する。かれら最強部隊は連日の連勝つづきで、仙台へと北上していく。知的で勇敢な戦いをする砲隊長の高間省三が「浪江の戦い」で一番乗りをした瞬間、敵弾が頭部に当たり生命を落としてしまう。本書は、かれら神機隊の戦いを『藝藩志』にもとづいてリアルに再現したものである。

省三は死の前日、武具奉行の父親に手紙を送り、「皇国の興廃は今日の戦いにありです」と記している。それは広島護国神社に現存する。高間省三の遺品の数百点のなかには、「綾」なる女性が省三を想う和歌を３首奉納している。その和歌を読み解いたうえで、省三と綾の悲哀を小説に組み込んでもいる。戦争が二十歳の男女の愛を切り裂いてしまう。ふたりの運命は涙なくして読めないだろう。この小説が、幕末・維新で大きな役割を果たした広島藩に光を当てる契機となれば幸いである。

頼山陽の再来といわれた広島藩士・高間省三《たかましょうぞう》。
右手には、当時最新式の短銃を持つ

当時最新式の洋式銃砲だったミニエー銃

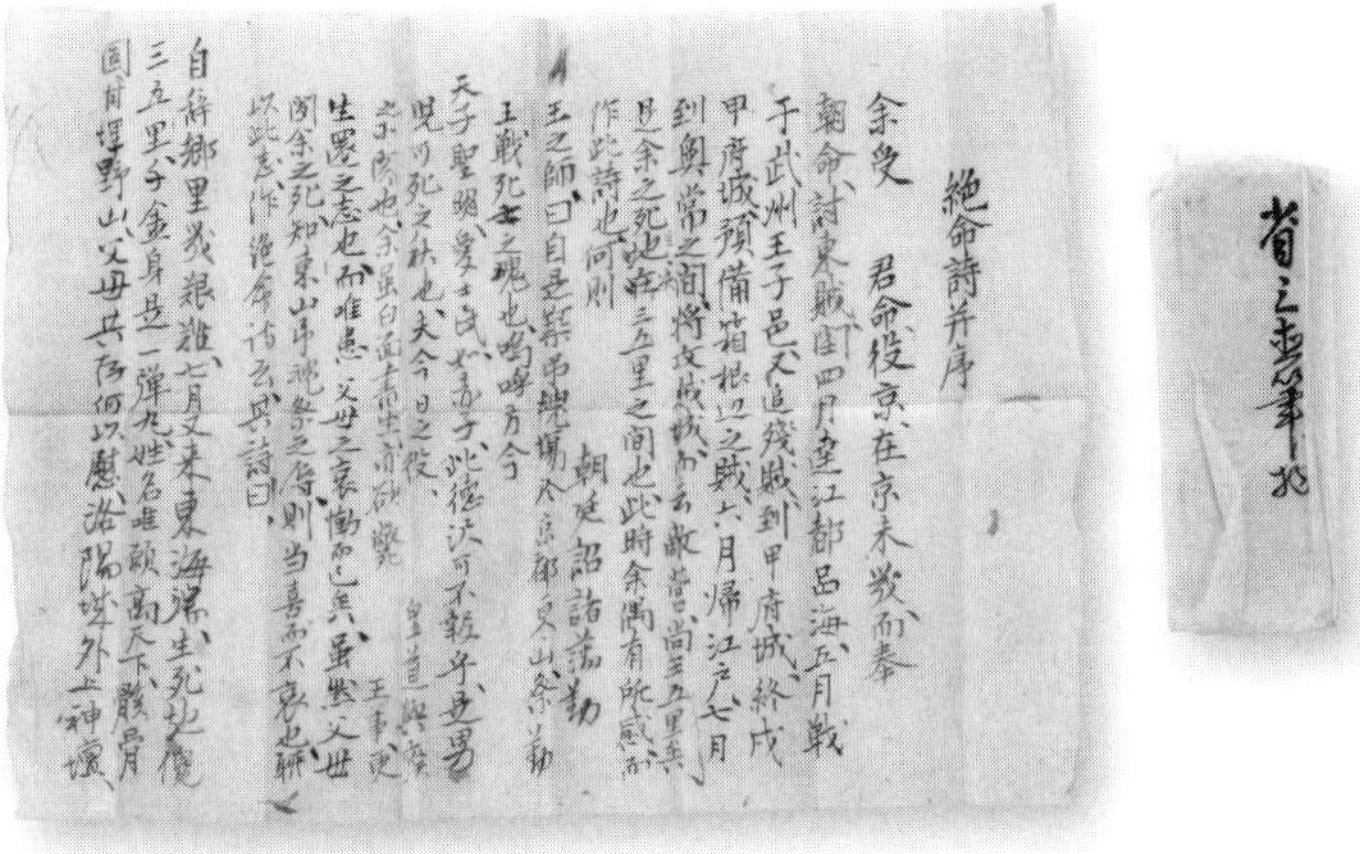

絶命詩。高間省三が戦死する前日、
武具奉行の父親に手紙と一緒に送ったもの

手旗　高間省三

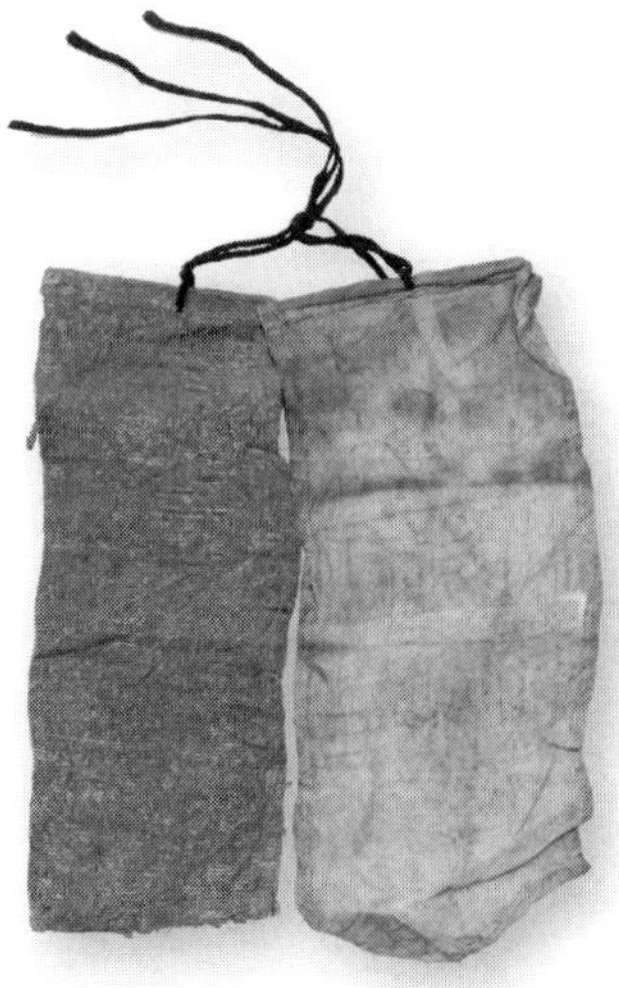

識別章（官軍のしるし）

明治時代初期の御手洗港（広島県大崎下島・呉市豊町）。
当時、瀬戸内海の交通の要衝として出船入船でにぎわった

若胡屋跡。広島藩から享保9（1724）年に茶屋の営業許可を受けた（御手洗）

金子邸。「薩長芸」の倒幕同盟に基づき、長芸の幹部が兵の役割分担について会談した（御手洗）

第１章　老中を殺せ

高間省三《たかましょうぞう》は、このさい老中を暗殺すると決めた。18歳にして己の人生は終わる。武具奉行《ぶぐぶぎょう》の父親も、責任を取って切腹となるだろう。

省三はけさ日が昇ると、城下の武家屋敷から、片道が約1里（4キロ）の江波港《えばこう》にやってきたのだ。広島湾には幕府軍艦がびっしり集結している。第二次征長へと張りつめた緊張がただよう。省三はそれを身体で恐しく感じとっていた。

江波港を背にした省三は、暗殺の決意をいっそう固めると、本川（太田川）沿いを広島城の方角にむかった。５月の太陽が川面を照らす。

袴《はかま》姿で両刀をさす省三は、三の丸にある藩校「学問所」の最も若い助教だった。秀才にありがちな青白い顔でなく、肌はあさ黒く、たくましい均整のとれた身体だった。丸顔で目が大きく、気が強そうだと、だれかれなくそう言われている。

幕府軍の一団が勇ましくやってきた。家紋入りの幟旗《のぼりはた》、長槍や旧式の鉄砲をもつ。旗本の兵士らは虚勢《きょせい》を張り、これ見よがしに行進してくる。

鳶職《とびしょく》、行商人、道具をかついだ大工、旅人などが、その軍隊に道を空けていた。

「長州を討ちとるぞ」

兜《かぶと》をかぶった武将が剛毅《ごうき》な声で、列に檄《げき》をとばす。鉄砲部隊などは整列しているが、和洋の軍装で、統一が取れていない。弓矢や槍の部隊は、ぞろぞろ歩いている感じだった。

剣道場の朝稽古帰りの子どもらが、あれは越後高田藩だと、軍旗から言い当てごっこをしている。

（老中暗殺は大罪だ）

省三の脳裏には、罪人の駕籠《かご》に乗せられた己の姿が浮かぶ。切腹でなく、処刑場へ送られる。許嫁《いいなずけ》の綾はどうなるのか。一歳年上の19歳の綾はどう人生が狂うのか。単に悲しませるだけではない。綾は生涯にわたって恨むだろう。

空をあおぐと青空の下で、鯉城《りじょう》（広島城）の天守閣が屹立《きつりつ》する。その視線を引くと、本川には今治藩が雇船した軍船の舳先がならぶ。船住まいの兵士たちが朝餉《あさげ》の片づけをする光景があった。

「幕府は正気なのか」

省三は吐きすてた。幕府軍が腹立たしいほど、日増しに膨張《ぼうちょう》している。広島城下の旅籠《はたご》、商家、農家、寺などは、寄宿する幕府軍の兵士で充満している。どこも限界を超えている。東は海田市、西は廿日市、北は可部に至る。それでも、まだ兵が派遣されてくる。

よそ者で溢れる町では、兵卒たちが通りすがりに肩が触れただの、刀の鞘《さや》がぶつかっただの、と些細《ささい》な理由でいい争う。小競り合いも多い。夜は酒の場でもケンカをする。民家への辻強盗すら、ひんぱんに起きている、と聞く。城下の治安が極度に悪くなっていた。

「このまま戦いに突入すれば、義のない戦いだ。日本の国がおかしくなる。広島にきた、征長《せいちょう》総督《そうとく》の老中・小笠原壱岐守《おがさわらいきのかみ》を暗殺しなければ、戦争はもう止められないところまできた」

西国街道に沿った商人の堺町に入ると、小僧が店先で、馬フンをかき集め掃除をしていた。使役《しえき》の牛馬が次々に通るので、フンの処理は切りがないようだ。

「無益な戦争だ。幕閣《ばっかく》は狂っている」

省三がまたしても冷たく吐き捨てた。

「なんだと、貴様いま何と言った」

馬上の武将が、口ひげを振るわせて怒鳴っていた。紅色の陣羽織《じんばおり》を着た姿で、３人の供侍《ともざむらい》を従えている。

「他意はありませぬ。つぶやきが声になっただけです」

省三の眼には動揺がなかった。

「拙者に向かって、怒鳴っておった」

「お武家さまとは目と目が合っていなかったはず。拙者は川面にきらめく陽光《ひかり》に、怒りを投げつけておりました」

「ごまかすな。この耳は節穴ではない。同じ言葉でもう一度言ってみろ。拙者は、彦根藩の使番《つかいばん》・竹原七郎平《しちろうべい》だ」

使番とは役職名だった。おおかた、知行高１５０石くらいの中級武士だろう。

（徳川親藩の藩士とは、相手が悪いな）

彦根藩の井伊《いい》軍は4月27日から、五日市の光善寺に本陣を構えている。武将は、小笠原壱岐守の宿陣に使者としてやってきたのだろう。

「決して、竹原どのに敵意を向けるものではありません。一言、徳川家の幕閣は狂っておる、と申しただけです」

「狂っておる幕閣とはだれだ」

「言わずと知れた人です」

「申してみよ、はっきりと」

「それでは申します。京都の一ツ橋慶喜《よしのぶ》公、会津の松平容保《かたもり》公、広島にきた小笠原老中どの。理にかなわぬ征長を仕掛けた当事者たちです」

「長州征伐がなぜ理にかなっておらぬ、語ってみよ」

「遠慮なく申します。第一次長州征討には、幕府にも大義がありました。禁門の変で、長州が御所に銃を放ち、京都の町を3分の1も焼きつくしましたから。家や財産を焼かれた京都の民は苦しんだ。それは庶民に対する罪でもあります。だから、長州を討つ、朝廷の勅許《ちょっきょ》にも説得力がありました」

第一次幕長《ばくちょう》戦争（長州征伐）において、幕府軍は35藩15万人の大兵力で、長州藩を取りかこんだ。ただ、総督の尾張藩主の徳川慶勝《よしかつ》は戦いをきらう人物だった。芸州広島藩の執政（家老級）の辻将曹《つじしょうそう》や、応接掛の船越洋之助、藩主の密使の池田徳太郎などが仲介役で、双方の主張を伝えた。

結果として、禁門の変に関係した長州の三家老の切腹、その首実検も、この広島の国泰寺でおこなった。長州藩が幕府の他の要求もほとんど受け入れたことから、兵士の血を流さず、戦わずして幕長戦争が終結できたのだ。

「しかし、二度目の征長は、まったく大義がありませぬ」

路上には人垣ができた。何があったんだい、とまわりから町人たちの声が聞こえた。省三は、かれらに聞かせてもよいと思った。この戦いには、広島藩主の浅野長訓《あさのながみち》から庶民の末端まで、みな怒っているのだから。

「大義はある。このたびの征長にも、勅許がでた」

「帝（孝明天皇）が、あえて積極的に勅許を出されたとは、とても思えません」

徳川将軍の家茂《いえもち》公が上洛して、第二次長州征伐をおこなう、と勅許を願いでても、すぐに降りず、しばらく待て、と半年以上も経っている。これは朝廷の本意でない勅許です、と省三は言い切った。

「よい度胸だ。公道で、そこまで語るか」

「わが藩の考えを、わが城下で語って、なんの不都合があるでしょう。問題はありませぬ」

「帝の勅許を貶《けな》すのか」

「わが藩は、頼山陽《らいさんよう》の皇国観をもっております。日本は天皇中心の国であるべき、という考えです。貶すなど、毛頭こころにありません」

「頼山陽はたしかに広島藩の人物だな」

「さようです」

広島藩が頼山陽をうみだし、長州藩の吉田松陰にも影響をあたえた。幕末にはとなり合うふたつの藩で、巨大な思想家が出たのである。

「二度目の征長はまったく大義名分が立っておりませぬ。いま内外の複雑な情勢からしても、いったん戦火がきられると、防長《ぼうちょう》（萩、下関、岩国）二州のみならず、諸藩も戦場になってしまいます。外国は日本を植民地にしたくて虎視眈々《こしたんたん》と狙っております。国内を戦火にすれば、フランス、イギリスなど、欧米は内政干渉できると喜ぶはずです」

長州藩はかつて四か国と戦い、下関を占拠された。また、薩摩藩もイギリスと戦って破れている。欧米との戦力の違いは歴然《れきぜん》としている、と省三はつけ加えた。

「うむ」

「幕長の戦いに突入し、武力戦争が長引けば、全国の治安がより乱れます。なおさら、外国の政治干渉を誘いこみます。中国のアヘン戦争の実例からしても、日本は植民地になる恐れがたぶんにあります」

幕府は長州に対する処置として、
①長州藩の36万石のうち10万石を減封《げんぽう》。
②毛利敬親《もうりたかちか》の父子の蟄居《ちっきょ》。
③禁門の変を起こした、福原、益田、国司の三家老の家名断絶。
などを求めている。

広島藩の執政（家老級）の野村帯刀《のむらたてわき》、辻将曹《つじしょうそう》のふたりは幕・長を仲介する立場から、幕府の処置がそれではあまりにも厳しい、これでは長州藩は受け入れがたし、とくり返し寛大《かんだい》な処分をもとめてきたのだ。

ふたりの執政たちが強い口調で非戦論を説くので、広島に滞在する小笠原老中が、そなたたちは長州藩を擁護《ようご》していると言い、まず3月27日に幕命で野村帯刀に謹慎《きんしん》を命じた。5月10日には辻に謹慎処分を出したのだ。

主席の執政ふたりが藩主を飛び越えた謹慎命令となると、広島藩士たちの怒りが一気に高まったのだ。

聞けば、前の征長総督《せいちょうそうとく》の徳川慶勝（尾張徳川）すら出陣に反対で、出発直前におよんで、第二次征長の総督が紀州藩徳川茂承《とくがわもちつぐ》に変更されたくらいだ。

「大義のない戦いは破れます」

省三は、周辺の野次馬にも聞こえるような大声で言った。

「幕府が負けるというのか。徳川を侮っておるな。怒りを越えて、笑いが出る」

武将は大きな口を開けて高笑いをした。

「戦いは、兵士や武器の数が勝った方が、勝者になるとはかぎりませぬ。古代中国史を繙《ひもと》けば、小軍が大軍を破る事例が数多くあります。孫子、呉子の兵法でも、それを事例で教えております」

わが国では、織田信長が今川の大軍を破っている。

「だがな。大軍が撃ち破った事例の方が実に多い。ごまんとある。例外が誇張《こちょう》されているだけだ」

「そうだとしても、大義のない戦いは回避するべきです。よしんば幕府が武力で長州藩をつぶしても、尊王攘夷《そんのうじょうい》の旋風《せんぷう》は治まらず、世相はいっそう混迷を深めます」

「大義というが、われら武将は、幕府が示した命令こそ大義だ」

「わが国の最大の権威《けんい》は天皇です。天皇に奉《ほう》じてこそ、大義です。徳川家は、天皇から政権を委託《いたく》されているのです」

「話がかみ合わぬな」

「引きとどめて、申し訳ありませぬ」

この場を収めようと考えた。

「そなたは若いのに、引き際は見事。ただ、血の気が多過ぎるぞ。今回は赦《ゆる》す、名乗れ」

「高間省三です。藩の学問所の助教でござる」

「だから、論が立つのだな。頼山陽と面と向かって口論しているようだった」

彦根藩の武将が苦笑してから立ち去っていく。まわりから、お偉い、と省三をほめたたえる声が聞こえた。お奉行・高間様のご嫡子だ、という声もあった。

第２章　綾の涙

省三は京橋まで帰ってきた。花ショウブの蒼い花弁が初夏の陽を浴びている。橋脚のまわりでは、ボラが群れて白い腹を見せる。この橋を渡りきると、お城が真正面に屹立《きつりつ》して見える。

許嫁《いいなずけ》の綾が下女を連れて、通りの角を曲がるところだった。鶴と松との柄模様の振袖姿だった。下女がこちらを教えた。ふり向いた綾は色白の肌で、整った細面の顔立ちだった。歩み寄ってくる。綾は物腰も柔らかで淑《しと》やかだった。

(まずいな)

きょうの省三は会いたくなかった。

「省三さまは、早朝の馬術ではありませぬのか。めずらしいですね」

綾は品のある透きとおる声で言った。

「きょうは別の用があって、早いのじゃ。綾は、これから和歌の習いごとか」

「はい。お師匠さまの宅に参ります」

「城下には幕府軍の素性の悪いもの、ならず者などが多く入っておる。昼間でも用心した方が良いぞ。廃屋に連れ込まれでもしたら、大変だからな」

狼藉乱暴《ろうぜきらんぼう》の男が、武家娘の綾をいかがわしい態度で襲う。そう想像するだけでも、いたたまれない心境に陥る。

「用心は致します」

ひとこと言った綾は、幼顔の単衣をきた下女に、ちょっと外してちょうだい、と路地の角を指した。紫の風呂敷包みをかかえた下女が遠ざかった。

「どうした。あらたまった顔して」

「おわかりでしょ」

「まあな」

「婚姻の日取り決定はもう少し猶予《ゆうよ》を、とご尊人《そんじん》さま（相手の父親・多須衛《たすえ》）から申し出がありました」

省三は、どう話すべきか、と無言で考えていた。

「いつぞやお母様が、動乱の世でも、ふたりして手を取って生きる、それが大切だと、申しておりましたのに……。待てと言えば、お待ちします」

綾の眼は複雑な光だった。

「そんな、つらい顔をするな。綾に直接言うべきかと思ったが、婚礼《こんれい》の儀式は家と家の問題。父上

許嫁の綾

から正式に要請したほうが後々のためによかろう、と思ったから、父上にお願いしたのだ」

　省三はおととい父親を介し、婚礼の再延長を頼んでおいたのだ。老中暗殺を実行するまえに、本来は許嫁を解消するべきだと思った。ただ、19歳まで待たしておいた挙句の果てに破談だとなると、綾があまりにかわいそうだから、父を介して婚礼の再延長を願い出てもらったのだ。

　いま、綾の顔をじっと見ていると、省三は真の理由すらも言い出せなかった。

「お待ちします」

　綾の声が弱くなり、心悲しげな顔でうつむいてしまった。

「綾も存じておろう、未曾有《みぞう》の戦乱のご時世だ。武士として、やらねばならない仕事があるのだ。一身を投げ打ってでも、国事に命をかける。理解してくれ」

「省三さまの本音が知りとうございます。綾が嫌いになった、とか。おっしゃってください」

「そんなことはない。知っておろう、ふたりの執政の謹慎《きんしん》から、藩が大騒ぎになっておる。高間家の格式からしても、祝言の席に、野村帯刀《のむらたてわき》どのや辻将曹《つじしょうそう》どのを招くべきだ。ご出席を賜われないと知って、めでたい祝言を進められないだろう」

「執政《しっせい》さまに謹慎が解けた暁《あかつき》には、祝言が挙げられますね」

「実は、それだけじゃない。戦争が回避されても、遊学したいんだ。岡山に良き先生がいらっしゃる。婚礼の延期は、その意味合いもあるのだ」

　遊学の気持ちも事実だが、省三の心のなかは小笠原老中の暗殺に塗りつぶされていた。いまは暗殺を見破られまいとする、その緊張が省三を支配していた。

「省三さまは心情を伏せて、本音を語らない。それが嫌なんです。綾が嫌いならば、はっきり申してください。潔《いさぎよ》く身を引き、尼になります」

「泣くやつがおるか。綾は大好きだ。ただ、いま所帯をもって、藩の政務にだけに身をつくす、あるいは助教とか教授とか、学問所だけの藩士にはとどまりたくない」

暗殺をなせば、その取調べにおいて許嫁すら例外ではない。綾が過酷《かこく》な拷問《ごうもん》で幕吏《ばくり》に問い詰められる姿まで想いを馳《は》せると、いたたまれない。小笠原老中を斬れば、綾の人生すら狂う。親きょうだいや親戚筋までも、その累《るい》がおよぶ。この場で、許嫁を解消したいと言いたい。そうあるべきだが、それを言葉にすれば、目の前で綾をさらに泣かせてしまう、と思うと、やはり口にはできなかった。

「お待ちします。いまは19歳。綾はそれだけ年老いてきます。一つ年上ですから、顔にシワが増え、嫌われてしまいます。見棄《みす》てるなら、早くに……」

「綾を見棄てなどしないし、シワなど苦にしない。いま、藩が危急存亡《ききゅうそんぼう》のときだ。独り身でないと、動けないこともあるんだ。理解してくれ」

省三は、綾の肩にかるく手をおいた。路上だけに、綾はびくっとした顔から、火照《ほて》るような赤い顔になった。それ以上の言葉はなかった。

省三は袂から懐中時計を取りだした。これは父親の長崎出張の土産品だった。針は8時13分をさす。学問所の集会は10時からだった。まだ余裕があると思ったが、綾のほうは、こちらが時間を気にして立ち去るものだと勘違《かんちが》いしていた。

「お待ちください。月代《さかやき》の鬢《びん》が一糸ほつれています」

綾が着物の袂口をもち、右手を伸ばして、それを整えてくれた。細かな気づかいが省三の心に響いた。

「気を付けて参れよ」

「はい」

綾が淋しげに背を向けてから、下女のいる方にむかった。

京橋の袂から高間家はすぐそばだ。強固《きょうこ》な造りの母屋と、家来や小者がすむ長屋が二棟あった。母屋の表玄関に入ると、そこは広い土間だった。

省三は草履《ぞうり》を脱ぐと、大小を取り、框《かまち》に上がった。客座敷、奥座敷とつづく。縁側に沿っていくと、書院《しょいん》風の省三の部屋があった。

省三は正座して文机《ふづくえ》に向かった。書院窓からみる庭の花壇では、植木職人たちが手入をしている。ツツジ、サツキ、カキツバタ、花ショウブ、と咲いている。藤棚の紫の花はもう終わる。

省三の眼は庭に流れているが、頭のなかは暗殺のことだった。きょう午前10時から、三の丸の学問所に大勢の同志があつまる。そこで己から小笠原老中暗殺をもちだす、と省三はみたび決意をかためた。

省三の視線が横にながれた。壁面には万葉の和歌の色紙が飾られている。和歌の素養がある、許嫁の綾から贈られたものだ。しなやかな女文字の墨はやさしく流れている。

省三は、幼少のころ直太郎と名づけられていた。子どもの頃から気性が荒く、細かいことは気にせず、世のなかの大きな議論を好んでいた。

10歳のある時、上級藩士の2つ年上の子と喧嘩になった。口論から、省三は木刀を振りかざした。相手は武士の子だから、小刀を抜く。キラっと刃先が光る。省三は一瞬にして一歩、後ろに引いたけれども、

「死ぬものか。俺は世に役に立つ人間になるんだ。神仏が生かしてくれる」

そう信じる省三は木刀で、正面から突き刺すように突進した。省三の形相におののく年上の相手は、背中を見せて逃げだす。追いかけた省三は、体当りで相手を転がした。そのうえ、手首にかみついて小刀を奪う。そして、城濠《しろぼり》に投げ棄てたのだ。

「泳げないだろう」

省三は高笑いした。

武士の魂が濠に投げ棄てられたとあって、相手の母親は高間家に怒鳴《どな》りこんできた。母親がそれを受け、省三は大目玉《おおめだま》を食らった。藩の重役のほうは、お城の用達所で執務をとる父親の多須衛《たすえ》に抗議した。多須衛はそれなりに謝罪したらしいが、

「省三は刃物を敵にして、よう戦った。喧嘩にも、武士らしい気合が入っておる」

と誉《ほ》めてくれたものだ。

12歳の思春期のころ、許嫁の綾がいっとき嫌いになった。この縁組は7歳の時に、多須衛が決めたものだ。1歳年上。ずいぶん、年齢差が感じられた。

学問所に通う仲間にも許嫁がいる。みな3、4歳年下の女子だ。なぜ、己は年上女なんだ。そ

の年齢差が省三の劣等感になっていた。縁談をきめた父親の多須衞を恨んだものだ。

その頃は、表通りで綾に出会うと、省三は木陰や物陰に隠れるのが常だった。見つかると、12歳の綾は当然の態度で近寄り、声をかけてくる。

「どうして、逃げるの？」

「わかるだろう」

省三は項垂《うなだ》れ、上目で見た。

「わかりません。許嫁なのに、なんで恥ずかしがるの」

異性を意識する省三は、そんな綾が厚かましく、図々しく、遠慮がない性格に思えた。通行人の顔見知りに、ふたりが並んでいる姿を見られただけでも、恥ずかしかった。とにもかくも、通りで綾に会うと逃げていた。

「省三の嫁になる子だ」

母親は、省三の部屋に綾を平気で通す。

モジモジしていると、背筋の伸びた綾が机に向かい、省三の筆と硯《すずり》を使って和歌を筆にする。母親がお茶と菓子を運んでくる。いっしょに飲みましょ、と綾が正座して話しかけてくる。

綾の眼をぬすんで、窓から、こんなもの飲めるか、と棄てたことすらある。

思春期をとおり過ぎると、許嫁は美貌《びぼう》だ、綾には品がある、気持ちが良い女性だ、と父親に感謝の念がわいた。綾にたいする見方が正反対になったのだ。いまでは己の方がほれ込んでいると思う。

ただ、女性が15、16歳で嫁ぐ世にあって、省三は文武を磨きたい、とくに砲術《ほうじゅつ》なども学びたい、と婚礼を先延《さきの》ばしにしてきた。わが身をかためれば、家庭第一となるだろう。井伊大老の暗殺など、世が激変している。国のために勇猛果敢《ゆうもうかかん》に飛びだせなくなる、と綾に理解をもとめた。綾の内心はともかく、お待ちします、と言い続けてきてくれたのだ。

こんどは老中の暗殺計画によるものだ、それを伏せた婚礼の先延ばしだ。このように自分と綾との関係を顧《かえり》みていた。

背後の襖《ふすま》が開いた。

「朝餉の仕度ができていますよ」

母親は丸髪《まるかみ》を結い、眉を剃《そ》り、留袖《とめそで》のうえに打掛《うちかけ》を着る。いつも、きちんとした身なりだった。

省三は、母親に礼儀正しい朝の挨拶をした。

「今朝はどちらに？　馬小屋で省三の愛馬が鳴いていましたよ、置いてゆかれたと」

いつもならば、省三は日の出とともに起床し、門外、馬屋などを見回り、そして馬術の早朝鍛錬《たんれん》をしてから朝食だった。

「江波港から、沖合の幕府の軍艦を見てきました」

「これから戦争が起こるんですね。家康公から２６０余年、戦争のない平穏な国でしたのに。恐しや、恐しや」

「日本人どうしが戦えば、民は飢《う》え、国は焦土《しょうど》になり、欧米列強の内政干渉《ないせいかんしょう》を誘います。幕長戦争は、いのちを懸けても止めなければなりませぬ」

省三は暗に、この己が小笠原老中を斬る、と実母に知らしめたつもりだった。

「難儀な時代に、省三は生まれてきましたね。綾さんとのご婚礼はいつにしますか。あまり、待たせてはなりませぬよ。女にとって、婚礼の日取りは重要なはなしです。あいまいな態度ではダメですよ」

「母上から、くり返し言われなくても、解っております。父上は？」

省三は話題を逸《そ》らせた。

「さっき、登城なさりました。こういうご時世ですからね、お殿様にお会いになられるとかで」

「私も食後、すぐ学問所に出かけます」

「午後からのご講義じゃありませんか、今日は」

「別に用があります」

「わかりましたよ。婚礼の儀ですが、母親抜きで語らぬように。釘を刺しておきますからね。父子《おやこ》どうしは婚礼に関して杜撰《ずさん》で、いい加減《かげん》すぎますから。綾さんの気持ちもくまず、２度も延期したんですからね」

「父上は養子だから肩身が狭い。何ごとも母上の言いなりになってしまう、と申しておりました」

「まさか。そんなことはありません。お父上の方が威張《いば》っております。綾さんとの婚礼延期を先に話しておいて、父子して事後報告ですからね。３度目は認めませんよ」

母親が取り澄ました顔で退席した。このたびも父親の多須衞は、母親にまだ話していないらしい。

省三は夏羽織《なつばおり》に夏袴で、きちんとした身なりに着替えた。母親が表玄関で見送ってくれた。城にむかう武家屋敷の多くは竹塀《たけべい》か、白塀の築地《ついじ》にかこまれる。三軒先の白壁には、幼い省三が釘で悪戯《いたずら》した落書きが残っていた。

その家から、詩吟《しぎん》の声が聞こえる。頼山陽作の『川中島』だった。50年輩の武士の声は堂々としていた。

省三は詩吟を聞きながら、頼山陽の皇国思想のひとつ「大義名分」を意識した。徳川は大義に叛《そむ》いた、やってはいけない幕長戦争をやろうとしている。これは大義を無視した、悪政だ。

われら広島藩・学問所が生んだ大先輩の頼山陽は『日本外史』でいう。「勢」はいつまでも続かず、かならずや衰退《すいたい》する、と。平家も、鎌倉も、足利も、その「勢」は永遠ではなかった。いまや、その勢とは徳川幕府だ。

「民を慈《いつく》しみ、戦争を憂《うれ》う。そのための暗殺だ」

省三はそう呟いた。

第３章
学問所の蜂起

船越洋之助は、三の丸の学問所の聖廟《せいびょう》に入った。裃に手を添えた26歳の船越は正座してから、孔子の木主《もくしゅ》の『至聖先師孔子神位《しせいせんしこうししんい》』にむかって、深ぶかと頭を下げた。

朝10時には、わが藩の有志たちが、この学問所の講堂に集まることになっている。……野村帯刀どのにつづいて、辻将曹どのが謹慎処分になった。藩主を蔑《ないがしろ》にされた口惜しさ。傲慢《ごうまん》な幕閣が許せない怒りとが、船越の頭のなかで、つむじ風のように吹きまわっていた。

広島藩校「学問所」は１７８２（天明２）年、７代藩主の名君といわれた浅野重晟《しげあきら》によりつくられた。民間から朱子学の頼春水《らいしゅんすい》（竹原出身・頼山陽の父親）などが採用された。春水の進言で、重晟がみずから筆をとったのが、『至聖先師孔子神位』である。

この木主を聖廟《せいびょう》に安置し、教授も、助教も、生徒も拝礼《はいれい》し、学問にはげんだ。そして、有能な人材を輩出《はいしゅつ》してきたのだ。

頼春水は教鞭《きょうべん》をとる広島藩「学問所」で、頼山陽（１７８１年生まれ）を学ばせた。詩文と歴史に才能があった。

山陽が16歳の時、父親が江戸藩邸で教えることになり、ともに江戸に留学した。広島に帰国した19歳の山陽は突如として脱藩し、京都にむかった。探す伯父が京都で見つけ、つれ戻し、座敷牢《ざしきろう》に幽閉《ゆうへい》した。

それがかえって、山陽を学問に専念させたのだ。約3年間で、天皇家の歴史を掘り起こす『日本外史』を草稿《そうこう》した。情熱的な筆致《ひっち》で説かれた尊王論《そんのうろん》が、後世に多大な影響をあたえたのだ。

『徳川将軍は最も偉い人』

数百年続いてきた武家支配の世で、だれもがそれを信じて疑わなかった。頼山陽によって武家支配が見直され、尊王思想が世に出てきたのだ。いまや、全国の志士たちの愛読書になっている。

船越洋之助は、いまから3年前の1863（文久3）年の出来事を思い浮かべていた。

広島藩の11代藩主である、51歳の浅野長訓《ながみち》は江戸にいて、藩の財務と軍政改革に取り組んだ。抜擢《ばってき》したのが、有能な40歳の辻将曹《つじしょうそう》と、49歳の野村帯刀だった。

長訓は、学問所の伝統の皇国思想の持ち主だ。天皇家の権威《けんい》を高めるために、徳川将軍との婚姻をまとめたい、と考えた。公武合体派《こうぶがったいは》の推進役のひとり。朝廷工作で、執政・辻将曹を上洛《じょうらく》させると決めた。

その辻には、上洛に同行させて、応接掛で働かせる有能な藩士が見あたらなかった。

そのころ、三の丸の学問所の一室で、船越洋之助（23）、山田十竹《やまだじっちく》（30）、田口太郎《たぐちたろう》（22）、川合三十郎《かわいさんじゅうろう》（25）、星野文平《ほしのぶんぺい》（28）ら5人が脱藩《だっぱん》を密議《みつぎ》していた。

「わが藩主・長訓公が尊王攘夷の大義を達成させようとしている。われら5人は京都に上がり、一身をなげうってでも、天下憂国《てんかゆうこく》の志士《しし》と交わり、尊王攘夷の大義を達成させせよう」

藩士どうしが他藩の人物と接触するのはご法度である。それをあえて望めば、脱藩しか道はない。脱藩は大罪である。しかしながら、藩の重役は太平にならされている。

「上洛を願い出ても、きっと許されないだろう。ここは脱藩しかない」

船越たち５人の決意はゆるがなかった。資金面でひそかに、宮島港の交易を執りしきる勘定吟味役の45歳の小鷹狩介之丞《こたかりすけのじょう》に相談した。すると、槍の達人である36歳の剛毅な黒田益之丞《くろだますのじょう》（のち益男）がこれを知り、上洛前の執政・辻将曹に伝えたのだ。

脱藩を相談する藩校・学問所の五人組

「脱藩してまでも国のためにつくす。そういう人材が情報収集役の応接掛に欲しかった」

辻はことのほか喜んだ。

「人材あれば国は栄える。人材なければ国が衰える。優秀な星野文平は、学問所で、子弟の教育に力をつくせよ」

上洛の人選から星野文平が外されたのだ。脱藩してまでも、皇国のために尽くそうと、御手洗港《みたらいこう》（大崎下島・呉市）出身の星野が、最初にそう持ちかけたのだ。星野は、われら大先輩の頼山陽の『日本外史』をだれよりも読みこなし、だれにも負けない、皇国の国づくりの熱意と気概《きがい》があった。そのうえ文才がある。

星野は、藩に自分の上洛を執拗《しつよう》に訴えつづけてきた。しかし、藩命は覆《くつがえ》らない。執政の辻将曹が上洛する日が近づいた。

4人は路地奉行の加藤七郎兵衛の自宅に挨拶に出むいた。星野も、強引に挨拶に同行してきた。4人が加藤奉行とお別れの挨拶をしていたとき、別室では星野がもろ肌を脱いで、割腹したのだ。

『(京に上がる4人) 諸君死を惜しむなかれ。もし死を躊躇《ちゅうちょ》するならば、誰が国論の統一を成し遂げられるというのか』

星野が手にする巻紙には、そう書かれていた。

加藤奉行の細君が、血に染まる文平を見つけて、刀を取り上げたのだ。

「刀を授《さず》けて死なせてください」

星野は奪い返しにくる。

この争いで、同志や加藤奉行が飛び込んできた。すぐに星野の傷を治療して命は取り留めた。上洛させてほしい、という星野のくり返しの嘆願《たんがん》で、藩は折れて上洛を認めたのだ。京都に上がった星野は国事に奔走した。

「近い将来を見据えると、わが藩は蒸気軍艦《じょうきぐんかん》が必要だ」

星野は、伏見に滞在する勝海舟に面談し、蒸気船を買うことを企てた。その最中に、文平の割腹の傷が悪化してついに亡くなった。

この年から、京都を中心に世のなかが大きく動いた。公武合体派のクーデター、禁門の変、欧米の四か国艦隊が馬関(下関)を攻めた。さらに第一次征長が起きた。まさしく動乱の世だ。

この学問所には、頼春水、頼山陽の教えが脈々と生きている。皇国思想の発祥の地だと思うと、船越は燃えることができた。

定刻になると、講堂には数百人の藩士がびっしり集まり、床のうえに胡坐《あぐら》を組んでいた。大勢の緊張の熱気が渦巻《うずま》いている。多くは学問所、講武所の出身者だ。

船越洋之助と、農医の29歳の小林柔吉《こばやしじゅうきち》が壇上で取りしきっていた。

「まず、船越洋之助どのから、きょうの会合の趣旨と、これまでの幕長問題の概略の流れをお話ししてもらいます」

細身の小林柔吉が、冷静な態度で、そう指名した。

「わが広島藩主の長訓公は、野村帯刀どのを小笠原老中への使者として差し向けられ、長州征討の非なることを説明した。だが、受け入れられなかった。しかも、幕閣は戦争突入へ、とつねに高飛車な姿勢だ。長訓公は、こんど、辻将曹どのを大坂へ派遣された。老中板倉勝静《いたくらかつきよ》には長州再征《ちょうしゅうさいせい》は不可である、という建白書を提出しようとしたけれど、わが広島藩に対して誠意がなく、逃げて会わず。一方で、野村どの、辻どのが幕命で謹慎命令《きんしんめいれい》されるに至った。今となっては、もはやガマンして耐え忍ぶのは益でないと思う。実行可能な、建設的な意見を出してほしい」

大柄な船越が壇上で、講堂いっぱいに響く声で言った。そして、進行役の小林に戻った。

「野村どのは、長訓公のつよい抗議で、謹慎が解かれた。ただ、辻どのは謹慎ちゅうだ。広島藩は昨年来、つねに大義のない戦いはやめるべきだ、と建言《けんげん》してきた。いかに戦争を止めさせるか。辻執政の謹慎をいかに解くか。皆さんの叡智《えいち》を期待したい。手を挙げてから、発言してほしい」

と小林がいうと、予想どおり、助教の高間省三が手を挙げた。

「広島に宿陣する小笠原老中には、国家的な見地、おおきな俯瞰的《ふかんてき》な考えというものがまったくありません。ただ、権威《けんい》によって長州藩を屈服させようとする、うぬぼれの強い性格です。ここで、わが藩のだれが小笠原老中に建言や忠言をしても、小笠原は頭から聴く耳を持たず、採用されるものはなに一つもないでしょう」

そう前置きした省三は、ふたりの執政の謹慎処分の経緯に触れた。幕命とはいうけれど、それは小笠原老中の私的な制裁で、独断にすぎない。大坂城の家茂将軍に、ご裁許《さいきょ》を仰いだとも思えない。わが藩主の浅野長訓公を飛び越えた謹慎処分は、わが藩の面子《めんつ》を汚したものであり、藩士として許せない、と省三が堂々とした論陣を張ってから、さらにこう結論づけた。

「もはや、小笠原を斬り捨てるしか、打開の道はない。小笠原は殺すべきです」

会場内の熱気が一気に高まった。司会の小林が、ざわめきを何度も注意する。そして、船越を指名した。

「高間君、ここは冷静になろう。わが浅野家の支藩だった赤穂浅野家は、内匠頭《たくみのかみ》どのの刃で、お家が取り潰《つぶ》しになった。広島で小笠原を斬れば、宗家《そうけ》浅野家も同じ道を歩みかねない。家臣が暴走すれば、藩士の家族すべてが流浪《るろう》の民になる」

船越の力のこもった言葉が、大勢のざわめきのなかを突きぬけていく。

藩士たちが競って手を挙げる。指名を受けて立ち上がった年配者から、

「広島藩の浅野家が取り潰しになってもよいのか。長州藩のために、犠牲になれというのか。高

間君の意見はおかしい」

　と徳川の権威を恐れる声がでた。真反対の意見も飛びだす。

「幕府の出兵には大義がない。長州と謀《はか》って京都にのぼり、朝廷に訴えよう。途中で遮《さえぎ》る者がいれば、打ち払う」

　若手からは、そんな過激な意見が投げつけられた。

「そうだ。上洛して、天皇に勅許を取り下げてもらうことだ」

「小笠原の陣営を焼き払い、広島から退去させよう」

　講堂の後方の一角で、藩士が叫ぶ。そのことばが渦を巻いてまわる。

「静かにしろ。座ったままの発言は、こんごは禁止する。手を挙げろ」

　船越が腹の底から大砲を撃つような大声で、全体の怒号を制した。

　船越は、広島藩のなかでも抜群の統率力と風格があった。

　小林が、省三をふたたび静かに指名した。

「拙者ひとりが小笠原を斬り、切腹する。わが藩校の先輩・星野文平どののおことばがあります。『諸君死を惜しむなかれ。もし死を躊躇《ちゅうちょ》するならば、誰が国論の統一を成し遂げられるというのか』という。拙者は死を躊躇しない」

「綾はどうするんだ。泣くぞ」

　そんなヤジを飛ばすものもいた。

　省三と船越が睨みつけた。この間に、省三の発言が割り込まれる。

「いま暗殺すれば、暴走だ。殿に迷惑がおよぶ」

保守派の年配藩士が手を挙げて立ちあがった。

「拙者ひとりが討てば、迷惑が及びませぬ」

「ここで、川合の意見も聞こう」

小林が壇上にならぶ、優秀な応接掛である28歳の川合三十郎を指名した。将棋の飛車のように角ばった顔だった。船越や星野文平らと、かつて脱藩を決意した5人組の一人である。川合は命もかけられるし、行動力も、統率力もある。

「高間君は気性が強く、一念で突きすすむ性格だ。たしかに、加藤奉行宅で割腹した星野とはよく似ている。行動力と決断力では、5人組のなかで星野が最も優れていた。星野は、皇国の国家を作るなら、国論を統一せよ、死を躊躇《ちゅうちょ》するな、と言い残して自刃《じじん》をはかった。ここで、高間君に質問だ。小笠原老中をいま殺せば、何がどう動くのか。新しい国家を作るために殺すのか。単なる武士道か。その点はどうなんだ」

「大義のない戦争をしかける幕府には、新しい国家など作れません。小笠原暗殺は、わが藩主の顔をつぶされた、家臣の義憤《ぎふん》です。その理由しかありません。ならば、この高間省三ひとり、跳ね上がった行動ですみます。川合どのの質問にたいする答えは、武士道です」

「さらに訊こう。暗殺は用意周到《よういしゅうとう》、さらには沈着冷静《ちんちゃくれいせい》な殺意で敵に近づき、その場に及んでは冷酷無比《れいこくむひ》で斬る。でなければ失敗する。高間君は、一人で小笠原を斬る自信があるのか。うがった見方をすれば、この会場で暗殺をもちだすのは、暗殺団の同志を募《つの》っているのではないか。その点はどうなんだ」

「同志を募っています」

「正直で良い。それで？」

会場の３００人ほどの藩士がじっと聞き入っていた。ふたりはともに学問所の頼山陽以来だと、騒がれた秀才だ。その対決だけに、だれもが口を挟《はさ》まず、張りつめた静寂《せいじゃく》が漂っていた。

「理由はひとつ。老中暗殺は成功すれば、病死で処理されます。失敗すれば、暗殺を謀《はか》ったと糾弾《きゅうだん》されて、幕府に芸州広島藩を討つ、口実を与えてしまいます。その実例として、桜田門の井伊大老は雪の日に首を刎《は》ねられたから、発表は病死です。坂下門の安藤信正《あんどうのぶまさ》どのは暗殺未遂です。小笠原老中を暗殺すれば、病死になる。確実に殺すとなると、あるていどの同志がほしい」

広島藩の江戸藩邸（現・国会議事堂の場所）と彦根藩の江戸藩邸は近い。井伊大老の死は病死だが、広島藩邸から桜田門の血の雪かきに出た下人もいる。かれらは井伊は暗殺だったと聞いてきたのだ。

「高間君にもう一度、質問する。これは小笠原老中がひとり仕組んだ幕長戦争ではない。慶喜公、松平容保公など、京都の幕閣が仕組んだ戦争だ。家茂将軍を江戸城から上洛させたうえで、征長の勅許を申し出ている。孝明天皇は戦争に反対で、半年間も勅許を留保した。しかし、理由はどうあれ、勅許を出した。この事実は重い。小笠原ひとりを暗殺しても、戦争回避はできないだろう」

「頼山陽二世、うまく答えろよ」

そんな声がちょっと静寂を破った。

「天皇や家茂将軍のお心は、大義のない幕長戦争など起きてほしくない、と願っているはずです。慶喜公と容保公の独走です。広島藩が止めずして、国内で戦争が起きてしまえば、国民の苦しみは計り知れない。全国どの諸藩も無益な戦争で、手柄など立てようもない戦争です。その証しとして、広島にやってきた彦根藩や高田藩の将兵から雑兵《ぞうひょう》まで、まったく士気が感じられません」

「士気のなさは、その通りだと思う。小笠原の暗殺とどう結びつく?」

川合が知的な眼で、次なる省三の言葉をまっていた。

「小笠原を殺しても、幕府は変わらない。蚊に刺された程度だ」

無断で割り込んだ藩士に対して、船越は名指しで怒鳴《どな》って、退場を命じた。その藩士は小さくうずくまった。

「小笠原は傲慢《ごうまん》で独りよがりです。広島藩が延々と約20回におよぶ、戦争回避の建言をしています。口頭の仲介をふくめると、その数は計りしれません。全国諸藩はどこも財政難。無益な戦費など出したくない。昨年から、わが広島一藩のみが、巨大な徳川幕府に対して、勇気ある抵抗をしている、成功してほしい、と固唾《かたず》をのんで見守っています」

省三は会場をひととおり見渡して、藩士たちの眼の表情を読み取ってから、

「これは強力な幕府に対する執拗《しつよう》な抵抗運動です。武器を使わずして、政権を倒す。洋学では、これを無血革命と言うそうです。わが広島藩は執政ふたりを謹慎処分にされても、なお抵抗する。

ひるまないから、薩摩藩が今年まず出兵拒否をしました。宇和島藩もぬけました。ここで小笠原を暗殺すれば、広島藩が徹底して大義のない戦争に反対している、と諸藩に影響を与えます。洋学では、要人の暗殺が入ってくると地下運動（レジスタンス）というそうです。この運動は歴史の流れを変えます。安政の大獄も、井伊大老の暗殺で流れが変わったように。広島藩の抵抗がいつか大きな全国へのうねりになります」

「無血革命まで考えておるのか」

川合は驚いていた。

「われら大先輩の頼山陽先生は、『武家にはかならず興亡《こうぼう》がある。大義名分を乱せば没《ぼっ》し、天皇の国家に戻る』と申されています。いまここに、学問所から倒幕の火が熾《お》きた。無血革命となるか、武力革命となるか。それはわかりません」

省三が話し終えると、緊張が切れて、講堂内は一気に怒号が広まった。

「飛躍しすぎている」

「幕府が仕返しに、わが広島藩を攻撃してきたら、どうする。長州と心中するのか」

「暗殺は暴走だ」

「ここで、意見を一つにするのは難しい。暗殺・切腹を覚悟する高間省三君に同調するもの。逆に、暗殺は暴走だと考えるもの。ここは、分かれて議論してみたらどうだろう。この学問所には教室がたくさんある」

小林が分科会を提案した。

暗殺派は55人の藩士だった。船越、川合、省三、藤田次郎、木原秀三郎など、日ごろから熱気と熱意に満ちた人物が集まった。たちまち、正午の解散となった。

この学問所の青年たちの大集会が本丸にも知れ渡った。

翌15日、藩主の世子（跡継ぎ）である24歳の浅野長勲《ながこと》が、広島城の大広間に藩士たち一同をあつめた。この長勲は赤貧の藩士の家に生まれ育った。剣術は町道場で習い、粗末な着物と食事にもこと欠く貧しい家庭だった。14歳で安芸新田藩主の養子となり、江戸藩邸に移った。17歳で同藩主になり、21歳で宗家・浅野家の養子（世子）となった稀有《けう》な存在だ。

そこから長勲は幕末の京都を中心に、広島藩を代表する活動をはじめた。赤貧藩士の子だった長勲だけに、庶民の心や生活苦の痛みが理解できる。同年代の志士たちから強く慕われていた。第一次、第二次の幕長戦争の渦のなかで、病気がちな長訓にかわり、長勲が藩政を推し進めていた。

学問所の総会が大荒れで、統一見解にはおよばず。ここは長勲しか藩論を統一できない、と担ぎ出したのは、おおかた船越洋之助、小林柔吉、川合三十郎たちだろう。少なくとも、省三はそう見ていた。

大広間の上座の長勲は、これまでの経緯から説明をはじめた。

「幕長で戦争が起きると、国民の苦しみは計り知れない。それに、外国からの侵略の憂いもある。わが藩は傍観《ぼうかん》するのも堪えがたい。いま、わが藩がここで不用意に動けば、浅野家、芸州広島藩の一国だけの問題にとどまらない。近隣諸藩が広島に加担し、幕府の決定に背《そむ》く。それが起因して大きな戦争になるだろう。その戦いが長引けば、その虚に乗じて外国の脅威《きょうい》が眼前に迫りくるだろう」

長勲が全藩士の顔を見渡し、表情をさぐってから、

「取り扱いによっては、広島藩一国の問題ではなく、日本全体の苦しみとなる。天皇も悲歎《ひたん》にくれるだろう。こういったことを、皆よく考えて、意見のある者は遠慮なく申し出るがよい。自分勝手な振る舞いをしたならば、それは不都合である。このことは厳しく申し渡す」

長勲は強く釘を刺した。

船越は学問所に55人の同志を集めると、暗殺か、出兵拒否か、二者択一まで絞り込み、一つの意見にまとめあげた。……それは芸州広島藩の出兵拒否でまとまった。それを連名の建言書として、浅野長勲に提出することに決めたのだ。

『二度目の征長中止について、建言を行っても、幕府から誠意がなく、辻・野村の両執政が謹慎を命じられました。怒りに堪えません。いま、これを理由として、長州征討の先鋒の人員を差し出すことを辞退していただくようお願いいいたします。出過ぎた真似ではございますが、家臣の我々はこの事を申し上げます。殿様の命令とあらば、心を尽くし、火の中、水の中までも赴くことを厭《いと》いません』

船越が代表して、それを浅野長勲に提出した。暗殺はあえて文面にしなかった。だが、その火は消えてい

芸州広島城（42万6000石）

ない、と口頭で伝えた。

「学問所の青年たちに、小笠原老中の暗殺はやらせられない。そなたたちがやるというのならば、余がやる」

長勲はそう言い切った。

それでも、5月23日、広島城下の町辻の5か所には、小笠原老中たちの首を討ち取ると、脅迫的な張り紙が出た。

『雲雨晦冥　日月光を失ふ　逆党小笠原壱岐守・室賀伊予守の首級を六月一日までに討取り神明正道に備へん』

街なかは騒然となった。

浅野藩主が書面で、小笠原老中に、

「藩士の激昂《げきこう》が高まり、近日、小笠原老中の宿陣へ兵をむける気配があります。そうなると、広島の人民は動揺しますし、近隣の国への影響も考えられます。来る28日までに、広島から退去されるようにお願いいたします」

と藩としても身の安全が確保できないと申し渡したのだ。

恐れをなした小笠原老中は、6月2日に江波港から幕府軍艦に乗り小倉に逃げた。ちなみに、この小笠原は人格的にも問題があり、小倉でも幕長戦争のさなか、肥後藩の将と喧嘩になった。腹を立てた肥後藩が、総引き揚げをしてしまったのだ。ほかの九州諸藩も同様の行動に出たので、小倉藩は孤立し、戦力を失くし、自焼（みずから城を焼く）したのだ。

老中・松平宗秀《まつだいらむねひで》が5月28日、広島に着任した。小笠原老中と違い、よく耳を傾ける人物だった。

6月2日に、執政の辻は謹慎を解かれた。

(野村はそれ以前に謹慎が解かれていた)

『名分なき戦いに、兵は動かしません』

芸州広島藩は6月4日、学問所の55人の建言を採用し、出兵拒否を幕府に通告したのだ。これればかりでなかった。幕府軍が広島城下に総計1万2700人もやってきたことから、米や物価が値上がりし、庶民の生活が脅やかされているので、

『広島は元来、米穀など諸品とも不足しがちな国柄です。米穀は不足し、その値段は高騰し、領民は困り果てています。一昨年に諸藩が集まったときのように、米や飼葉《かいば》、塩、味噌、薪炭などは自国から取り寄せるように、幕府から命じてください』

と申し入れた。

6月8日、広島湾から出航した軍艦が周防大島《すおうおおしま》を攻撃した。

勃発した幕長《ばくちょう》戦争に、長州の隣国である広島藩が一兵も出さない、挙句の果てには物資の供給にも難色を示したのだから、影響が強かった。

幕府側の諸藩からみれば、隣国の広島が戦わずして、なぜ遠路の自分たちが命をかけて戦う必要があるのか、という想いと不満になった。幕府軍兵たちの間で、一気に倦戦感《けんせんかん》が拡がってしまったのだ。つき詰めれば、その士気低下が幕府軍の敗北へとつながったのだ。

第4章　芸州口の戦い

西国街道《さいごくかいどう》からは海を挟んだ先に、宮島の赤い鳥居がみえる。弥山《みせん》（535メートル）の稜線には朝の白い雲がかかり、ゆっくり登っている。もう1刻（2時間）もすれば、雲が消え、島全体の輪郭《りんかく》がはっきり海面に映るだろう。

応接掛の28歳の川合三十郎は角ばった顔で、きりっとした武家姿だった。かれは、謹慎《きんしん》が解かれた執政・辻将曹から厚い信頼が寄せられている。幕長戦争がはじまると、芸州口の戦場の偵察を命じられた。

帯刀した川合の眼には、幕府軍の敗走兵たちの無残な光景が次々と飛び込んできた。先刻見てきた、広島城に近い江波港《えばこう》は、幕府軍の敗走兵たちで大混雑だった。刀や槍で傷を負った兵士らが、上官の指示にも従えず、路上に身を横たえている。弾丸を受けた甲冑《かっちゅう》の兵士は血だらけだ。小舟から上がることもできず、敗残兵どうしが肩を貸し、上陸しても海岸の道にその身を伏せている。敗軍の醜態《しゅうたい》は見るに堪えない、気の毒なものばかりだった。

「水をくれ、水をくれ」と手をさしのばしている。破れた服をまとい、日本刀ですら、鉢巻を使って首にぶら下げている。続々と海上からも、陸上からも帰ってくる。

紋付袴の武家姿の川合は、西国街道をなおも西に向かっていた。この身なりが、血で汚れた場所で、ひどく異質なものに感じられた。

廿日市では、馬上の武士が白旗を腰に差し、身を縮めて死んだように伏せている。馬自体も、疲れて弱って脚を前に出せない状態だった。刀を十数本まとめて藁縄《わらなわ》で結び、背負っている雑兵もいる。折れた槍をもったまま死んでいる兵士も、ずいぶん多い。屍《しかばね》は避けて通っているが、その草鞋《わらじ》と足袋《たび》は赤く汚れていた。雑草などが血で汚れているからである。

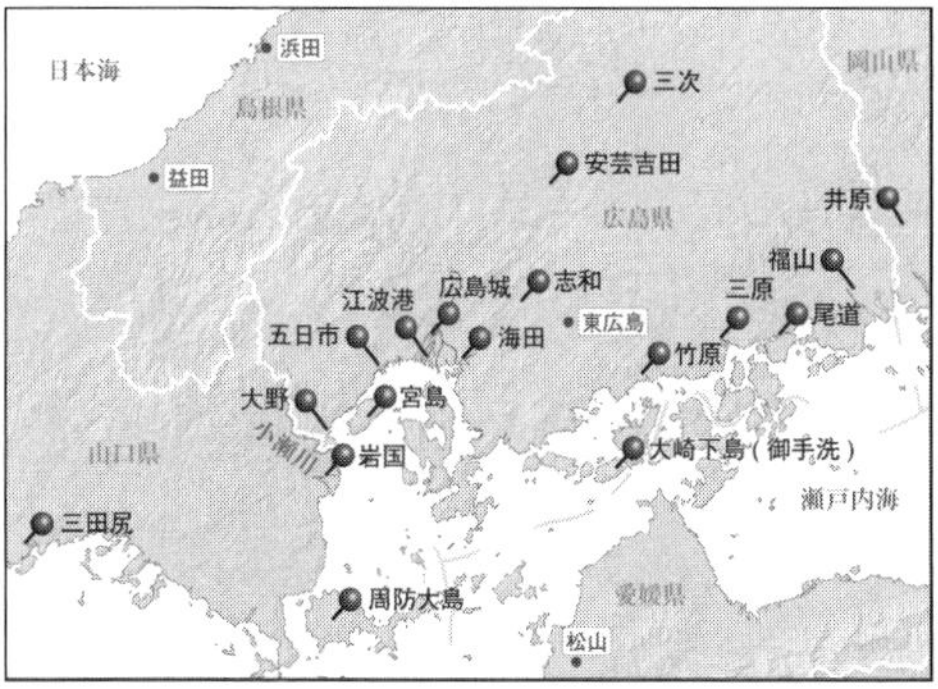

関係地図　芸州広島藩

さらに進むと、大野村で、海辺に面した集落の民家は焼け落ちていた。焦げた臭いがただよう。緑の田圃《たんぼ》には乱れた足跡がいくつも残る。そのうえ、稲穂《いなほ》は軍馬に食べられたようだ。

「これが戦争の実態か。２６０余年の太平の世が崩れた瞬間だ」

川合が予想してきた、戦争被災地の光景は想像を超えた、無残なものだった。地獄。そんな言葉に近い、惨事《さんじ》だった。大義のない戦争で死んだ兵士たちが、哀れに妙に思えた。家族もあろうに、と気持ちを運ぶと、戦争の痛ましさが、あまりにもやりきれない恐しさに変わっていった。これら敗走兵はよく観察すると、武器の差でろくに戦えず、死にたくないと一目散に逃げてきたようだ。

川合は武器に関心を向けた。彦根藩はヤゲール（前装式施条銃）と和筒（火縄銃）で、あまりにも旧態《きゅうたい》な鉄砲だった。彦根藩ともあろう大藩が、兵器の音痴だった。

これは古い体質に胡坐《あぐら》をかいてきたからだ。

「これが徳川幕府の体質だ」

そう呟いた川合は、軍隊の戦略はどうだったのか、と考えを変えた。次の情報収集のために、長州藩の占領地に入った。むろん、芸州広島藩領だ。街道筋では、鉢巻をした無傷の長州兵が、硝煙《しょうえん》の臭いが残る西洋銃を持って警備していた。川合が芸州広島藩の執政・辻将曹殿の応接掛だというと、本陣《ほんじん》の寺まで案内してくれた。

寺門の両側の立ち木までも、黒く焼け焦げている。板塀には射撃の穴が至る所に残っていた。幕府軍の本陣を奪い取ったようだ。

第二奇兵隊の河牧太小隊長が対応してくれた。

「開戦の状況を訊きたい」

「このさき一里ほど西に行くと、藩境《はんきょう》の小瀬川《おぜがわ》（広島側の呼称は木野川《このかわ》）があります。そこから戦いがはじまりました」

その川は岩国藩と芸州広島藩の国境だった。

彦根藩の使番・竹原七郎平が、従者二人とともに、渡河《とか》を開始した。川の中ほどまで進んできた。このとき、長州兵は狙い撃ちをはじめた。竹原と従者ふたりは川を血で染めた。おおかた、高間省三から出会いを聞いたことがある、彦根藩の武将だろう。

それを合図にした第二奇兵隊と岩国隊とが一斉射撃《いっせいしゃげき》を開始した。まさに、近代兵器による猛攻である。

「彦根藩も、高田藩も、死体で川面が見えなくなったほど、わが方の銃弾を浴びておった。弾は百発百中で当たる。幕府軍は火縄銃《ひなわじゅう》だから、敵弾はこっちに届かず、愉快なほど敵兵を殺しまくった」

河牧はにやっと笑った。

長州藩側の全軍が小瀬川を渡り、西国街道ぞいに追撃した。銃火を交えても、戦況は一方的に長州軍の優勢だった。さらに破竹の勢いだ。

「それは単なる兵器の違いだけでござるかな?」

「幕府軍は重い鎧兜《よろいかぶと》だから、逃げ足は遅い。まさに狙い撃ちだった。敵は地形も判らず、海岸に沿って逃げるだけだった」

長州藩の中央隊は、海岸に布陣《ふじん》する彦根藩へひたすら銃弾を浴びせた。もう一隊の第二奇兵隊は迂回し、越後高田（榊原）の後方を衝《つ》いた。そして、広島藩の大竹村や大野村に放火した。さらに廿日市に迫った。小瀬川と広島城の距離からすれば、３分の２は押し込んでいた。

寺の窓越しに、黒煙がただよう。よく見ると、火の手はあちらこちらにあがっている。

「なんで、民家に放火した。広島藩との約束が違うだろう。『幕府軍が進めば、応戦するのみ。時にはあるいは貴藩（広島）に進むとも、掠奪《りゃくだつ》・乱暴は相戒む』と約束しておるだろう」

川合がふいに怒りの眼をむけた。

「戦争だから」

河牧が動揺していた。

「戦争だから、非戦闘員の安芸領の民家に火をつけても良いのか」

憤怒に似た感情が、しだいに身体のなかから突き上げてきた。

「女子どもが裏山に逃げて、空き家だったから、彦根藩と高田藩の兵士が逃げ込んだ、だから……」

「それは詭弁《きべん》だ。銃で撃てば、すむことだろう」

川合ひとりが憤っている。まわりでは数十人の長州兵たちが、なぜ小隊長が怒鳴られているのか、と怪訝《けげん》な顔で見ていた。

「彦根藩と高田藩が自焼したのかもしれない」

「話にならない。だったら、なぜ消火活動に行かぬ。第二奇兵隊の白井小助隊長か、軍監の世良《せら》修蔵《しゅうぞう》（31歳）、どちらかをここに呼べ。広島藩の川合三十郎が抗議にきたと伝えよ」

川合は激しい口調で叩きつけた。

「第二奇兵隊の世良隊長は、いまごろ松山藩に占領された周防大島《すおうおおしま》の奪還に向かっておられる。今すぐ、ここに呼べと言われても無理でござる」

「わかった。追って、安芸毛利家には厳重な抗議をする。拙者は広島藩の応接掛として、第一次征長のとき、毛利公にお会いしているし、面識がある」

川合はあえて、萩藩主とせず、安芸毛利家としたのだ。

「毛利のお殿様に？」

河牧は脅えたような眼をむけた。

「そうだ。この惨事は芸州藩や萩藩の枠組みを超えた、安芸国ぜんたいの問題だ」

彼らにとっては、安芸国毛利の殿様といえば、途轍《とてつ》もない殿上人《てんじょうびと》なのだ。前線の小隊長くらいは一言で、その首が飛ぶ存在だった。

寺をでた川合は、西国街道を岩国藩の方角へと向かった。幕府軍側の武将の死骸は多いが、予想外に足軽や雑兵の死体は少なかった。この疑問は次に出会った、長州藩の将兵に問いかけてみた。

彦根隊や高田隊をみると、戦闘員（武士階級）が２００人に対して、連れてきた雑兵が６００人以上もいる。農兵にはただ雑役をやらせるだけで、非戦闘員とほぼ同じ。荷物運び、飯炊き、弾薬運び。戦闘がはじまると、戦う気など微塵もなく、誰よりも先に一目散《いちもくさん》に逃げていったと教えられた。

「大勢が逃げだすと、隊全体が負の雰囲気になった。そうかな？」

「おっしゃる通り。武士と農兵がかみ合っておらない。われら岩国兵は散兵戦術《さんぺいせんじゅつ》だ。一人ひとりが物陰に散って隠れて狙い撃つ。武器が優秀だから、左右に散ることができる。しかし、彦根藩や高田藩は昔流でひと塊だ。烏合《うごう》の衆《しゅう》だ。まさに、飛んで逃げるカラスを撃ち殺すよりも楽だった。バラバラで、統制などなくなり、逃げはじめたら、もう総崩れだった」

ここまでの情報で、川合はここでいちど広島城に帰ろうと決めた。足の向きを変えた。

西国街道はどこも死体が散乱する。大小の野犬が駆けまわっている。人間の死臭を嗅いで、肉片を食べているようだ。

「川合どの。偵察でござるか」

「おや、これは木原どのも偵察ですか」

木原秀三郎は40歳で、広島藩の軍艦方だった。木原は賀茂郡の庄屋の出で、勝海舟にも学び、広島藩の海軍づくりにも寄与している。草莽《そうもう》の志士（武士以外の豪農、豪商、郷士、脱藩浪人など政治活動をする者）だったが、いまでは有能な藩士だった。

学問所に集合55人の同志は、学問所の出身者以外では、小林柔吉と、この木原秀三郎のふたりだけである。草莽の志士から藩に寄与する人物で、あえてもうひとり名をあげれば、医者の池田徳太郎だろう。池田は藩主の「内密御用向」（密使）として、幕長の陰の仲介役として大きな働きをしている。

川合にすれば、実妹が木原に嫁いでいる。木原は兵術や軍艦操術《そうじゅつ》などに優れている。と同時に、和漢、洋学も習得しており、外国事情にもくわしい。

「きょうは、幕府海軍の砲弾の着地効果を偵察にきた。寄せ集めの軍艦だから、経費節減で、どうも砲弾を撃っておらぬ」

木原の顔には失望よりも、予想通りという表情が浮かんでいた。

「海軍からの援護がないから、陸上の幕府軍は惨敗だ。せめて、強烈《きょうれつ》な艦砲射撃《かんぽうしゃげき》でもあれば、彦根藩も、高田藩も、こうも悲惨な状況にならなかっただろうに……。しょせん、幕府軍は張子の虎だった」

「拙者は庄屋の出、この惨状を農兵研究の眼で見ておる。幕府軍は、戦うのは武士階級だけで、雑兵はまったく戦力になっておらぬ」

「拙者もいま、それを聞いてきたばかりです」

ふたりが眼にする焼け跡には、陶器や食器などが転がっている。10歳前後の粗末な身なりの男児が、赤子を背負って、それらを拾い集めている。

「広島藩も同じようなもの。在郷《ざいごう》農兵が数多くいるが、戦時にはまったく無用の長物だろう。わが藩の農兵は農閑期だけに集まる、形だけの訓練だ。せいぜい泥棒を捕まえるか、百姓一揆《ひゃくしょういっき》の抑制《よくせい》の道具にしかなりえない。戦争になれば、真っ先に逃げてしまうから、士気を削ぐ。最新銃を使いこなす、強い農兵隊をつくらないと、広島藩の軍事近代化は進まない。今後も、提言していきたい」

木原は問題意識が高く、つねに藩政《はんせい》に前向きな建言を行っている。

「実はさっきから、学問所同志55人が独自に、武器をもって戦える『学問所隊』を作れないものか、と考えておったんです。われら55人は、小笠原暗殺を決めた段階から切腹を覚悟していたはずです。ただ解散とせず、この結束を生かせないか。死を恐れぬ隊で、猛烈激戦《もうれつげきせん》の地で挺身《ていしん》して、敵を撃ち破る、意気込みの高い軍隊ができないものか、と」

使役に使われた牛馬の死骸も横たわる。ハエがたかっていた。

「なるほどな。文武に優れた人物が心ひとつにする。それなら、理想の軍隊ができる」

「応接掛の船越洋之助、広島藩切っての秀才の高間省三、亡き加藤奉行の息子の加藤種之助《かとうたねのすけ》、奇才《きさい》な佐久間儀一郎《さくまぎいちろう》など、中心になれば、素晴しい軍隊が生まれます」

「どうだろう。『学問所隊』と強い『農兵隊』とを結びつけてみたならば……」

「そのまえに、木原どのが考えられる、強い農兵隊とはいかなるものでござるか」

「いまの農兵は隊に入り、金をもらい、食べさせてもらう。農繁期《のうはんき》には帰ってしまう。この、あまい考えは排除する。一年間通して練兵所《れんぺいじょ》で寄宿生活をさせ、職業軍人にさせてしまう」

「農兵でなく、職業軍人ですか」

「そうだ。どうしたら、それが可能か。十二分に練って、わが藩に建言したい。とくに規律を重視したい。ことし2月に、長州藩の第二奇兵隊の犯した事件があった」

備中出身者の立石孫一郎に率いられた90名が、隊幹部を殺害したうえ、脱走し、民間の和船を奪《うば》い、遠く離れた備中倉敷の幕府代官所を襲ったのだ。身分制度と待遇の悪さに不満を持つ農民出身者が、立石の私怨《しえん》に乗せられたのだ。まさに、次元の低い出来事だった。

第2奇兵隊の白井小助隊長か、軍監の世良修蔵《せらしゅうぞう》か、それらに反発する、根深い不満があったのかもしれない。

「武器をもった軍隊が無差別な暴行をはたらくと、悪質な暴徒となる。軍の規律は最も重要だ」

「同感でござる」

「鬼だ、あんたがた武士は」

焼け跡から、老人がふいに悪態をついていた。

ふたりは、とりあわずに進んだ。木原が話をつづけた。

「農民、商人でも、入隊時には苗字帯刀《みょうじたいとう》を与える。その場から、規律は武士と同じくする。間違ったことをすれば、切腹や打ち首がある」

「それが彼らのやりがいになることは事実。練兵所はどこを考えられておりますか」

「賀茂郡の志和ノ庄（現在の東広島市）が良いだろう。一見して山奥で辺鄙《へんぴ》な場所だが、要害の地だから」

そんな話をしながら広島へと進む。西国街道には激戦跡を物語る薬莢《やっきょう》が散らばる。周辺の領民の家は焼かれ、略奪され、田畑も踏み荒らされていた。広島藩の住民をしっかり守ってやれる軍隊でありたい、とふたりの想いと意見が近づいてきた。

「隊の名前は？」

「回天《かいてん》・神機隊《しんきたい》。どうかね」

「いいですね」

「武器弾薬の調達はどうしますか」

「大砲、小銃、弾薬、これは武具奉行の高間多須衛《たかまたすえ》どのに相談することになるだろう。膝を交えて話せば、理解してくれるひとだ」

多須衛（省三の父親）は高い識見《しきけん》の持ち主で、時代の読みがすぐれており、決断力がはやい人物だと言われている。

多須衞は、広島藩の名家である奥勘十郎《おくかんじゅうろう》（御用人千石取り・執政も千石取り）の第3子で、高間家に養子に入っている。その奥流は西洋式の砲術で、実践的かつ正確迅速《じんそく》を旨とする流儀だった。

第11代の藩主の浅野長訓《ながみち》が、財政を強化し、軍備の近代化で、藩政改革を行った。1862（文久2）年に、辻将曹《つじしょうそう》と野村帯刀を執政《しっせい》（家老なみの役職）に登用した。この折、高間多須衞が騎馬筒《きばづつ》の軍職から、武具奉行《ぶぐぶぎょう》に抜擢《ばってき》されているのだ。

「農商から入隊したものが苗字帯刀となると、藩政の中心にいる執政が強く推してくれないと、むずかしい」

ふたりの間で、神機隊の構想がねられていた。

後日、木原が神機隊の建議を行った。執政で推したのが野村帯刀、反対したのが辻将曹だった。ふたりは農兵問題で対立を深め、挙句の果てに野村が藩政から追われてしまった。神機隊ができるのは1年先だった。

第14代将軍の家茂《いえもち》は7月20日に大坂城で急死した。享年21（満20）歳の若さからすれば、幕長戦争による心筋梗塞《しんきんこうそく》とも考えられる。死後、ひと月ほど将軍の死は伏せられていた。将軍の死が公表されると、辻将曹は幕府側の勝海舟と長州との和平交渉の場をつくった。そして、宮島で幕長戦争の休戦が成立した。

ただ、幕閣には敗戦意識がなく、将軍の急死による一時休戦であり、追ってまた攻撃する態度だった。しかし、幕府軍は続々と広島を去って行った。先鋒総督《せんぽうそうとく》も9月4日に出帆した。

第５章
御手洗

　高間省三と綾が示しあわせた、秘かな晩秋の旅だった。ふたりは気帆船で江波港を出発した。大崎下島の御手洗港《みたらいこう》にむかう。綾は淡い紺色の着物を着る。

　学問所の助教の省三は、宮島の和平が成立した翌月（１８６６年・慶応2年10月）から、岡山・井原の興譲館《こうじょうかん》の遊学がはじまっていた。館主は著名な学者の阪谷朗蘆《さかたにろうろ》である（後に広島藩に招かれて学問所の教授・息子は東京都知事）。省三は月に３度は広島に帰ってくる。

　汽帆船は蒲刈島、下蒲刈島の間を通り抜けていく。島々の山は海から屹立し、山頂の稜線がわずかに白い雲を被っている。山麓の民家の里が、ほんのわずか紅葉・黄葉に染まりはじめていた。

　黒い煙を吐きだす気帆船には武士、商人らが呉越同舟《ごえつどうしゅう》で乗船している。ふたりが立つ甲板には手甲・脚絆姿の旅人が多い。乗船客たちは口々に風光明媚《ふうこうめいび》な瀬戸内を語り、その情景を楽しんでいた。

「綾、この旅は秘密だよ。両親にも」

　省三は帯刀のすっきりした武家姿だった。

「あら、餞別までもらってきました。ご噂人さま（相手の父親・多須衛）に、省三さまから御手洗に誘われました、とお話し申し上げましたところ」

綾はさわやかな顔だった。

「話してしまったのか。それで、父上はなんと言った？」

「はい。許嫁ですから、遠慮することはない。省三さまが血気盛んで、やりたいことが多すぎて、婚礼を先延ばしておる。世間の眼はどうあれ、ふたりの旅は認めるぞと、歓迎してくれました」

話す相手が母親ならば、婚前の泊りがけは駄目です、世間体があります、と猛反対だろう。綾は、そのあたりのツボを心得ているようだ。

「それだけじゃないだろう？　あの父上ならば」

「それ以上、私の口からは申せません」

綾が戸惑った表情になった。

「遠慮ない、申せ。父上はなんと言った？」

「口にすれば、綾はふしだらな女だと思われます」

「隠す必要ない。たとえ、世間がふしだらと思おうとも、いずれ婚礼をあげる仲だ。拙者はなにも思わぬ」

「女の立場として、口には出しにくくあります……」

綾の目が逸《そ》れて、海の波間に遊ぶカモメのほうに流れていた。

「顔を赤らめてばかりいないで、はっきり申せ。ふたりの間で、どんな風評が立とうとも、結婚すれば、それで解消する」

省三は、綾の胸のうちを推し量ってみた。今夜は寝床をともにして身を任せる。しかし、祝言前にお腹に子供ができたら、世間にたいして恥ずかしい。そんな想いかもしれない。綾の顔をじっと見つめた。

「もう、いや。うまく話せません」

綾が背中をむけてしまった。

（磊落《らいらく》といわれる父上ならば、御手洗で赤子でも作ってくれれば、省三は婚礼も急ぐだろう。そんなことくらいは言うだろう）

豊田灘の潮流が速まり、磯のまわりでは渦を巻き、海面の色を変えていた。この海峡には気帆船の航行が目立つ。

かつて九州と京坂は陸路だったが、最近は海路の商船が栄え、武士や商人の乗船客が多い。人と物の交流が盛んになっていた。九州、四国、中国地方の大名や各藩士たちが、大坂、京都、江戸に向かうときも、陸路よりも早い、瀬戸内の海路を利用する。脱藩の浪人たちも御手洗港に上陸し、遊郭や料亭で情報交換を行っている。

京都は会津藩や新撰組など公儀の目がひかる。この御手洗港の方がより安全だ。汽帆船を利用して、志士たちは集まりやすく、密会に適した港だという。それら利用客を相手にした遊郭

御手洗港（大崎下島）は薩摩藩の密貿易港だった

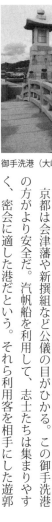

や料理屋がことのほか発達している港町である。

『御手洗を知らずして、倒幕を語るなかれ』

学問所の先輩である橋本素助《はしもともとすけ》から、かつてそう聞いていたことがある。橋本は28歳で、文章力があり、藩の公文書の生字引きともいわれている。

『芸州広島藩の戦略を知る上でも、御手洗を統括する勘定吟味役《かんじょうぎんみやく》の船越寿左衛門《すざえもん》どのから、現地で諸事情を聞いておくと良い』

こうした橋本の助言から、省三は今回の御手洗行きを実現させたのだ。

省三の視界のなかには、千石船、塩米を運ぶ30石船、日焼肌の漁師が一本釣りする漁舟、櫓をこぐ小舟、岬の岩礁で遊ぶ子どもら、多種多様な情景があった。

綾の顔が潮風になびく黒髪とともに、こっちに戻ってきた。

「省三さま、岡山の遊学から一時帰国されて、御手洗港へ行こうと言われた時、心がときめきました。気帆船に乗るのが、綾の夢でしたから」

「これまでふたりして宮島、音戸瀬戸で遊んだけど、みな日帰りの旅だった。泊まりがけは初めてだ。拙者が怖いか」

「怖くありません、省三さまのお側ですから」

「祝言のほうだが、井原の興譲館で学び終えるまで、待ってくれ。いまは書生の身だから。約束通り、拙者が20歳、綾が21歳で祝言を挙げる」

「私は年上です。省三さまが心変わりしないか、綾は嫌われないかと、日々、悩んでおります」

「なにを言う。美しい綾は永久《とわ》にある。気取った言い方かもしれぬが」

それは省三の本心だった。

「孫は男子が良い、と申されました、ご噂人さまは」

綾がふいに言った。

「誰もが世継ぎを願うものだ」

（でも、今夜は、お部屋は別にしてください）

綾から一言そう言われると、祝言は先延ばしにするだけに、省三は強引な態度でひとつ寝床に連れ込めない。乱暴な態度に出れば、嫌われてしまう。ただ、泊りがけを承知で旅にきたから、全面拒絶はないだろう。

（婚礼の日取りが決まるまで、お待ちください。きれいな身でいたい）

となると、綾の気持ちはどこまで尊重するべきなのだろうか。拒否されても、突き放されても、いちどは執拗に言い寄ってみる。それが裏目に出て、綾に見下げられ、嫌われてしまうかもしれない。……どんな言葉ならば、ひとつ部屋に布団がふたつ並ぶのか、と省三はあれこれ推し量っていた。

「この御手洗は豪商が多く、文人、歌人、俳人が多いと聞きおよんでいます」

「どこぞ、茶室があれば、綾に所望いたす」

省三は上田宗箇《そうこ》流の茶道に通じていた。

「お願いします。省三さまに、お尋ねしたいことがあります」

「綾の質問はとかく厳しいからな。なんだ？」

「御手洗って、どんなところですか」

「瀬戸内では最も栄える港のひとつだ。藩にとって、最も重要な交易港だ」

「あの、……御手洗は藩内で、いちばん遊郭が多い港と聞いています。尾道、鞆《とも》ノ浦よりも」

「そっちの話か。今晩、拙者が色町で遊ぶ、と疑っておるのか」

「はい。女って、バカですよね。船越さまとともに遊郭に登られるのではないかと、ひとり詮索して苦しんでいます」

「あり得ない。綾は嫉妬《しっと》深い女だな」

「省三さまが元服の年から、わたしは嫉妬深くなりました。本丸の御舞臺《おぶたい》で、省三さまが平家物語の『敦盛《あつもり》』の能を優雅で美しく舞われました。まわりの女性《ひと》が、素敵な高間さま、理想の男性、ちょっとでもいいから省三さまの肌にふれてみたい、と評判になりました。あの日から、綾の心には嫉妬の根がいっそう強く張りました」

「あの敦盛の能は、はじめての大舞台だった。いまでも目に浮かぶ」

本丸の内庭には、白い栗石を敷いた、野外の能舞台がある。

御舞臺の真向かいの「御居間」に、浅野藩主や三家老、世子、上級藩士がならんで観劇する。元服の藩士が舞うときは、関係ある女性も特別席の「御縁側」で観ることが許される。盛装した綾も許嫁として、そのなかにいた。

安芸国は平家の色合いが強く、『敦盛』はつよく好まれる演目の一つだった。16歳の平家の平敦盛が、一ノ谷の合戦で、熊谷直実《なおざね》に討たれる、悲劇の場面である。

芸州広島藩の能は喜多流である。

「……須磨人になり、果てる一門の果ぞ悲しき」

地謡座では謡が響く。

能舞衣装の敦盛の省三が「鏡之間」から橋掛り、御舞臺へと進む。直面《ひためん》（面をつけず素顔）であらわれる。

「省三さまがお美しくて、心がしびれました。だれにも獲られたくない、とわたしの心に嫉妬が育ったのです」

武将の敦盛が、平家一門の栄枯盛衰を語る。笛を吹き、討ち死にを前にした最後の宴を愛《かな》しんで舞いを舞う。後場では《十六《じゅうろく》》の面をつけて舞う。

「なぜ、悲しい武将の能をお選びになりましたの？」

綾が甲板の手すりに止まったカモメたちに手を向けると、さっと飛び立たれた。

「戦記物は多く読んできたが、敦盛にはとくに心が惹《ひ》かれておる。死の直前、敦盛は笛を吹いた。拙者は能を舞う。ところで、拙者がもし戦場で死んだら、綾はどんな和歌を詠む？」

「いやです。そんな、死ぬなんて」

「武士ならば、殿の命令があれば、いつでも出陣する。敦盛のように、戦場で死す、ともかぎらない。綾の気持ちを和歌で聞いておきたい」

「もし、省三さまが死ねば、独り残されるのは嫌です。哀しすぎます。暗い海に飛び込みます」

「死なずともよい。余のヤヤを育ててくれ」

なんの抵抗もなく、すらっと言葉になった。綾の顔が赤らんだ。今夜の寝床に気持ちが馳《は》せたのだろう。

「怖い。省三さまが死んでしまうなんて、考えたくない」

綾は両手で眼を抑え、悲しげに肩を震わせた。

「余が戦場で討たれようとも、魂は綾にある。武士の嫁になる身として、泣かずに詠んでくれ」

ふたりの間に、沈黙の空気が流れていた。

綾は遠くを見つめながら、和歌を考えはじめたようだ。

『あふくかな　千里の外も　へたてなく　君と父とに　つくすまことを』

綾が詠んだ和歌が、省三のこころの奥まで響いた。

省三はそれを口ずさみ、記憶してから、

「仰ぐかな、拙者の身が千里の彼方にあっても、綾の心は隔たりがなく、君（省三）と父上につくす誠か……。綾が永遠の愛を詠ってくれた。嬉しいぞ」

「省三さまを想う心は、幾千代です」

「拙者から、返歌を考えるかな」

死んでも魂は存在する。それが省三の死生観だった。ここらを詠みたかった。

「要りませぬ。たとえ戦場に行かれようとも、無事にお帰りくださいまし。それが返歌です」

「さようか。拙者が戦死したならば、綾が十九歳で詠んだ、この和歌をいずこか神社に奉納してほしい。ふたりの愛は永久にある証しとして」

「おやめください、そんな話は……」

綾が着物の袖で眼をぬぐった。そんな横顔がいじらしく艶やかに思えた。

汽笛が鳴り、御手洗港に近づいた。入り江には、藩船、汽船、千石船、漁船などが係留している。港は見るからに繁栄していた。

瀬戸の灘はどこも潮流が速く、帆船のみならず、蒸気船すらも、潮待ち風待ちを必要としていた。この御手洗は三方に小島が浮かび、流れの速い潮流を遮断する天然の良港だった。と同時に、交易港だった。米だけでも年間に１万７０００石の扱いがあった。

広島藩内ではもう一つ、平安時代から栄えてきた宮島港がある。御手洗の船越寿左衛門と宮島の小鷹狩介之丞が、ともに勘定吟味役で藩の財政運営にとって重要な人物だった。かれらの執務室は広島城の二の丸にあり、省三はともに顔を知る。

「船越のお父上は怖い人かしら？」

「剛毅な人だ。女好きで、豪放で、料亭遊びが得意で、とてつもなく大盤振る舞いらしい」

「女好きだなんて。省三さまは真似なぞ、しないでくださいまし」

「拙者はだいじょうぶだ」

「ほんとうですね」

「念を押さなくても、綾と御手洗にきて遊郭遊びなどするはずがない」

「誘われても、お断りしてくださいまし」

「わかっておる」

省三は明瞭に言い切った。

海岸沿いには豪商の邸宅がならぶ。常夜灯のすぐ沖合で、汽帆船が投錨《とうびょう》した。石の鳥居に近い浜には大雁木《だいがんぎ》があった。そこには船越寿左衛門が待っていた。大柄で、肩の張った50歳代後半だった。

勘定吟味役の寿左衛門は、穀物相場を読みやすい立場にある。私財を相場でかなり儲けた理財家らしい。土佐浪人の中岡慎太郎は、なにかと御手洗に立ち寄っている。寿左衛門とは昵懇《じっこん》だ。かつて中岡の紹介で、大和十津川藩の志士に、小銃50挺と金1500両を寄贈している（1863・文久3年）。息子の洋之助から直接聞かされた話である。そんな気前が良い親父らしい。

艀《はしけ》で上陸した省三と綾は、寿左衛門に形通りの挨拶をおこなった。そして、御手洗港の案内を乞うた。

「この竹原屋では、七卿都落ちの際、三条実美《さねとみ》卿など五卿が宿泊しました」

建物は妻入り本瓦葺きの朱塗り造りだった。

「8・18京都のクーデターで歴史が動いた……」

そう呟く省三はじっと建物を見ていた。行き交う町人らが次々寿左衛門にお辞儀をしたり、挨拶をしたりしていた。

案内の場所が海岸に沿って移った。

「ここが住吉神社でございます。大坂の鴻池《こうのいけ》善右衛門が社殿を造り、寄贈してくれたものです。

金箔がずいぶん使われて豪華でしょう」

「金色に輝いた社殿で、とても素敵です」

「鴻池がこの御手洗港に、なぜ膨大な寄進をする？　理由が解りますか」

寿左衛門があえて綾に訊いた。

彼女は細い首を傾げていた。

「それは広島藩の蔵屋敷が、大坂の四大米蔵のひとつ、といわれるくらい巨大だからです。鴻池はわが藩の御用商人です。まず広島藩の年貢米が、御手洗と宮島に集まり、尾道や大崎上島の海運業者が大坂蔵屋敷に運び込みます。鴻池が大坂の米相場を見ながら換金していく。鴻池にとって、この御手洗は切っても切れない縁なんです」

広島藩は、長州藩など他藩の米も安く仕入れる。そして、大坂に運ぶ。鴻池が相場を見極めて売りさばく。『芸侯の商売上手』といわれてきた。それは広島藩の米扱いを独占する鴻池の商い上手にも起因していた。

米相場の先行きの情報があれば、寿左衛門はまちがいなく私的な財を増やせる、と省三には理解できた。

(今でいうインサイダー取引で、それが許される時代だった)

『芸侯の商売上手』でも、広島藩はいつも赤字財政だった。それはなぜか。芸州広島藩は、安芸1国・備後8郡の42万6０００石である。だが、実高は35万石にも満たなかった。(長州藩は逆で、36万石に対して約75万石だった)

幕府は毎年、広島藩には42万石の格式で負担を求めてくる。それが大きな負担になっていた。浅野家臣たちは『差し上げ米』として扶持《ふち》の約半分を自主返上する。だから、当時の浅野藩家臣の禄高は、ほかの藩に比べて極度に少なかった。藩の方針はつねに我慢と節約である。

花盛りの年頃の綾たちも、外出着は華やかな振袖でも、室内では質素な木綿の袷《あわせ》を着ていた。大半が3、4代にわたる着古した着物である。

「この御手洗は薩摩の密貿易の港です。薩摩藩士が常時6、7人ほど滞在しております」

大きな地声の寿左衞門は、内密の話だが、綾なら聞かれてもいい、という態度を取りつづけていた。ただ、町人や旅人の眼が気になると、やや小声になる。それでも声は太い。

「この脇屋が、その薩摩藩の船宿です。薩摩藩の五代才助《ごだいさいすけ》が密貿易の責任者で、御手洗に年に何度も来て、宿泊し、取り仕切っております。文久2年（1862）から、イギリス、フランス、オランダの外国船を御手洗に密入港させて、武器弾薬を荷揚げしています」

「幕府に知れると、大変なことになるのでは？」

省三は気を使って、小声で話した。

「そうです。幕府が開港したのは長崎、函館、下田の三つ。長崎出島を通さない武器の輸入はご禁制。それを知ったうえで、薩摩は御手洗に外国船を入港させて、通詞（通訳）の藩士もおいて海外と密貿易をしているのです」

「だから、薩摩藩士が常駐しているわけだ」

「さようです。船宿を借り切り、地位のある薩摩藩士が常駐します。わが広島藩内では、御手洗における薩摩の密貿易を中止させよ、という声は実に多い。幕府にばれたら、どうするのだ、と危惧しています。しかし、この貿易は、10代藩主の慶熾《よしてる》公と島津斉彬《なりあきら》公と藩主どうしが取り決めた、長い歴史があります。こちらを見てください」

寿左衛門が花崗岩の墓を指した。１７１７（享保２）年『薩州・二階堂十郎兵衛』と墓標に刻まれていた。このころから薩摩藩は御手洗に来ていた証しだという。港の豪商の屋敷の天井には、どこも屋久杉がぜいたくに使われておるなど、薩摩文化が御手洗に根づいている、と寿左衛門がつけ加えた。

「浅野慶熾どのは徳川将軍の孫で、幼い頃より聡明《そうめい》だったと聞いております」

慶熾は江戸で、島津斉彬ら多くの名君と交流があった。

薩摩は日本の最南端に位置する。火山灰の瘦せた土地で、米がほとんど取れず、特産品は屋久杉と砂糖くらいの貧しい藩だった。同藩は鹿児島と大坂を結ぶ、中間の交易基地が瀬戸内のどこかに欲しかったのだ。

慶熾と斉彬の話し合いで、御手洗が薩摩の貿易港として提供されたのだ。

当時、アメリカは南北戦争のさなかだった。南部の綿の輸出が止まり、地球規模で綿糸不足になった。世界的に高騰していた。

「そこで、薩摩の五代才助と広島藩の米蔵を仕切る鴻池とが結びついたのです。大坂や江戸に拠点をおいて国内の綿糸、絹糸、お茶（紅茶用）を買いまくり、そして、御手洗に運んできた。入港させたフランス、イギリス、オランダ船などで海外に送り出したのです」

薩摩の密貿易は、海外の綿価格暴騰を背景にして、急激に伸びた。京坂の木綿問屋のみならず、江戸・日本橋の薩摩屋(治兵衛)が綿糸を買い漁った。そして、海外に流す。売れば売るほど儲かる。その膨大な利益で、薩摩は主にイギリスで建造された軍艦、フランスの最新式銃、射程の長い大砲などを購入してきた。

その結果として、幕末期には、薩摩が蒸気軍艦船(17隻・ほとんど英国建造)の保有が全国最大となり、幕府(9隻)を超えるまでになった。ちなみに、広島藩は4隻だった。

時の名君・斉彬が死期において、『自分なきあとは、芸州の浅野慶熾に託せ』と遺言した。それから半年後、慶熾も病死したのだ。

薩芸《さつげい》の強い結びつきは、ふたりの死後もつづいた。

一方で、薩摩の綿糸の買い占めが、国内の綿相場に飛び火した。庶民が必要とする綿や絹の反物が底を突き、大高騰した。着るものも買えない。悪評高き薩摩になっていった。

ところが、徳川家は島津家から将軍の正室を入れており、国内で綿や絹を買いまくる薩摩に、厳重な抗議ができない体質になっていたのだ。第一次、第二次幕長戦争では、数万の武士や兵士が西日本に集まってきた。その消費の急増で、京坂ではとうとう狂乱物価になった。

それが庶民の怒りとなり、翌年の1867(慶応3)年夏には投げやりな『ええじゃないか』に結びつき、『農民一揆』や『強奪掠奪の騒擾《そうじょう》』へと幕府の土台を一気に崩しはじめたのだ。

「薩摩は民を敵にしている。ただ、貧しい芸州広島藩も、おこぼれの利益を得ておりますからね。わが藩の財政は厳しいし、これもなかなかやめられない」

寿左衛門が藩内の内情などを語っていた。

地球規模で稼ぐ五代は、輸出品の購入の拠点を大坂に持ち、つよい経済地盤をつくった。そして実力者に伸していった。だから、五代は明治に入ると、薩摩人でありながら、初代の大坂商法会議所の会頭になっている。

一般にいわれる、薩摩が奄美諸島のサトウキビの密貿易で利益を得た、それで武器や軍艦を買ったと見なす説は、あまりにも貧弱な思慮である。アメリカ南北戦争が日本へおよぼした影響など、世界史の視点がなさすぎる。砂糖ていどで、幕府を上回る蒸気船、軍艦など保有できるはずがない。

「話は変わりますが、下関戦争の後、米国、英国、フランス、オランダの四か国の大型軍艦がいちどに12隻も上方に向かっておりました。兵庫開港（神戸）への威圧行動です。この寿左衛門は、御手洗沖を通る、あの艦隊を見たんです。甲板に大砲を据えた軍艦で、威風堂々と凱旋《がいせん》していた。もし、あのような軍艦が江波や宇品の沖合いから広島城を攻撃したら、砲弾距離からしても、お城にとどいてしまう。どんな地獄絵になるか。そう思うと、ぞっとしました」

寿左衛門はそれを広島藩主に報告した。それで長訓《ながみち》公が武具奉行の高間多須衛に、軍艦の購入を命じたという。

「多須衛どのは薩摩藩から10万両を借りて、軍艦を購入なさったのです」

その返済方法は御手洗で米、銅、鉄、綿などを渡す。だから、その後も、薩摩航路の船が御手洗に入港する名目があった、とつけ加えた。

「わが藩が軍艦を購入したことは、父上からも聞いておる。ただ、薩摩から10万両を借りたとは知らなかった」

「それとは別に、もう一つ、これは理解しておいてください。広島藩の大きな港は宮島、御手洗、尾道です。主だった商船は、尾道と大崎上島の海運業者の持ち船です」

「さようだな」

「薩長といえば犬猿の仲。それはあくまで表向きです。裏では、とても仲がいいんです」

米どころ長州が宮島港に荷を揚げる。芸州広島の商船がそれを御手洗に運ぶ。薩摩が、その米を鹿児島港に運ぶ。三角貿易です。朝敵となった長州は、京坂と直接の交易ができない。そこで、薩摩が大坂の物資を御手洗に運んでくる。そして、芸州が宮島に横持ちをかける。

「禁門の変で、険悪になった2藩ですが、薩摩は米がないと生きていけない。長州も、生活物資がないと生きていけない。三角貿易の仲立ちが広島藩です。薩長芸の3藩は切っても切れない関係なんです」

「瀬戸内海の大動脈は、村上水軍の時代、毛利の時代から、安芸の国が優位に押さえておるからな。現在でも、わが広島藩がそっぽを向いて重要な動脈を塞げば、軍事面では薩摩も長州も困るだろう」

省三が言った。

「むろん、軍事面のみならず、物流も止まり、人々の生活も困ります。……実は三角貿易ですが、先般、慶応元年でしたかね、中岡慎太郎がこの御手洗に来ましてね。薩摩と長州を直接交易させるから、芸州の仲介料が減ってしまう、と了解を取りにきました。斉彬公と慶熾公の強い結束の下で生まれた、三角貿易ですからね、中岡は仁義を切りにきたのです。広島藩を怒らせて敵にまわせない」

これが世にいう、龍馬と木戸と西郷と小松がからむ薩長同盟である。

「それで？」

「拙者は、その方がええと賛成しました。わが藩の重役たちから高まっておる、御手洗の薩摩密貿易の批判が、これで多少なりともかわせるし。だから、薩長の交易は直接取引になり、ここ１年間は薩長芸の三角貿易はがくんと落ちました。でも、皆無ではないですよ。薩芸はヒビも入らず、良好な関係です」

３人はふたたび竹原屋の前に戻ってきた。オランダ人のテーレマン・パークがここに約1年間滞在し、薩摩藩などに銃を密売している、と寿左衛門が語る。

「薩長の直接貿易が生まれて、三角貿易はなくなっても、薩摩藩の鉄砲の密輸入はなくなっておりません。いまも、最新の銃はこの御手洗で荷揚げしております。つい最近入ってきたフランス製の最新銃ですが、これは凄い威力です」

「どの程度の威力ですか」

「薩摩藩士から、ちょっと借りて実射してみました。軽くて持ちやすく、射程が長く、七連発の高性能です。向かいの岡村島の通行人の頭でも狙えますよ」

寿左衛門が対岸の島を指したうえで、さらにこう言った。

「かりに、幕府軍と薩摩軍が戦ったとします。100丁のフランス銃があれば、火縄銃の幕府軍1万人の兵を皆殺しにできるでしょう。相手が火縄に火をつけている間に、次々射殺できます。薩摩の死者は20人も出ない。2万の兵でも、3日で撃退できるでしょう」

「命中度は凄そうだ」

その話題に夢中になっていたが、ふいに綾をみると、身震いしていた。綾には血なまぐさい話になったようだ。

「先般、五代どのが御手洗に来た折、薩摩は長崎のグラバーから申し訳ていどに銃を買っている、と申されておりました」

それは幕府の眼をあざむくもの。幕府に届けて記録に残させたあと、坂本龍馬をつかい、他藩に売らせている。どの藩も、武器は単に数合わせだから、飛びついている、と話していた。

「中岡がいつぞや御手洗に立ち寄り、薩摩藩の銃は御手洗で揚げた高性能ばかり。低性能な、アメリカ南北戦争の終了から流れてきた西洋銃は、龍馬がみな売り捌《さば》いておる。そんな安価な銃は薩摩に必要ないんだ、と笑っておりました。綿糸と絹で大儲けした薩摩の余裕です」

「会ったことはないが、中岡どのはよく来られるのかな?」

「御手洗は情報の宝庫だと言い、よく立ち寄りますよ。土佐人は酒が強い。来るたびに、よく飲みます。わが息子の洋之助も、京都で情報交換しておるらしい」

御手洗は、かつて割腹自殺を図った星野文平の出身地だった。崇拝する星野の墓参りをしたかったが、墓は京都にあるという。省三は心のなかで、花と線香をささげた。と同時に、星野のことばを思い起こした。

『(京に上がる4人) 諸君死を惜しむなかれ。もし死を躊躇《ちゅうちょ》するならば、誰が国論の統一を成し遂げられるというのか』

死を躊躇せず、一途な生き方が省三の理想だった。それを綾に教えると脅えそうなので、黙っていた。

「これから、船宿にご案内します。ゆっくり、体を休めてください。夕食後、お迎えに行きますから」

「夜は気づかわれなくても、大丈夫」

省三はちらっと綾の顔を見た。

「夜の賑やかな御手洗で遊んでもらわないと、この船越が笑われてしまいます。まず、旅の疲れを風呂で流されると良い。食事が終った頃に、迎えに参ります。こちらの船宿です」

海辺の離れ座敷だった。床の間がある8畳間と次の6畳間と二間続きで、中庭に面した茶室がある。そこで、省三は綾にお茶をたてた。

夕食の豪華な膳が並べられた。舟盛りの刺身、焼鯛、サザエの焼物、焼カキ、結び昆布、銀杏、石焼き豆腐、海草の酢の物、そして吸い物だった。

「豪華だな。全部食べたら、お腹が破裂する」

「お酌します」

「綾も、飲みなさい」

「顔が赤くなったら、どうしましょう」

そう言いながらも、綾が六角形のお猪口をもちあげた。

窓から見る島々が夕焼け空で、やや薄暗くなった。食べ終わる頃になると、

「綾さま、高間どのをお借りします」

と寿左衞門が離れまで迎えにきた。

「一緒されますか」

「いいえ、私は宿に残ります」

「拙者は、すこしお相手してくる」

船宿を出た省三は、遊郭・若胡子屋の誘いを断った。最初は料亭だった。寿左衞門は豪快な飲み方で、芸者衆を相手に踊るや謡うで、遊び上手だった。寿左衞門がなにかと持ち上げるので、省三のまわりの芸妓3、4人が一度に抱きつき、白粉の頬を寄せてくる。酒は注ぎまくる。花街遊びのさなか、泥酔した省三は途中で意識がなくなってしまった。

気づくと、船宿の離れ座敷の布団に横たわっていた。

省三の頭には、冷たい手拭いが置かれている。朝の鶏はもう鳴き終えたのか、窓の外は明るい陽射しだった。港の船乗りたちの声が響く。トンビが高く鳴く。

綾がそばで正座して見守っていた。

「お気づきになりましたか」

「頭が痛い。船越どのは酒豪だ。まさか、こんなに飲まされるとは思わなかった。綾は眠れたか」

「いいえ。ずっと、お側でお守りしていました」

「一睡もせずにか」

「そうです。あんなにも酔って」

綾の眼は冷やかだった。一晩中、ここは寝床を一緒にするべきか否か、と考えつづけていたかもしれない。女の方から寝床に入れなかったのだろう。

「怒っておるのか」

省三の着物だけが丁寧にたたまれていた。

「もし、帰り道で海岸から海に落ちたら、どうします。危険極まりない酔い方です。あんなお姿は好きではありません。芸妓さんたちに両脇を抱えられて、船宿のこの部屋まで送り届けられたりして」

綾は話すほどに不機嫌な顔になってきた。

「綾は眠かろう。いまから寝てもいいぞ」

「結構です。ご朝食も冷めています」

綾の顔がそっぽを向いた。その眼は海峡を行き交う船に流れている。

「父上に、報告する？」

省三が綾の顔をのぞきこんだ。すると、背中をむけられてしまった。

第6章　大政奉還

広島城の本丸の庭には、篝火《かがりび》が赤々と焚かれていた。天守閣の斜め上空には半月がかがやく。本丸御殿の「御居間」では、燭の明かりが、藩主の浅野長訓《あさのながみち》と執政の辻将曹《つじしょうそう》の姿を浮かび上がらせていた。青い陶器の火鉢では、真っ赤な炭火がパチパチと跳ねる。12月下旬の広間は底冷えがする。

ふたりは火鉢を囲み、向かい合っていた。

長訓の手もとには、幕府からの書簡があった。

『長州藩に寛典《かんてん》の歎願書（おわび状）を出させよ。それによって、幕府が処分を伝える』

幕府はいまもって、第二次征長の敗北すら認めていない。やたら、強気だ。戦勝した長州藩は、幕府に「おわび状」など出すわけがない。

「もう、双方の仲介は止めましょう。さきの無益な幕長戦争は、幕閣の意地とミエと体面だけです。参戦した諸藩はいまや金も人も使い果たし、財政圧迫で苦しんでいます」

辻はかつて謹慎処分を受けてまでも、徹底して幕府に非戦を解《と》いてきた。しかし、戦いに突入した。辻はそれ以降、幕府につよい憤りを覚えていた。

諸藩は、戦国時代のように領土や勝利品が貰えるわけでもない。人馬に要した1日2食の食費、雑費、宿泊費もそれぞれが負担し、往復した街道筋の宿から、宿泊費が未払いだと督促を受けている。

かれらは、戦場に武具や兵器を放り投げて帰藩している。新たに最新の銃を買い揃えるとなると、これまた藩財政を圧迫するし、農民などに苛酷《かこく》な負担となる。

いまや、天下の人々は塗炭《とたん》（苦痛）の境地に陥っている。

辻は配下の応接掛に命じ、各藩から実状を収集してきたうえで、現況を解析していた。さらに、こうつけ加えた。

「近畿の民は物価の高騰に苦しみ、関東筋は凶作で流民が多く、農民一揆が多発しております。これらを収束できる能力の人材は幕閣にはおらず、収拾不能な事態に陥っています。あの小笠原老中すら、幕閣でなお君臨しています。幕府の根は腐っております」

辻が火鉢に炭を足した。赤い火が小さく跳ねた。

「辻の言うとおり。幕府にたいして労しても、もはや無益だ。幕府の言いなりになることはない」

「豊作、凶作は天運しだい。万が一、来年も凶作となれば、関東、関西にはいっそうの騒擾《そうじょう》がひろがります」

「となると、この先、徳川幕府はわが国を背負っていけるのだろうか？」

長訓の顔には否定的な難しい表情があった。そして、厠《かわや》に出むいた。

辻が両手をたたくと、女中頭が粉のふいた干し柿とお茶を運んできた。ご苦労、とひとこと労をねぎらった。

長訓が戻ってくると、女中頭がていねいにお辞儀してから出て行った。

「辻は、この先どうしたい？」

長訓の眼は、ここに広島藩の命運を感じているようだ。

「政策が朝廷と幕府と二か所から出てくる、こんな国はいずれ崩壊します。億万の民が不幸に陥るのは必定《ひつじょう》です。ここは徳川家を排除し、政治を根っこから変えてしまう。その策として、徳川家には政権を朝廷に奉還《ほうかん》してもらう。これ以外に国家を救う道はありません。新たな政権で出直す。つまり、大政奉還です」

「うむ。それには、わが広島藩がまず幕府と縁を切らないと、大政奉還は推し進められないな」

「まさに、殿のおっしゃる通りです」

「これは藩の運命を左右するな」

長訓は腕組み考え込んだ。その顔は、自分に最終決断を求めている表情だった。

辻はここで間を取った。沈黙が室内を支配した。書院窓の障子には、篝火《かがりび》の赤い炎が揺らめいていた。辻がころあいをみてこう言った。

「わが藩が倒幕に動かずして、どこが動くでしょう。幕府には、まだまだ力があります。面と向かって、政権を朝廷に返すべきだと言えるのは、頼山陽の皇国思想を持った、この広島藩だけです。もし、このまま見過ごし、傍観して日本が植民地にでもなると、禍根《かこん》を残します」

「いま、広島藩が単独で政権返上の建白書をだせば、徳川７００万石が牙をむき出し、幕閣は浅野をつぶせというだろう。浅野家が紀州から広島に転封《てんぽう》してから200年余。わが藩は最大の危機に陥るかもしれない」

「賭けてみましょう、これは国の民のためです。かつて学問所55人の建白書にも『殿様には心をつくし、火の中、水の中までも赴《おもむ》くことを厭《いと》いません』と書かれておりました。わが広島藩が危機に陥れば、家臣たちは戦ってくれます」

「ここで、将来を背負う若者たちから直接、賛否の意見を聞いてみたいところだが、逆効果で、藩主の迷いだと受け止められると、それも困るしのう」

「殿、ここはご決断を」

「わかった。広島藩は倒幕に決めよう。大政奉還で行こう。すべての藩士が倒幕に心を一つにする。ここで、いたずらに時間を過ごせば、民の不幸が長びくだけだ。建白書は橋本素助《もとすけ》に書かせて、執政の石井修理《いしいしゅり》に届けさせよう」

「私が行きます。石井は赤字財政の下でも、軍備優先、軍事強化の考えです。建白書ひとつで巨大な幕府が変わるとは、石井はみじんも思っていないでしょう」

「だからこそ、石井に大政奉還の建白書を持たせてみる。あの強気の性格ならば、いざとなれば幕府と芸州広島が戦いも辞さない強気の態度で、押し付けるだろう。意外性が新しさを生む。それに、辻は謹慎が解けてまだ半年、前面に出ない方が良い」

長訓は、みずから石井を呼び出した。

1866(慶応2)年12月29日、執政(家老級)の石井修理は江波港を出発した。翌年正月4日に、修理が板倉勝静《いたくらかつきよ》閣老へ拝謁した。そして、大政奉還の建白書『幕府をして反正治本をもとめる。よって罪を謝罪し、政権を朝廷に返還せしむる』という大政奉還の建白書を提出したのだ。

翌5日には菅野肇の飛鳥井雅典《まさのり》伝奏《でんそう》へも上奏書を出した（『藝藩志《げいはんし》』第七十五巻）。

一般に伝えられている土佐藩からの大政奉還の建白書（同年10月3日）よりも約10か月も早く、広島藩から幕府と朝廷に提出されていたのだ。

この建白書はいったいどうなったのか。板倉閣老が握りつぶしたのか。徳川慶喜《よしのぶ》が無視したのか。朝廷も推し進める力がなかったのか。一通の大政奉還の建白書ごときで、巨大な幕府がひとつ返事で政権を投げ出すわけがない。いずれにせよ、この段階では機が熟しておらず、採用されずに終わった。

広島藩は黙って引き下がらず、世子の長勲《ながこと》、執政の辻将曹、石井修理、応接掛の船越洋之助、小林柔吉らが藩論一致の下で、それぞれ活動をはじめたのだ。

1867（慶応3）年上半期の政局は、長州の最終処分と兵庫（神戸）開港問題で紛糾していた。欧米の列強は兵庫開港を求めていた。15代将軍・慶喜はこの勅許をつよく求めているのだ。

船越は大政奉還の工作に入った。医者で応接掛の小林と合流した。土佐浪人の中岡慎太郎（当時・石川清之介）が偶然にも京都に入っていると知った。4月20日に接触を図った。

「ひさしぶりだ。どこかで、ゆっくり語ろう。すこし遠いが、拙者の船宿が良いだろう。新撰組や見廻組などに踏み込まれたら、中岡は川船ですぐ逃げられる」

船越と小林のふたりが、そのように誘った。

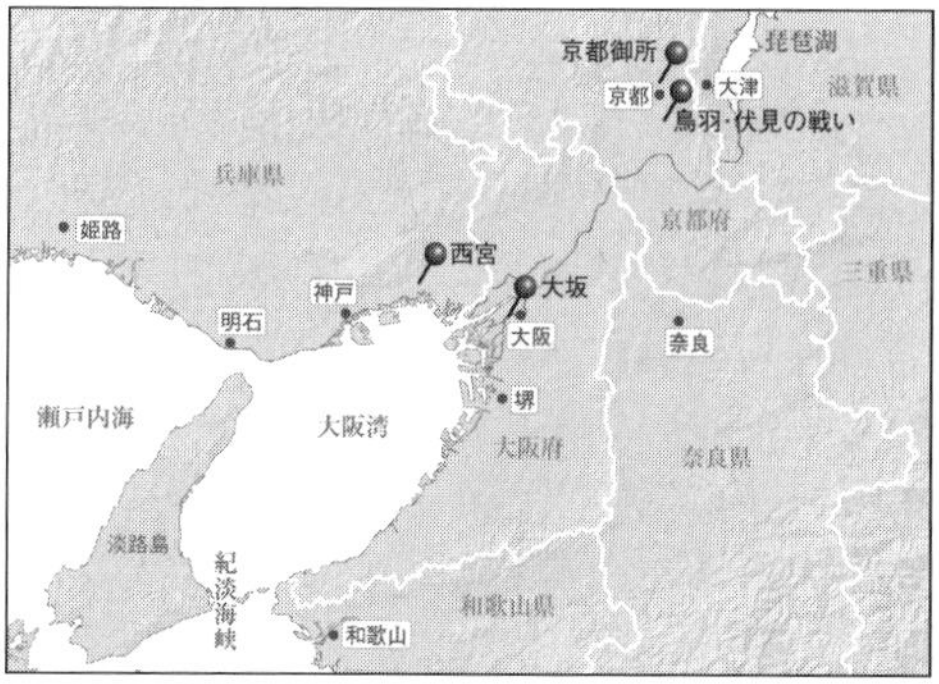

関係地図　大坂・京都・鳥羽伏見

「それはだいじょうぶ。ことし2月に、勝海舟から容堂《ようどう》公への口添えで、脱藩の罪が取れた。土佐藩士の身分に戻れたから」

中岡は眉の濃く、目がつり上がった猛勇《もうゆう》の顔つきである。

「それなら、祇園で一献傾けよう」

鴨川の橋を渡り、横丁に入り、路地をひとつ抜けた先だった。料理屋の2階の奥の間に上がった。3人は膝を交え、まず世情や政治について語り合った。

中岡慎太郎日記によると、このさき4か月間だけでも、船越洋之助や小林柔吉と延べ15回も会って、ときには夜を徹し議している。

船越のほうは辻将曹への書簡で、中岡慎太郎の情報は正確だと記す。

「実はことしの正月4日、執政の石井修理が板倉閣老と飛鳥井伝奏に、大政奉還の建白書を提出した」

「まことか。徳川家に大政を奉還させる、その建白書を出すとは驚きだ」

中岡は団扇で、目の前の飛ぶ虫を追い払った。

「いまや、大政奉還がわが広島藩の藩論となった。もはや、倒幕以外にないと、藩主から末端まで意志が統一された」

船越は一連の内容を語った。

遠く近くで、三味線や小唄や太鼓の音が聞こえてくる。

「そうか。拙者は正月3日、御手洗で、長州の桂小五郎に、孝明天皇の崩御《ほうぎょ》を知らせる手紙を書いておった」

「そなたが御手洗にいたとは……。拙者の父上にも会われたのかな?」

「もちろん、陸援隊の構想を説明して、資金の協力をお願いした。ひと晩飲み明かした。酒が入ると、寿左衛門どのはどんちゃん騒ぎだ」

「だろうな。高間省三という学問所助教がいて、昨年の秋、許嫁の綾さんと御手洗に一泊の旅にでた。船宿の一夜くらい、そっとしておくものだが、親父は港の料亭で大騒ぎして酔いつぶしてしまったらしい」

「それは気の毒だ。ひとり寝る女の布団は、さぞかし冷たかっただろう。その高間とは武具奉行の?」

「そう、嫡子だ。頼山陽二世といわれるくらい、藩内きっての秀才だ。それに度胸はあるし、武芸に秀でている。いまは岡山に遊学しておる」

「そうか。遊学中で、許嫁にはめったと逢えない。それなのに、寿左衛門どのが酔いつぶしたのか。これは愉快だ」

大笑いする中岡の眼は、つねに鴨川の河岸の方角をみている。会津兵・桑名兵、新撰組の動きをつねに気にする態度だった。長い潜伏の警戒心が身についているからだろう。

「話は横道にそれたが、大政奉還に戻そう。尊王攘夷派の草莽《そうもう》の輩は、声を大にして討幕を叫ぶ。だが、全国諸藩を見わたしても、藩論が倒幕一本に固まったのはわが芸州広島藩だけだ。このさきは中岡どのの力も借りて、倒幕派の藩主を増やしたい」

船越はそう切りだした。

「ただ、時期が早すぎるな。『四侯会議《しこうかいぎ》』をみても、どの藩主も倒幕熱はない。山内容堂は、徳川家を温存する考えだ。松平春嶽にも、倒幕思想などない。宇和島は、倒幕に乗り気ではない。久光は、公武合体派だ」

中岡は、廊下から足音が響くと声を細めた。酒を運んできた芸妓たちが3人に酌をした。小時、座を持ってもらった。

小林が、しばらく芸妓は必要ないから、と追い払った。

「ところで、中岡どのたちが進めておる、四侯会議の先行きは?」

船越が訊いた。

「じつに、不透明だ。久光公が兵を公称3000人連れて、実際は800人かな、数日まえに京都に入った。松平春嶽、山内容堂、伊達宗城《むねなり》が加わり、四侯会議の顔ぶれがそろったけれど……」

慶喜は、兵庫(現在の神戸)の開港問題を取り上げている。崩御された天皇は攘夷思想だった。その遺志からも兵庫開港はじっくり取り組むことだ、と四侯は主張する。

一方で、幕府は長州藩との敗戦を認めず、毛利家にいまなお処分を加えようとしている。ズルズル引っ張っているこの長州問題こそ、大切な問題で、それを先に解決するべきだ、と四侯は主張している。

「いまにも、慶喜に押し切られて、四侯が分裂しそうだ。ここで、広島藩が加わってもらえないだろうか。世子の長勲公と、辻将曹どのならば、幕閣にも堂々と詰め寄れる。とくに、辻どのの渉外能力は抜群だ。強靭《きょうじん》な精神力と知力がある」

辻は己の意見、考え方、藩論、国政など、正論を毅然《きぜん》と話せる、幕末の人物で最右翼だった。毒舌の勝海舟が、幕末にロクな家老はいなかったが、藩を導けるまともな家老は広島藩の辻将曹と彦根藩の岡本半助《おかもとはんすけ》（井伊大老暗殺の後始末）のふたりだけだったという。

「最初から、広島藩が四侯会議に入っておればよいが、途中から助力してくれ、と言われてもな……。むずかしい」

小林が難色を示した。

「そうだ、発想を変えて、広島藩を中心とした倒幕で動いてはどうだろう。徳川家を引き下ろす。それがよい」

中岡が拳で掌を叩いて喜んでいた。

平和裏に血を流さず幕府を倒す『倒幕』よりも、中岡はもともと武力による『討幕』を考える人物だった。その手段はペンと武器のちがいである。中岡はこの際どちらの倒幕（言論）・討幕（武器）でもよい、徳川の世を終わらせるならば、と考えを変えたのだろう。

「広島藩は、藩主から藩士まで一体になれる。それが浅野家の強みだ。幕長戦争では、義のない戦いだと言い、徹底して非戦を訴えつづけた。執政のふたりが謹慎処分を受けても、幕府に抵抗ができる。筋金入りの藩だ。倒幕と決めたからには、もう一歩も引かないだろう」

「それが広島気質だ。ぜったいに後には引かない」

船越が徳利をもって中岡に勧めた。

「四侯会議のながれを大政奉還に変えていけば、倒幕はうごく」

「わが藩、一藩だけの倒幕だと遠い道のりだ。中岡どのを介して、四侯が大政奉還に転じてくれると、徳川の腐った根も早くに排除できる」

「浅野長勲と辻将曹が上京すれば、四侯とはすぐに面談できるように、拙者がその根回しをしよう」

広島藩には京都在住の応接掛が７人いる。世子と辻将曹に上京をうながす内容が、それぞれの応接掛から国もとの広島に送られていた。執政の石井修理からも、世子の上洛の噂が広まり、各藩から問い合わせの多い、早めの上京をうながす書簡が送られている。（『藝藩志』第七十五巻）。

5月25日に、慶喜の強引な手法で、兵庫(神戸)の開港の勅許が下った。怒った容堂は土佐に帰ってしまった。四侯会議の分裂が、広島の藩論『大政奉還』の実現へと強烈に推し進める方向へと動きだしたのだ。

5月28日、世子の長勲が広島の江波港から出帆し、次いで辻将曹も6月4日に国許を発った。同月8日には京都に着いた。

長勲は上京すると、すぐに越前福井藩主の松平茂昭《もちあき》、宇和島藩主の伊達宗徳《むねのり》と会見した。

辻が島津久光の寓居《ぐうきょ》で対談した。

「わが薩摩藩は、諸藩一致の公武合体論をもって徹頭徹尾、この国を支えようと尽力してきた。しかし、四侯会議も弱いものだった」

久光は本音を明かした。

それを受けて、辻が広島藩の藩論を語りはじめた。

「幕府の権威はもはや地に落ちました。威厳ばかりで、筋道がなくでたらめです。正しい条理に沿った政治ができない。時運の変化すらわからず、近年の凶作の災害すら対応できず、古い制度、古い格式ばかり守り、慶喜は取り得のない人物を政治に登用しています。その結果として、『えじゃないか』と庶民は狂乱し、天下の騒乱はますます激化して、止まるところがありません。もはや尋常《じんじょう》の方策では、この事態は挽回《ばんかい》できません」

「慶喜には、ひとを見る目がない。ひどい人物ばかり要人に据えておる。持ち上げられたら、信じてしまう悪い癖がある」

「聞けば、四侯の忠言や勧告もまったく聞く耳を持たず。慶喜公は、朝廷すら兵庫開港問題で脅す」

「まあ、なげかわしい将軍だ」

「幕府だけではありませぬ。全国の諸藩においても、協力して、この日本領土を防御する心がまったくありません。みな、自藩のことだけです」

例えば、馬関《ばかん》に外国からの危害が加わっても、鹿児島に難が生じても、幕府や列藩はただ傍観するだけでした。もし外国に領土の一部が奪い取られたならば、どこの土地でも日本の領地です。国難です。殺傷させられた兵は、みんな日本の民です。それなのに諸藩は挙国一致《きょこくいっち》の心もありません、と辻は熱っぽく語ったうえで、こう言った。

「これは封建制の群雄割拠《ぐんゆうかっきょ》の弊害が強く出ておるからです。一方で、近年、外国の脅威はますます強くなっております」

「まさしく、そうだな。関ヶ原の恩賞をそのまま260年間にわたり享受《きょうじゅ》しておる」

「日本は天皇の国家です。すべての民の頂点に天皇を置いています。家康公は、応仁の乱から150年もの戦国の乱を平定した、その功績で天皇より大政を委任させられたのです」

日本のあらゆる政権は、平家、鎌倉、足利幕府、徳川幕府も、天皇からの政治委託です。人民を統治する能力がなくなると、政権は天皇に戻す。血と血で奪い合うものではない。天皇が新たな政権に委託するのです。

大政奉還とはなにか。政治委託された徳川家が、ここでいちど政治を朝廷に返還す。その上で、天皇が新たな政権を任命する。広島が生み出した頼山陽は『日本外史』で、それが皇国国家の大義だと展開している。

頼山陽の思想は現代でも脈々と生きている。天皇が国会開会を宣言し、国会議員に政治を委託する。選挙で新たに選ばれた内閣総理大臣は、天皇が任命する。さらには、条約の批准をも行う。だから、内閣総理大臣が選び直されるたびに政権が変わるので、その都度、天皇が皇居で認証を行うのだ。

「幕政改革では、もはや徳川幕府は立ち直れません。ここに至っては、徳川家から政権を朝廷に還納させ、王政復古《ふっこ》することです（武士国家でなく、天皇がみずから政権に返り咲く）。慶喜公は身を退いて、藩籍《はんせき》に就くことです」

「なるほど、藩籍となると、慶喜は大名と同列か」

「そうです。ただ、全国諸藩の大名は関ヶ原の戦いの恩賞、群雄割拠の上に260余年も居座っております。これは異常です。徳川家もふくめて、いずれ諸藩の藩主はいちど天皇に戻すことです。全国すべて廃藩された方が良い（やがて、明治の廃藩置県《はいはんちけん》）。当面は、まず徳川家がすみやかに大政を朝廷に奉還《ほうかん》することです。その次が全国の藩主です」

辻将曹の熱弁に、久光はなんども頷いてから、こう言った。

「他の藩は、だれか倒幕を言い出せば同調するけど、自分からは言えぬ。形勢をさぐるだけだ。まだまだ、徳川は怖いからな。幕府にたいして政権を返上せよ、と藩主がみずから言えるのは、広島藩くらいだろう。幕府の力は凋落《ちょうらく》の一途をたどっておる。ほかの藩はともかくとして、薩摩はそれに乗るぞ」

「ありがたく承ります」

「家老の小松にも指示しておく。辻どのと直接、進めてくれ」

7月1日、辻は京都にいる小松帯刀を訪ねた。小松邸は松の風情ある庭園で、築山には百日紅《さるすべり》の淡い紅色の花が咲いていた。ひょうたん型の池には錦鯉がゆうぜんと泳ぐ。

小松は33歳で、眼と眉がきりっとした細面だった。

薩摩は身分制度が厳しい藩だ。家老の小松を抜きにして、武力討幕派の西郷隆盛や大久保利通《としみち》すらも、ものごとを推し進められない。辻は、船越から得たこうした薩摩情報をもとに小松に会っている。

小松の政局の考え方を聞くと、久光と同じ公武合体説だった。論旨の組み立て方からしても、斉彬《なりあきら》に抜擢された有能な人物だ、と辻は初対面で感じた。

薩摩藩（鹿児島）は徳川幕府の倒幕に大きく関わる

「久光公から聞きますと、広島藩は幕府に大政奉還の建白書を出された、とか。その条項とはいかなるものか、お聞かせ願いたい」

「天下の秀才を抜擢《ばってき》し、政務に参与させる。そして、政令は一か所から出す。そのためにも、幕府に政権を朝廷に返納してもらう必要があります」

辻は、島津久光に語った内容を一通り説明した。

「おおいに賞賛するところです。ただ、わが藩内には、往年の清川八郎《きよかわはちろう》、真木和泉《まきいずみ》らが最初に言い出した、勤王討幕説を持っている人物がおります。武力をもって王室を再興させる考え方です」

西郷と大久保が、在京の薩摩藩士らを勤王討幕説にもっぱら誘い込んでいる。こうした行動を秘かに展開している、と小松は辻に語っている。

（在京の薩摩藩は、どうも一枚岩ではないな。藩論統一には難があるな）

それが辻の率直な薩摩の印象だった。

翌日、あらためて辻が小松に会った。

「土佐藩の後藤象二郎《ごとうしょうじろう》に、広島藩が藩論一致で徳川家には大政を奉還させる、それをもって倒幕する活動に出ている、と教えました。すると、その大政奉還案に乗らせてほしい、と象二郎が申しております。なにしろ、象二郎は四侯会議が失敗し、容堂には国もとに帰られてしまい、面子がつぶれて困っておりますから。いかがいたしますか」

「人物の信頼度はいかがですか？　徳川はそう簡単に倒れない。腰くだけになれば、徳川から制裁を受ける。戦争も辞さない覚悟もできる人物か否か。ここらの信念の座り方はどうです？」

「やや太鼓で、大きく見せたがる癖はあります。後藤が笛を吹けども、容堂公は踊らず。象二郎の間口は広いが、奥行きがない。余（小松帯刀）が話した時、広島藩の辻どのと面議したいと、つよく申しておりました。会うだけでも、いちど象二郎に会っていただけませぬか」

「土佐はもともと人材が豊富だし……。承知しました」

翌3日には、辻、小松、後藤、そして西郷が加わった。辻は、大政奉還の建白の趣旨を一通り説明した。

後藤は大柄な男で、胸を張り、確かにより大きく見せたがっている。

「大政奉還の挙は誠に良い。慶喜は15代将軍になったばかり。はやい段階に朝廷に政権を返上させる。それを建白書で進言する。これが巧く行けば、天下が収まる。広島、薩摩、土佐の3

藩で連署して、これを建白すべきでしょう」

象二郎がすぐさま乗ってきた。（『藝藩志《げいはんし》』第七十八巻）

「西郷吉之助には、意見がありそうだな」

小松が発言を許した。

「大政奉還の幕府の採否は微妙です。かならずや拒否の意見が渦巻くでしょう。四侯会議の諫言《かんげん》すら受け入れない慶喜です。建白書だけでは一蹴されてしまう。まして反幕府勢力だと言い、非常事態（軍事行動）も起こり得るでしょう。大政奉還を建白するには、一面では兵隊を出してきて、朝廷をお守りする。もう一面は慶喜が大政奉還を採用しなかったならば、すぐさま兵隊を使って、政権をこちらの手に奪ってしまう。これが拙者の意見です」

西郷は武力にこだわり、さらにこう言った。

「幕府の権威は落ちたが、力を失ったわけではない。薩摩、広島、そして土佐が京都へ兵をあげる。そうすれば、大政奉還の建白は実るでしょう。朝敵の長州藩の軍隊も上げてきて、慶喜に圧力を加える。幕閣はいまなお、幕長戦争のあとをずるずる引きずっております。これも、一気に解決させる。長州軍を京都に上げる。それが有益な戦法です」

「実にいい考えだ。長州は実戦経験が豊富だ。禁門の変、下関戦争、幕長戦争。これは幕府に強い圧力になる。４藩ならば、幕府を倒せる。こうなれば、感慨無量だ」

後藤は、凱旋して熱に浮かされたような態度だった。

（乗りすぎる性格だな）

「後藤どの、えらく感動しておられるが、容堂どのは徳川家の勢力を温存する考えだ。倒幕など考えておらない。象二郎どのと方向性がちがうのではないか」

西郷がかなり冷たい口調で言った。

「いや。この後藤に任せてもらいたい。ぜひとも、この大政奉還の建白書の連署に、土佐を加えさせてほしい。容堂公は四侯会議が巧くいかなかったから、この大政奉還には間違いなく賛成してくれる」

「では、その証しに、土佐藩が1000人の兵を京都に連れてくる。それならば、大政奉還の建白書に、土佐藩も連署する。小松家老、いかがでしょうか」

西郷が条件を突きつけた。

小松が辻にふった。

「私よりも、広島藩はいかがですか。大政奉還を最初に持ち出されたのだから」

「土佐藩が本気で1000人の兵を出すなら、広島藩の軍艦で土佐湾にまで迎えにいきましょう。わが藩の父子（長訓と世子の長勲）には事前に、土佐への軍艦の派遣、連署の承諾は得ておきます」

（1000人の兵を用意したが、軍用船がない。そんな象二郎の逃げ口実は封じておく必要がある）

辻は、そう警戒していた。

「象二郎どのが京都に兵を連れてくるまで、期間はどのくらいかな？　長く引っ張っておると、幕府は軍隊を動員し、構えてしまう」

西郷は、軍事には動物的な勘がはたらくのか、後藤を信頼していない口調だった。

「往復20日をみてほしい。広島の軍艦を借りずとも、拙者がかならず１０００人の兵を率いて上京してきます」

象二郎は即日、土佐へ出発して帰って行った。

将曹はこれを長勲に報告した。

「薩芸土の３藩の連署でもよいが、ただ国家の行方を左右する問題だ、速やかに完了することを希望する」

長勲の危惧のことばから、辻は大政奉還の活動の範囲を広げていった。在京中の備前岡山藩の日置帯刀にも話をもちこんだのだ。

「わが岡山藩は賛成です。因州鳥取藩、阿波徳島藩とは国事を相談する仲です。両藩もかならず、大政奉還に同意するでしょう。願わくは、３藩あい揃ってその大政奉還の主意を、辻どのから聞くことをたまわりたい」

辻は執政・石井とともに京都・丸山の正阿彌に出むき、これら3藩に対しても、わが広島藩の大政奉還の考え方を演説（説明）した。満座がみな善だと言い、国元に通報するとした（『藝藩志』第七十八巻）。

象二郎からは、いつまで経っても回答がない。９月10日、小松帯刀から辻将曹に面談の声がかかった。冒頭、土佐藩の後藤象二郎が山内容堂から、建白書は認めるが、１０００人の出兵は拒絶だと言われたらしい。象二郎は広島藩に対して立つ瀬がないらしく、貴藩(広島藩)に回答せず、ずるずる引っ張っているのだと、小松から教えられたのだ。

「己が言いづらい、という後藤個人の問題ではない。諸国の民は深刻な苦しみにおかれておる。1日も早い大政奉還が必要。すみやかに倒幕したいと、後藤には話しておいたはず。それなのに、なぜ、面と向かって拙者に事実を伝えないのか。後藤には、大政奉還が、武士のためでなく、全国諸藩の塗炭《とたん》する民衆のためだ、という重要な認識がないのか。不愉快だ」

辻は憤りをおぼえた。

「あの男は困り者だ。実はわが薩摩藩も、象二郎には迷惑しておる。薩土盟約《さつどめいやく》が空念仏だった。このたびも後藤の返事が長びいたので、もう、西郷や大久保たちには大政奉還の熱が冷めてしまった。それればかりか、わが薩摩藩内は日々、大政奉還の3藩連署を解消せよ、という声が強くなり、武力討幕に固まってきたのです。この小松は家老と言えども、もはや大政奉還一本で押し切れません」

「貴藩（薩摩）の事情は理解できたにしろ、わが広島藩は徹底して、大政奉還で押し通します。それがわが藩論ですから」

辻の眼には迷いなどなかった。

「ところで、後藤のせいで日虚《ひむな》しく過ぎているうちに、幕府が大政奉還に気づいたようです。裏で、朝廷を恫喝《どうかつ》し、徳川は大政を奉還しないぞ、公卿は受けるな、と威圧《いあつ》しております」

「後藤は、大政奉還の壁を高くしてくれたものだ」

「ここで戦略があります。幕閣はいまだ長州の謝罪が国内政策の最優先だ、と言っております。

ならば、このさい毛利家の名代を京都に謝りに来させる。これを口実につかう。護衛のための長州の軍隊を京都に入れさせる。この護衛には薩摩と芸州が加わり、3藩がそろって軍隊を京都に上げる。いかがでしょうか」

小松の提案が、3藩進発の最初の滑りだしだった。

「広島藩においては異論ありません。長州藩をダシに使う。毛利家の名代を京都に謝りに来させるとは、まさに幕府の傲慢《ごうまん》な主張の裏をかく、巧い口実です」

「となると、急ぎましょう。両藩から毛利家へ、協議の使者を出しましょう」

小松と辻の起案から、ここに薩長芸3藩軍事同盟の下地ができたのだ。幕末史において最も強く影響した、倒幕の軍事同盟である。

3藩の挙兵の窓口になったのが、薩摩は大久保一蔵（利通）、広島藩は京都応接掛の黒田益之《くろだますの》丞《じょう》、長芸《ちょうげい》連絡役の植田乙次郎《うえだおつじろう》、長州藩は木戸準一郎（桂小五郎・木戸孝允《きどたかよし》）だった。

広島藩の黒田益之丞は、辻の命令で広島に帰ると、まず藩主・浅野長訓《ながみち》に一連の経緯を報告した。翌日は農兵隊などの視察だった。

かれは大目付の弟で、藩内一の槍の名手だった。体躯は相撲取りなみで、その威圧感と押しの強さは随一だった。

上級、中級武士の屋敷が内濠と外濠の間にならぶ。紋付き袴《はかま》姿の黒田益之丞が、帰広3日目の朝、大手門から内濠に架かる御門橋に向かっていた。御門橋を渡る細身の木原秀三郎が前方にみえた。すると、黒田が大声で呼び止めた。

登城する侍たちは何ごとかと足を止めるほど、かれの地声は大きい。剛毅《ごうき》で豪快な黒田だ、とわかると納得顔だった。木原だけが、御門橋の上で待っていた。内濠の水面に、秋の陽が光り、錦鯉が泳ぎ、なにかしら魚が飛び跳ねていた。

「京都から帰ってきた。あしたは山口で、薩摩の大久保利通に会う」

黒田は、3藩進発の経緯をかんたんに語った。その上で、きのうはわが藩の戦力確認で、馬に乗って、主だった農兵隊を見てまわってきたという。

「ロクな農兵隊がおらんな。近代戦には役立たない。大砲の音を聞いたら、わが身大切で、1発で1里逃げ、2発で2里逃げおる連中だ、きっと」

「それが実態ですよ」

木原秀三郎は庄屋出身の42歳である。かつては草莽の志士から、能力を高く評価されて藩士になった。応接方とか、軍艦方とか役にも付いているし、数々の建言書の提出もある。

「木原どのから、たしか幕長戦争の直後、『日本一の最強の農兵隊はどうしたら作れるか』、そんな建議を藩政に出されておったな？」

黒田は太鼓を叩いているような声だ。

「それなら、却下されました。いつも通り、予算がないと。それに理想主義だ、最後の一兵卒まで逃げ出さない、農兵が命を懸けて戦う。それならば、武士はいらない、とまで言われました」

細面の木原は、失望の表情を浮かべていた。

「金がかかることは一切やりたくない、それが用達所（藩政の役人）だ。ところで、日本一とはどんな条件の農兵かね？」

ふたりは、語りながら橋を渡りきって表御門に移った。二の丸の用達所の方角へ向かいながら話を進めた。

「有能な指揮官を持つ軍隊は強い。指揮官が無能、無力だと、戦力が圧倒的でも大敗します」

「ありきたりな、一般論だな」

嘲笑ってから、黒田がおもむろに木原の顔をのぞき見た。

「すべての隊兵は、猛烈《もうれつ》激戦の地においても、挺身《ていしん》して敵を破る意気込みが大切です。つまり、戦地で死に物狂いで戦える、強い精神と信念をもった農兵。それをつくる。なにが、人間を奮い立たせられるか。思想教育や訓練で培われます。日本一、規律正しい農兵隊をつくる。それも訓練でつくれる。雑兵は皆無の隊です」

城の石垣の小天守閣には、白鷺《しらさぎ》が飛んでいた。黒田はそれを目で追ってから、

「その建言だと、完璧《かんぺき》に理想主義だと言われるわ。現実にできるなら、いますぐにでも旗揚《はたあ》げしてもらいたい」

またしても大きな口を開けて笑った。

「では、つくりましょう。その名も回天神機隊《かいてんしんきたい》と考えております」

「えっ、まじめな話なのか」

黒田の脚がふいに止まった。そして、立ち話となった。

「そうです。藩のご許可さえあれば、この場からでも起ち上げます」

「短期間にできるなら、すぐにでも旗揚げしてほしい。京都の情勢も刻々と変わっておるからな」

「では、黒田さんには総督になってもらいます」

「それは無理だ。いまは京都の応接掛だ。芸州広島、薩摩、長州の3藩出兵の調整役だ。農兵隊の旗揚げにかかわる余裕などない」

太い指の手を左右に振った。

「黒田さんの押しの強さだけで充分です。隊の運営はこちらでやりますから」

「すると、拙者に、なにか藩政に掛け合う仕事をさせる気だな?」

「ずばり、そうです。農兵には入隊時から苗字帯刀を与えてほしいのです。それが、戦場での死ぬ気で戦う精神につながります」

「解らないでもないが、一人あたりの扶持の希望は?」

黒田は実現困難な顔で、首を傾げている。それは、士農工商の封建制度の根幹にかかわるからだ。

「まったくいりません」

「専従《せんじゅう》の隊兵になれば、養っていく必要はあろう」

「全員が寄宿生活の職業軍人ですから、おっしゃる通り、養う必要があります」

「だろう。金はどうする?」

「藩内の理財家、有力者、事業経営者、豪商、豪農たちが惜しみなく支援したくなる、そういう神機隊をつくります。ご心配なく」

「すごい自信家だな、木原さんは。見直したよ」

「それに、かつての学問所の同志55人らにも極力、入隊してもらいます。藩政の仕事と掛け持ちで、農兵を教育してもらう。川合三十郎、船越洋之助、加藤種之助、橋本素助など、有能な諸氏には農兵をしっかり教育してもらいます」

　木原は、幕長戦争の終結後に、義弟になる川合を通じて、知識や教養の高い藩士ばかり選んで入隊の根回しをしたことがある。しかし、藩が神機隊の発足を認めてくれなかったから流れてしまった、とつけ加えた。

「さいど、呼びかければよい」

「そうします」

「木原さんは良いところに目をつけたものだ。学問所の同志は、小笠原老中暗殺で、いちどは死を覚悟しておる。精神は半端じゃない。わが藩の出兵拒否まで持ち込んだ。それが、やがて幕府の敗戦に結びついたわけだから……。燃える青年が20人でも、たとえ10人でも、同志として神機隊に入隊すれば、それだけでも日本一の教官たちだ」

「まさに、理想的な軍隊ができます。学問所の同志が神機隊を立ち上げた。いまに日本一の軍隊になる。そう言えば、資金援助の申し出は殺到します」

「すばらしい発想だ。最も若いところで、藩校の助教・高間省三を入れると良い。あれは燃える男だ。頼山陽二世といわれるほど、広島藩きっての秀才だ。剣術、馬術、砲術にも優れておる。

父親は武具奉行で、それに嫡子（跡取り）だ。百姓は代官にすらペコペコする。百姓には奉行の長男となると、雲の上の存在で、魅力だぞ」

「高間君は、いま岡山に遊学しております」

「だったら、遊学の岡山から呼び戻せばよい。学びたい教授がいれば、広島の学問所の教授で迎えたらいい。教授の費用なら、拙者が藩に掛け合う」

二の丸の用達所に通う藩士たちが、ふたりに朝の挨拶をしていく。その都度、話が中断していた。

「神機隊の入隊希望者から、入隊金を取ります。藩校・学問所の教授や助教から学べるのですから」

「逆発想だな。しかし、貧しい百姓から金をとるとは、冷淡すぎないか」

たくましい腕や胸をした黒田が、思いやり深い表情をした。

「あるていどの素封家の子弟が良いのです。豪商、豪農の子は幼いころから、町の道場で、剣道など武術を身につけております。入隊後、それらに砲術、射撃の実戦訓練を付加すれば、全隊員が即戦力になります」

「なるほど、それだと短期に仕上がる」

「むろん、貧農の人材でも拒否しません。必死に入隊金を調達し、飛び込んでくれれば、それはそれで熱意が生かされます」

「拙者もひと肌脱ぐぞ。扶持は不要で、苗字帯刀だけなら、可能かもしれない。藩は金を出さずにすめば、何ごとも大目に認める傾向がある。ただ、藩主のご許可は必要だ。となると、執政からの口添えだな。拙者じゃ、荷が重い。だれがよいかな？」

　黒田は腕を組み考え込んだ。幾人かの候補者を選び、吟味していた。そのなかでも、武力強化を唱える執政・石井修理《しゅり》が最も話に乗るだろう、と見越す。かれは執政で最も武闘派であり、非戦論の辻将曹とは対極にある。

「たしかに、石井どのならば、藩主には堂々と進言ができるでしょう」

「石井どのはことしの正月、藩主の命で大政奉還を板倉幕閣に突きつけに出むいた。このお役目は度胸がいる。『幕府は無能だから、政権を天皇に返還しろ』。喧嘩を売るよりも、戦争を売りに行ったようなものだ。おっ、良いところに、石井どのが登城されてきた」

　石井執政は、若党など供揃え４人を連れている。ふたりは花壇の側で待った。多彩な菊が風で揺れていた。ふたりは、ていねいな朝の挨拶をした。

「なにか頼みごとがある顔だな、ふたりには」

　石井はきりっとした顔で、情熱的な光ある眼だった。

「最強の農兵１０００人を旗揚げするために、それぞれに苗字帯刀を貫いたいのです。すべて、精鋭の軍人にいたします。雑兵なし。お骨折りを」

　黒田は豪放磊落《ごうほうらいらく》な人物で、勝手に１０００人と決めて一通り説明した。

「それは難儀なはなしだ。農民１０００人を武士に挙げれば、石高がそれだけ減る。わが藩は43万石だが、実質37万石だ。武力強化を訴えても、農民の数を減らすことには、長訓公は抵抗があるだろう」

「そこを、なんとか。日本一の軍隊をつくるためにも」

「日本一となると、魅力だな。長訓公の顔色をみて話そう。ほかには？」

「武器弾薬の無償供与も」

「それはそなたたちから、武具奉行の多須衞に頼めばよい。度量はけた外れに大きい。武器は蔵に寝かすよりも、訓練で使うべきだ、と隊の目的をしっかり話せば、最新の武器が回してもらえる。先月、御手洗の薩摩から新たに仕入れた、性能の良い小銃と大砲がある。それを有効に使えばよい。ほかには？」

「学問所の同志は、応接掛、用達所勤めです。神機隊の教官日は執務と見なしてもらいたいのです。軍事訓練ですから」

「わかった。ほかには？」

「練兵所の建築資金も」

「志和ならば可能だ。存じておろう」

それは広島城に代わる築城計画だった。外国艦隊が広島湾から艦砲射撃すれば、広島城に届いてしまう。城が破壊されると、防衛機能を失う。だから、広島城下から約30キロ離れた、内陸の志和盆地にも城（八条原城《はちじょうばらじょう》）を造っておこう、という計画が進んでいるのだ。藩主の邸宅、政治堂、米蔵、文武塾、そして練兵場だった。（後に、省三の父親・多須衞が、最高の頭脳として築城奉行に抜擢される）

「隊の旗揚げはいつだ？」

「あしたです。拙者は山口に旅立ちますので」

「忙しい登城日になりそうだ」

石井はそう言い残して、本丸の方角に向かった。

「仕事ができる執政はやることが速い。すぐさま進めてくれるはずだ」

黒田がつぶやいた。

石井から藩主の許諾が取れたと、黒田を介して木原に連絡が入った。

『入隊中は二人扶持、苗字帯刀御免』

それは予想外の特典だった。ただし、２００人に限定された。

「経費支給が２００人で、苗字帯刀御免は全隊員だと解釈して、領内88村へ募兵すると良い。用達所（役員）から問い質されたら、長訓公と石井執政のご判断だ、疑うならば、黒田総督に訊いてほしい、と言えば、楯突《たてつ》けず、すべてまかり通る」

総督になった黒田は、まさに豪放な性格だった。

神機隊に入れば、終身でないにしろ、夢にまでみた苗字帯刀の武士になれるのだ。第１回目の募集では、各庄屋が推薦する応募者が６００人余りあった。すぐに追加募集の問合せが、各庄屋から舞い込んだ。

入隊者１０００人は時間の問題だった。

川合三十郎が呼びかけた学問所の同志55人から、11人が神機隊に入隊してきた。その11人の眼にかなう、有能な家臣が20名ほど加わった。学問所と講武所出身者たち教官は合計30人の家中（家臣）となった。能力が同列で見合わない藩士は、川合がいっさい断っていた。かれら教官は広島城下から西志和村に出むき、2、3人が交代で寄宿する。練兵所とか山中とかで、実戦さながらの訓練をくり返した。

家臣30人はイギリスの優れた最新兵法（教本）を日本文に翻訳したうえで、その戦闘・戦術を実践的に農兵に教え込んでいた。農兵には最新ライフル銃を貸与し、度胸が必要な散兵《さんぺい》式の攻撃法を身につけさせた。職業軍人として、重装備の隊士らには夜間訓練を行い、西志和の海抜500から800メートルの稜線を踏破できる、そうした体力強化をも図っていた。

岡山の遊学を切り上げた高間省三は、藩校・学問所の助教に戻ってきた。と同時に、西志和村にも出むき、農・商出身の10代、20代の若者たちに、軍事、武芸、道徳・倫理を教えた。省三の訓練はとくに厳しかった。少数精鋭主義で、優れた隊兵を大砲隊に抜擢し、砲術を教えた。『武士道とは藩主のために死ぬことだ』、『責任とは切腹だ』と、武士道の精神も叩きこんだ。

薩摩、広島、長州の3藩軍事同盟は、大久保、黒田、木戸の打合せ通り、うまく運んでいた。薩摩兵が鹿児島から9月25日ころに三田尻に着港すれば、長州軍が合流する挙兵作戦だった。広島藩も同時に兵を挙げる。まさに朝敵の長州藩が上洛できる、3藩進発が刻々と近づいていた。

慶応3年10月1日、辻将曹が突如として、『予想外の異常事態が起きた。3藩兵隊の発船は止める。長州藩の家老の上坂は中止させよ』と応接掛の黒田益之丞を京都から山口に向わせたのだ。

「なぜだ。上洛挙兵の準備をしていたのに」

京都上洛を心からねがう木戸準一郎は、怒りをあらわにした。

応接掛の黒田も、広島から連れ添ってきた植田乙次郎《うえだおつじろう》も、首を傾げるばかりだった。明瞭な理由は、辻将曹から聞かされていなかったのだ。上位執政には、なぜですか、と疑問も問えない。それが封建制度の身分格差だった。

「ひとまず、長州家老の上坂は中止する」

長州藩士らは、そう言いながらも、広島藩にたいして反発と失望を覚えていた。一方で、三田尻で薩摩藩の軍隊の到着を待つ大久保利通も、辛い立場に置かれていた。薩摩藩の軍艦がいっこうに現れないのだ。

「ここでも、また薩摩が裏切った」

長州は、禁門の変からの不信感の再燃となった。

鹿児島表では、徳川幕府の継続を望む、保守派が主力だった。京都の小松帯刀が考えるほど、満足な軍隊を出せなかったのだ。

３藩軍事同盟に振り回されたのが、長州藩だった。挙句の果てには、３藩進発は流れてしまった。薩芸《さつげい》はともに長州藩から恨みを買った。

京都では、秘密の３藩進発の情報がなぜか幕府側に流れていた。だれが幕府に流したのか。船越や小林は、犯人捜しの密偵をはじめていた。

ここで、予想外のことが起きたのだ。

10月3日、土佐の後藤象二郎が抜け駆けで、大政奉還の建白書を幕府に提出したのだ。武力圧力を嫌った山内容堂が、建白書ていどならば提出せよ、と後藤に了解を与えたらしい。

「象二郎め、3藩連署と言いながら、裏切ったのか」

辻があわてて、広島藩としても、大政奉還の建白書を幕府に提出したのだ。すると、怒ったのが薩摩藩の西郷と大久保だった。

「象二郎が大政奉還の建白書を出したのは、やむを得ない。抜け駆けは、象二郎の性格からしてあり得るはなしだ。『薩土盟約』の完全崩壊しかりだ。象二郎だけなら、慶喜は相手にせず一蹴《いっしゅう》だ。ただ、公平かつ誠実と評されている広島藩が、頼山陽の思想にもとづいた大政奉還の建白書を提出したとなれば、慶喜が受ける可能性がある。慶喜にはもともと、皇国史観があるのだから。慶喜の大政奉還で倒幕（話合い）となれば、武力行使の討幕（武力）の口実がなくなってしまう」

武闘派の西郷とすれば、武力で徳川家をつぶしてしまわないと、幕府の根っ子が残る、という考え方だった。

「幕府が政権を天皇に戻せば、それが倒幕だ。なにも、徳川家の首を絞めて殺す必要などない」

それが辻の発想だった。

辻将曹が、薩長芸の挙兵をなぜ止めたのか。なぜ、辻が唐突に3藩の発船を止めたのか。船越洋之助は、どう考えても納得できなかった。ここは辻から聞き出すしか、方法はなかった。

広島藩には京都藩邸がない。上級藩士は京都の寺を使う。その一つが南禅寺だった。もはや、寺の周りには秋の気配が漂う。船越は寺の一室で、辻と向かい合った。

「薩長芸が兵を京都に上げて、慶喜に軍事圧力をかける。その協定があり、みんなが動いているのに、辻どのはなぜ急遽《きゅうきょ》、出兵を止められたのですか。お聞かせねがいたい」

「薩摩藩の藩論が統一していないからだ。それが理由だ」

「だれから聞いたんですか」

船越が詰め寄った。

「それは極秘だ」

「教えてください。現場では大騒ぎで大混乱です。なぜ、この場において、３藩の出兵を断られたのですか。理由が判然としません」

「薩摩には、公武合体派と討幕派の２派がある。いまだ、一致していない。それを、ある他藩の有力者から聞いたからだ」

「それは事実に反しています。天朝と薩州との離反策を狙う、悪質な策略です。誰が、そのようなことを言ったんですか」

船越には、激怒に似た感情が体内に渦巻いていた。

「それは言えぬ」

「卑劣な心をもった人物に違いない。だれですか。後藤象二郎ですか」

船越は、後に引かない怒りをあらわにしていた。

「３藩盟約の一時猶予が、余の弁解だと思われても困る。かくまで君に難詰《なんきつ》されては、武士の意地が立たぬゆえ、その事実を明かす。しかし、このさい、他言は固く禁ずる。実は、薩州の論が討幕論と公武合体派との2派にわかれている。三郎さん（島津久光）などは非倒幕論である、とある某から聞いたのである。さようなわけだから、もし薩州の論が違ったときにはどうするか。薩摩に付いていって、もし間違えば、広島藩が独り斃《たおれ》で、大変なことになる。まず、長州が京都に挙がるのをしばらく止め、薩州の実状を偵察し、よくその趣旨を確かめたうえで、篤《とく》と計をなそうと思う」

「だれが、さようなことを申しました」

「それは言えぬ」

「申してください。広島藩の名誉にもかかわります」

船越は激しく執拗《しつよう》に詰め寄った。

「じつは、後藤から聞いた」

「姑息な、後藤象二郎め。1000人の兵を連れてこず、薩摩と芸州広島を分裂させるなんて」

「ここだけの話にせよ」

「後藤がそれを薩摩藩のだれかから聞いたにしろ、誤聞《ごぶん》です。薩摩にも確かに、そういう論はありました。いま3藩が歩調を合わせる今日において、薩州藩は兵を挙げる統一に決まったと聞いております」

船越の怒りは静まらなかった。

「薩摩がくわしく見えてから、3藩進発も考えよう」

辻は、薩長芸軍事同盟を破棄していない態度だった。単に、延長としてとらえている口ぶりだった。

船越の怒りは収まらず、その足で、土佐藩の中岡慎太郎が宿泊する旅籠《はたご》に出むいた。そこには、長州藩の品川弥二郎がいた。朝敵の長州藩士は、新撰組などに見つかると、捕縛《ほばく》されるか、斬り捨てられてしまう。品川はふかく潜伏し、薩芸に連絡を取り、朝敵を解除させる工作をしているのだ。

「わが長州は３藩進発で、薩芸の護衛の下で京都に上がれると、強い期待を持っておった。ところが、突如として辻将曹が出兵を止めた。朝敵の長州藩にすれば、念願の京都入りだったのに。腸が煮《に》えくり返る」

品川が憤激の眼で、船越に詰め寄った。

「内情がいろいろあってな」

「長州藩をコケにしておる。木戸をはじめとして、長州人はすべて怒っておる。広島を見損なった、広島藩は日和見《ひよりみ》だ」

「なんだと」

「長州藩には兵を出せと言っておきながら、理由もなく突然、３藩進発を止める。と思えば、土佐藩の後藤の尻尾《しっぽ》にちょこちょこついて行って、大政奉還を出す。あっち見て、こっちを見て、動く。それは日和見だ」

「心外な。広島藩はこの年初から大政奉還を建白し、推し進めておる。急に、思いついたり、方向転換したりしたわけじゃない。薩摩、広島、土佐の３藩連署にさせてほしい、と象二郎のほうから願い出てきたのだ。それは7月3日で辻、小松、後藤、そして西郷が加わった席の約束事だ。建白の時期はたがいに通報すると、固く約束していた。ところが、象二郎は大政奉還案を横奪《おうだつ》し、薩芸には連絡もなく単独で建白した。つまりは薩芸を裏切った、姑息な奴だ」

「どうだかな？」

「だから、広島藩も10月6日に板倉老中へ建白書を提出した」

「品川どの。この中岡は、4月から船越どのと小林柔吉どのから、広島の藩論は大政奉還となった、正月にはいちど板倉老中に建白したと聞かされておった。だから、拙者も協力してきた」

中岡がこれまでの経緯を説明した。それでも、品川は憮然としていた。

「日和見と言われたら、むしゃくしゃする。3藩進発の停止から、薩芸が背中を向けあうほど亀裂を入れたのが象二郎だ。悪質な妨害だ。辻将曹から口止めされているが、一切合切を話そう」

そう前置きした船越は、洗いざらい語った。その途中で、中岡の血相が変わってきた。

「それは広島藩に迷惑をかけた。じつに相済《あいす》まぬことになった。後藤のことばから、そのような行き違い（3藩進発の停止）を来たしておる。よって後藤に会って窮極《きゅうきょく》、論じた上、時宜《じぎ》によっては後藤を刺すかも知れぬ。これから後藤に会う」

中岡が怒りの顔で刀を握った。

「そなたが後藤を斬るとなると、拙者も大いに考えねばならぬ。悪辣《あくらつ》な象二郎の話を真にうけた辻将曹にも問題がある。結果として、倒幕のための3藩挙兵が止まった」

船越も刀を手にした。

「ふたりがそんな殺戮《さつりく》をしたら、大変なことになる」

品川は驚いて止めに入った。

「いや、広島藩に迷惑をかけた後藤は斬る」

中岡は目を吊り上げて怒っていた。

「今日において、はなはだ得策ではない。どうか、止めてくれ」

「薩摩、芸州、長州の3藩軍事同盟に大きなヒビを入れた。後藤は生かしておけぬ。土佐人の信義にも悖《もと》る」

中岡の血相は変わらなかった。

品川が必死に止めていた。

後藤暗殺計画は『船越衞(洋之助)回顧談』『中岡慎太郎日記』に記載されている。品川に諭されて、中岡は思い止まったようだ。中岡と龍馬が京都でともに暗殺される、わずか1か月前の出来事だった。


大政奉還の建白書が幕府に提出された。それから徳川家が大政を朝廷に返還するまで、約10日間の慶喜や公卿たちの反応や動きはどうだったのか。

10月13日、辻、小松、後藤の3人が二条城の慶喜を訪ねている。面談で、政権返上と将軍職の辞退を勧告したのだ。

15代将軍で随一の聡明といわれる慶喜は、外交は強いが、国内経済政策に弱い。このごろ、民衆は『ええじゃないか』と日々に荒れ狂う。強奪掠奪《ごうだつりゃくだつ》をくり返す。ええじゃないか、と言えば何でも通ってしまう、民衆の道徳や理念が喪失して、暴走・暴動の無秩序の世界に突入しているのだ。

経済政策の失敗から、国家の破綻となれば、将軍・慶喜といえども庶民の暴動の標的になる。何十万人、何百万人の決起民衆が敵になると、軍事力でも鎮圧できず、やがて政権が倒れる。それは古今東西の歴史が教える。

大政奉還の建白が、慶喜には「渡りに船」で、政権の奉還により、逃げだせる、よい口実ができたのだ。

「経済政策の失敗は認める。責任を取って政権を天皇に返上する。政権は天皇から委託されたものだから」

慶喜には水戸派の皇国思想があった。（慶喜の墓は遺言で、十五代将軍のなかで唯一、皇室と同じ円墳《えんふん》。だから、仏教の寛永寺や増上寺の廟《びょう》に入れてもらえなかった）

「だが、余の官職である征夷大将軍は返上しない」

「政権だけでは困る」

辻、小松、後藤は不快な気持ちになった。慶喜は知恵が回りすぎる。3人は公卿工作するために、二条斉敬《なりたか》摂政の邸宅を訪ねた。

「幕府より大政奉還の上奏あれば、早急に勅許されることを賜わらん」

そう要請すると、二条は露骨に嫌な顔をしたうえで、

「大政を朝廷に戻されても、その任は引き受けがたし」

大政奉還（揮毫者：邨田丹陵　明治神宮聖徳絵画館提供）

と拒否反応を示した。

一般には、三条実愛《さんじょうさねなる》の日記から『大政奉還は千載《せんざい》の美辞《びじ》であり、有志の輩は雀躍《じゃくやく》にたえず』の一部記載が、公卿が倒幕一色だったと利用されてきた。

しかし、二条摂政のように、大いなる迷惑が公卿たちの本音なのだ。

優秀な頭脳の慶喜すら逃げ出すのに、公卿たちに後釜として国内経済を統制・統括し、政治を安定してくれ、と言われても、何をどうしたら良いのか、わからないのだ。

広島藩の辻将曹が、別途に中川宮朝彦から呼び出されている。

「堂上に、幼冲《ようちゅう》の天子（天皇）をたすけて政務にあたれる人材がいると思えない。大政奉還により、かえって政治は乱れ、人民はその方向を失う。武士もまた身分を失って、そなた将曹も農夫におちぶれるほかなし。はたして、この点はいかに思うや」

と問い質されたのだ。

「賢明な人民、才能あるものは有司《ゆうし》（官吏）に登用し、公議をつくし、勅裁《ちょくさい》を仰ぎ、万機《ばんき》を正す。実務については、現在、武家の職にある者も、事務に精熟《せいじゅく》する者も官途《かんと》に就けるべきです。公卿のみが職にあたるだけが王政ではありません」

中川宮は聴き入っていた。

「むしろ、庶民においても才能があれば、これを抜擢し、登用してしかるべきです。私・将曹のごとき無能者は野に下り、農民なりとも、商人になるもよし。各々その相応の本分《ほんぶん》を守るべきです。すみやかに大政奉還を勅許《ちょっきょ》してくださり、民・庶民を案じた皇沢《こうたく》が後世に光被せられんことを祈ります」

そう述べて、辻は中川宮家を辞去している。（『藝藩志』第八十巻）

皇族の中川宮すら、徳川家の大政奉還に反対だった。後世の歴史家は、ここにふれていない。慶応3年10月13日に、『討幕の密勅』が薩摩藩と長州藩に渡された、と伝えられる。そこには中山忠能《なかやまただのり》、三条実愛、中御門経之《なかみかどつねゆき》の3人の署名がなされている。この偽物が、後世の歴史史観を狂わせている。『薩長による倒幕』という言葉を作り上げた源になった。

この偽密勅には、重要な花押《かおう》（現代では実印）がない。天皇の直筆でもない。勅書《ちょくしょ》としても宣《せん》旨《じ》としても、奇異な形式である。

『毛利家の復官（朝敵を解く）入京の内勅書は、玉松操が起草し、岩倉具綱《いわくらともつな》（岩倉具視の養子）が一時の方便として、これを薩摩の大久保と長州の広沢に交付した。中山卿のごときは、この密勅の存在すら知らなかった。故に、表面上はそれを用いることはなかった』（『藝藩志』第八十巻）

さかのぼること10月6日に、広島藩の植田乙次郎が、長州藩の広沢兵助を連れて京都に入ってきた。そして、同月8日には薩長芸の3藩が初めて一堂に会し、あらためて挙兵の確認を行った。

つまり、9月の挙兵失敗で、3藩による仕切り直しが行われたのだ。参加者は薩摩藩から小松、西郷、大久保、広島藩から辻、植田、寺尾、長州は広沢、品川である。ここに、薩長芸軍事同盟が正式に発足した。小松、西郷、大久保は「鹿児島に帰藩し、久光公をはじめとして異論を統一し、大挙入京する」と約束した。

長州は9月に京都へ挙兵できず、結果として薩芸に裏切られている。参加者の広沢とすれば、帰藩に当たり、毛利公に報告するためにも、また長州藩内で仲間に見せるためにも、兵を挙げる根拠を示せる、物証が欲しい。

『偽物でもよいから、倒幕の密勅が欲しい』

長州藩はかつて偽の勅許の乱発で慣れている。書簡主義の木戸準一郎あたりの知恵だろう。慶応2年1月の薩長同盟でも、木戸は要約文を手紙にしたためたうえで、龍馬に裏書させたほどだ。手紙をきらう龍馬は嫌々だったのだろう、あるいは不快だったのか、ひどい殴り書きだ。

「偽物の密勅で良いんです。私の顔が立つようにしてください」

広沢が帰り間際に大久保に頼んだ、と見なすべきだろう。少なくも、16歳の明治天皇が、朝敵の長州藩にたいして徳川幕府を討て、とみずから勅命などを出すはずがない。名前を使われた中山忠能すら、その存在を知らない、玉松操がさらさらと適当に書いたものだ、と芸州広島側は証言しているのだ。

大久保にすれば、広島藩を入れた3藩の連署にすれば、広島につよく反発されると解っている。なにしろ、後藤象二郎が大政奉還の連署の件で裏切ったと怒っているのだから。むやみに無断で広島藩の名は使えない。知恵者の大久保は、薩長芸軍事同盟でありながら、薩摩と長州にとどめおいたのだろう。

後世の歴史家が、怪しげな密勅を本物だと考えるから、倒幕史観を狂わせている。つまり、幕末といえば、『なんでも薩長』となってしまう根源がここにある。

小御所会議で新政府ができるまで、広島藩の植田乙次郎が、長州藩の広沢兵助を連れて京都に入ってきた。長州はそれくらいの絡みなのだ。徳川政権が倒れるまで、長州は京都に入れず、蚊帳の外にいた藩だった。

大政奉還が10月15日に朝廷で受理された。全国の大名たちはいったい何が起きたのかわからず、政治も経済もいっそう混沌《こんとん》とした。朝廷には行政官などいない。そこで、朝廷は諸大名の藩主たちに京都参集を命じた。ほとんど集まらない。催促しても、大藩ではせいぜい薩摩、越前、尾張、安芸広島、彦根くらい。小藩主がパラパラだった。

大政奉還が成立すれば、会津藩や桑名藩兵を御所警備から外す。辻将曹はそう考えていた。慶喜が大政奉還の方向に動く、と判断すると、辻はすぐ広島に早馬を出していたのだ。10月16日には鉄砲隊各2隊、応変隊2隊を上坂の途につかせていた。同17日には先手組、進組4組、大砲隊2隊、応変隊2隊、子弟隊など総計453兵を京都に上げさせた。ただ、神機隊は発足したばかりで加わっていない。

在京中の広島藩兵は423人がおり、あわせて876人の兵になった。それに在京の薩摩藩軍が加わる（推定2000人）。他方の幕府軍は、京都や大坂に1万5000人余り。薩芸の軍事力はけた違いに貧弱だった。それでも、会津・桑名藩兵を外させて、京都御所の警備についた。

10月17日に、小松、西郷、大久保が京都を発って鹿児島に向かう。長州の広沢も帰っていく。ここから約1か月間は謎の空白がある。11月下旬、突如として幕末史において空前の大規模な3藩進発が御手洗（広島県）から行われたのだ。

島津茂久が約３０００人の兵を連れて上京する。朝敵の長州藩からは約２５００人の兵が出る。広島藩はあらたに世子の長勲公が４２２人の兵を上げる。広島藩総督の岸九兵衛が約２００人の兵と、長州藩家老を連れて出航する。

３藩約６５００人の兵が、なぜ、忽然と瀬戸内の御手洗港に、ほぼ同一日に集まれたのか。この緻密《ちみつ》な挙兵はいつ、どこで密議されたのか。これまで幕末史の最大の謎だった。11月上旬は実に謎の空白で、３藩の志士はだれもが書き残していない。

作家や歴史学者たちは薩摩、長州、土佐の視点から『薩長による倒幕』と、あて推量で書いてきた。集合地点となった広島側には、原爆で史料がないとされていた。だから、３藩進発の肝心な点が解明されずにきたのだ。

広島藩には、なぞの人物がいる。その名も池田徳太郎だ。役柄は広島藩主・浅野長勲の「内密御用向」（密使）である。藩主の密使は他藩にも顔が広く、人脈が厚く、記憶力に優れた人物が選ばれる。かれが、この重大な3藩進発に関わった人物だ。

第7章

3 藩進発

秋風が吹く京都盆地から昼夜兼行で、船越洋之助は急ぎ西に下った。強靭《きょうじん》な体躯の船越は陣笠、羽織、袴、脚絆《きゃはん》姿だった。大坂から海路で尾道に上がり、朝霧がまだ三原城をつつみ隠すころ、かれは大股で安芸の海岸道を歩いていた。

緑の岬が、つづけざまに瀬戸内の海面に突き出てくる。やがて、海から屹立《きつりつ》する奇岩の黒滝山がみえてきた。その山麓にひろがる忠海《ただのうみ》（竹原市）の町に入ると、回船問屋、魚問屋、製塩業、酒造業、皮革加工業などが軒を並べる発達した街だ。

船越は街なかの医者の家を訪ねた。声をかけると、池田徳太郎の細君が出てきて、夫は病床に伏しているという。ぜひ急ぎ話があるというと、血色の悪い池田が着流し姿で出てきた。懐かしがる挨拶を交わすと、暗黙の了解のように、ふたりは海岸にむかった。

「福山、尾道まで、『ええじゃないか』が来たらしいの」

池田が住民の目と耳を気にして、差し障りのない話題を持ちだした。

「わが広島藩まで来てもらいたくなかった、百姓一揆と同じだ。ところで、顔色がすぐれないし、病状は悪いのか」

「最近は歩くにも難儀しておる。脚気《かっけ》だろうな。長訓《ながみち》公にも、お役を休ませてもらっておる。紺《こう》屋《や》の白袴《しろばかま》だ」

池田は37歳で、医師の息子だった。幼少のころ、聖童と呼ばれていた。医術の道は継がず、草《そう》莽《もう》の志士活動に入っていた。

1860（万延元）年に、池田は江戸の麹町《こうじまち》に塾を開いた。翌年5月に文学上の朋友の清河八郎が起こした無礼斬殺事件で連座を問われ、小伝馬町の牢に投獄されている。

長い獄中生活のなかで、池田は牢番を介し、建言を京都の公卿に送った。

『京都の治安維持のために、幕府に浪士を集めさせ、治安維持の隊を創れ』

それが公卿から、政治総裁の松平春嶽へ渡った。飛びついたのが幕府で、「浪士組」創設を条件に池田を放免した。

かれは清河八郎、山岡鉄太郎とともに活動をはじめた。文人の池田は、関東周辺で浪士たちを集めてまわる募集係だった。上州、野州あたりの村々では、庄屋の子らに『四書五経《ししょごきょう》』の素読《そどく》を授けた。人望があって、浪士組のなかで最大の人集めをした。このなかには近藤勇もいる。

池田は詩文にも皇国史観にも造詣《ぞうけい》がふかく、浪士たちから「学者先生」と呼ばれ尊敬されていた。

浪士組（のちに新撰組）創設期に、池田は幕閣との計画・立案でふかく関わり、幕府の要人（大目付、老中）にも顔が広くなった。浪士組が正式に発足されると、京都に上がった。

『浪士組は朝廷に附属させ、攘夷《じょうい》の尖兵《せんぺい》とする』

清河の政治活動や強引な攘夷を嫌った池田は、ひとり反対を表明した。そして、母親の病気を口実に、全員を納得させ、1864（元治元）年、34歳にして実家の忠海に帰ってきたのだ。

新撰組は同志結束が強く、訣別《けつべつ》したものは殺されている。元幹部で殺されず、京都を歩けるのは「学者先生」の池田くらいである。

忠海に帰った池田は、広島藩の勘定奉行に呼び出されて、「内密御用向」（芸藩の密使）を命じられた。ここから極秘の行動となり、池田の経歴は約4年間すーっと消えていく。戊辰戦争になると、新政府軍の参謀として頭角を現す。明治に入ると、いきなり藩主なみの地位ともいえる新治《にいはり》（茨城、千葉の一部）、島根、岩手、青森の県知事になっているのだ。

内密御用向の池田は、応接掛の船越洋之助とかなり仲が良かった。船越側の資料から、幕長戦争の仲介役、神機隊の志和練兵所の見学において、点と点で、池田が出てくる。その池田が3度自殺を図ったことなども記している。

船越は階段状の雁木《がんぎ》から、池田の不自由な足を気づかい、砂地の波打ち際まで降りてきた。難破船が朽ちた残骸で横たわる。ふたりの話し声はもはや磯で貝を採る海女にも、沖合の漁師の耳にも届かない距離となった。

「慶喜は大政を奉還したが、状況は最悪だ。このままでは『建武《けんむ》の中興《ちゅうこう》』の二の舞になってしまう。歴史はくり返す。そうさせてはならない」

船越が語気を強めた。

鎌倉幕府を倒した後醍醐《ごだいご》天皇は、京都で、天皇親政《てんのうしんせい》（天皇がみずから政治を行う）を復活させた。

元号を建武と変えた。それをもって、建武の中興という。

しかし、武士階級の反乱で、２年半後には足利尊氏《たかうじ》に政権を奪われてしまったのだ。そして南北朝時代になった。

「慶喜公はよくぞ、大政を奉還したな。内心は、朝廷が受け入れても何もできないだろう、と高を括《くく》っておるのだろう。京都守護職・会津容保《かたもり》の藩兵、所司代の桑名藩など、その数は１万人以上の軍勢だ。薩摩藩と広島藩だけが御所を守る。それは無理だな」

池田がごく自然に情勢分析をしていた。藩主密使の役柄で、世情については、江戸、京都、大坂、長州、薩摩の端まで掌握できている。

「まさに、その通り。危機が迫っている。公卿のなかには怖気づいて、もう一度、徳川に政権を担ってもらおう、という者もいる始末だ。大政奉還の苦労も知らず、無責任に、どちらに転ぶかわからない」

「公卿は風見鶏《かざみどり》だからな。軍隊など持っておるわけじゃないし、何もできない」

「大坂の幕府軍が、いま京都へと集まっておる。それに、大坂湾には幕府の海軍が集結している。この目で確認してきた」

船越は砂地を横切るカニをまたいだ。

「榎本武揚《えのもとたけあき》の艦隊かな」

「きっと、そうだろう。このままでは、大政奉還を受け入れた朝廷を維持できない。徳川政権に後戻りさせたくない。幕府軍、会津・桑名に対抗できる軍事力が必要だ。慶喜は政権を朝廷に

を借りたい」

「体調が悪くての。遠出はからだに堪《こた》える」

返還したが、征夷大将軍《せいいたいしょうぐん》まで返還しておらない。そこでだ、薩摩、広島、それに長州の3藩で、最大限の軍隊を京都に上げる。総論で大づかみの挙兵の話し合いはついている。各論で池田の力を借りたい」

船越は熱い口調だった。すべてが、この池田にかかっている態度だった。

「体調が悪くての。遠出はからだに堪《こた》える」

磯の水たまりでは、銀色の稚魚が忙しげに泳いでいた。泳ぐ影が射す陽光と戯れて、きらめいている。池田の眼が小魚のように弱々しかった。

「それを押しての頼みだ。皇国の存亡にかかわる。大規模な挙兵を進めるために、小松、大久保、西郷は鹿児島にむかった。土佐は、拙者が中岡慎太郎に頼んできた。問題は長州だ。長防2州が軍事行動に出れば、強い味方になる。ただ、藩士がそれぞれの思惑で、好き勝手にバラバラ動くのが長州だ。思想も微妙にちがう。ここは池田どのに頼みたい」

「京都には、潜伏する長州藩の品川弥二郎がおるはずだ。ほかにも、京都に数人の長州藩士が情報収集で潜んでおる。かれらが国もとに帰り、軍を上げればよい」

「問題はそこだ。長州にいる木戸準一郎、山縣狂介、広沢兵助、大村益次郎……、だれひとり、長防2州を一つにまとめられる力はない。萩、下関、岩国はその実、ひどく仲が悪い。いつも、不統一のバラバラの行動だ。亡き高杉晋作などは下関の長府《ちょうふ》藩士から、殺してやると追い回されたほどだ。藩士が京都派兵を毛利敬親《たかちか》公にご注進すれば、『そうせい、行きたいものだけが上京せよ』となる。藩論統一がない、それが長州の特徴だ」

ふたりの砂地の足跡が、押し寄せる波でかき消される。その波に近づいたり逃げたりしながら、歩いていた。船越はさらにこう言った。

「毛利公は、ふつうの藩主とはちがう。第13代の長州藩主の狭い器でみたら、敬親公の本質が理解できない。安芸毛利家25代の当主だ。関ヶ原の戦いから25代にわたり、安芸国の当主の意識が脈々と受け継がれておる」

その認識では、船越も池田も共通していた。その根拠としては、幕長戦争の時、芸州口の戦いで、長州軍が幕府軍を追って広島城のすぐ近くまでやってきた。ところが、長州兵が領民にたいして、椋奪《りゃくだつ》、強奪、殺傷、放火までやった。

それを知った広島藩の武士階級のみならず、町民、農民までも激怒した。長州を攻撃せよ、と婦女子までも燃えた。

そこで、藩主の長訓公は「約束がちがう、安芸領民に危害を加えた」と毛利敬親公に猛烈な抗議をしたのだ。すると、敬親公は広沢兵助、大田市之進、井上馨らを呼び寄せ、罵倒《ばとう》したうえ、

「わが安芸領民に、なんてことする。3日以内に軍隊を引き揚げよ」

と命じた。さらには敬親がみずから筆を執り、全面的に詫びる謝罪文を書いたのだ。戦いの勝者が全面謝罪し、なおかつ3日以内に占領地より総引き揚げするなど、歴史的にもあまりない。

これは、毛利家の歴史が広島からスタートしている点にある。

毛利元就《もうりもとなり》の墓は安芸吉田（広島県）の郡山城趾《こおりやまじょうし》にある。歴代の毛利家のお殿様は、そこを聖地として崇《あが》め奉る。大名行列で広島城下を通過の際、重臣たちを聖地の墓に参拝させる。むろん、

毛利元就の墓（広島・安芸高田市）

浅野藩領だから、毛利家の当主はみずから出向けない。

しかし、家老には名代で聖地に墓参させ、郡山城や毛利家のあらゆる墓を画かせていた。

さらには二百年忌、二百五十年忌、三百年忌と現地の郡山城で行ってきた。

広島藩においても、郡山城趾は毛利家の聖地だとして、一般住民を立ち入らせていない。（現在は、毛利家が城址の土地を買い取っている）

関ヶ原の戦いに敗れた毛利家が萩に移った。この折、武士のみならず町人、瀬戸内の島の漁師などもついていった。ただ、石高があるので、農民の移住はご法度《はっと》である。広島領にすべて残った。毛利家からみれば、広島の領民はわが領民なのだ。（平成の現在でも、広島県人に訊けば、広島のお殿さまは毛利だという）

長州藩の藩政について、毛利敬親公は『そうせい』と言い、家臣に任せる。しかし、安芸の領民は特別な意識なのだ。３日で安芸領から引き揚げろ、と言われて、だれも一言も逆らえない。

高杉晋作が攻めた小倉城や、大村益次郎が攻め入った浜田城など、長州藩はながく占領していた。だが、芸州口の戦いはちがった。８月６日、芸長会談で、毛利敬親公の詫び状の朗読、長州藩の総引き揚げ、広島藩兵が幕長の緩衝地帯を造ることで簡単に決まった。そして、芸州口の和平が成立したのだ。

さかのぼること第一次征長でも、広島藩は幕長の仲介役に立った。応接方の船越は長州藩士たちに会い、藩主密使の池田は毛利敬親と折衝したのだ。

とくに池田は広島藩主から陰の全権委任大使を命じられ、戦争回避の取りまとめ役となった。征長総督府の徳川慶勝の戦争回避の考え方も伝え、禁門の変に関係した家老の切腹、広島国泰寺での首実検、他の条件なども微細に調整し、落とし所をつけた。一発の銃声もなく解決したのだ。

「だれぞ、池田どのが第一次征長を和平に導いた、真の功労者だと知ろうぞ。敬親公との呼吸も、心の動きも、よく存じておられる。信頼も厚い。毛利公を動かせられるのは池田どの、あなただけだ。ここは関ヶ原の怨念《おんねん》の大勝負。徳川を倒す好機だと、毛利公を説得してもらいたい。そして、防長２州を心ひとつにして派兵させてほしい、と」

「身体が不調での。船越どのと空約束になると、迷惑になる」

「そこを、無理してもらいたい。萩まで駕籠《かご》を使ってでも」

「でもな」

「ちょうど今ごろ、薩摩の小松、西郷、大久保のいずれかが防長２州の挙兵を促すために、毛利公に会っておるはず。池田どのは、どう思う?」

「それは逆効果だな。相手が理知的な木戸あたりなら、理解を示すだろう。問題は器の大きさだ」

毛利公は情が厚い。禁門の変の遺族をいまだ悼《いた》んでおる。薩摩はそこらが解っておらんな。禁門の変からまだ４年。大勢の長州人を殺した薩摩から話が出てくれば、敬親公は遺族らの手前、かえって乗れなくなる、と池田は言い切った。

「まさしく。だから、薩摩が鹿児島への帰路で、山口に立ち寄り、毛利公に会うと言ったが、それはそれとして……。拙者がこうして、池田どのに頼みに忠海まできた。毛利公が防長2州の全軍へ、『ここは防長2州、安芸の国と3州で徳川を討て』と大号令をだす。それを進言できるのは、池田どのの他に誰がおる？　広島から出向かないと、毛利公は動かない。薩摩では無理だ」

　船越は武力討幕派に近かった。辻将曹の非戦論と袂《たもと》を分かちあっている。

「わかった。わしが毛利公に膝詰めで話そう。『すべての兵を京都に上げよ。関ヶ原の毛利の怨念の戦いはここにあり』と命令を下してもらう」

「かたじけない。病身なのに」

　船越が深ぶかと頭を下げた。

「毛利公の大号令があれば、防長2州の藩士から足軽、農兵までも、すべて燃えるだろう。足並みはそろう。船越どの、挙兵には事前の密議が必要だ。『奇策《きさく》は秘《ひ》をもって尊《とおと》し』、場所はどうする？　隠密の多い京都はまずいぞ。だれぞ一人でも隠密を後ろから連れてきたら、それこそ一大事。もし決まっていなければ、御手洗港が良い」

「それが良い。わが父上も、御手洗の勘定吟味役だし」

「隣村の『大長』には、新谷道太郎の生家の寺がある。あそこの客殿なら、志士が極秘に集まりやすい。道太郎は忠海のわが池田家にも養子に入ったことがある。拙者を師と仰いでおる。かつては、勝海舟の供侍だった。海舟は供侍を一人だけつれて出かける、変わった人物だ。道太郎はその供侍だった。口は固い男だ。密議には最適の場所になる」

新谷道太郎は21歳で剣道8段の腕前、いま三原城下で剣道指南をしている、と池田はつけ加えた。

「そこに決めよう」

「大軍を動かす軍資金はどうする？　先立つものは金だ。軍費がないと、討幕の総論は賛成、各論になると時期尚早論が出てくる」

「それに関しては、中岡慎太郎に相談した。坂本龍馬が金集めは巧いから、あれにやらせる。討幕は成功させると燃えておる。いまごろ、龍馬に伝えておるはず」

「中岡はやることが速い。時代の先取りが速すぎて、まわりが遅れぎみだ。鉄砲密売人の坂本龍馬は、大きな金が動かせる。慎重にも慎重をきす性格だから、適任だ」

龍馬は、手もとにきた手紙が幕府方に奪われると、鉄砲販売先の顧客（藩）に迷惑がかかると言い、すべて焼いている（現存するのは木戸から頼まれた薩長同盟の裏書きだけである）。差しだす手紙も慎重だ。日付はごまかす。相手の日記すらも、幕府の隠密に奪われると、裏社会を歩く龍馬の足取りが読み取られてしまう。だから、相手がたの日付もごまかしを頼む。

「実に慎重派だ。闇の密売人は、そうでないとつとまらない」

「池田どのは、よくご存じで」

「じつは京都に上がると、後輩だった新撰組の一員と飲むことがある。幕府や会津・桑名の情報収集で。志士の動向も聴ける。龍馬の足取りはようわからない、と嘆いておった」

龍馬の口からも、手紙からも、御手洗について1行も触れていない。龍馬は長崎・大坂航路の船乗りだから、御手洗の寄港は当然なのに。それはなぜか。外国からの武器密輸入の御手洗港が薩摩がらみで機密性が高く、重要だったからだ。

新谷道太郎の『維新志士・新谷翁の話』によると、龍馬がなんども大長に訪ねてきている。ふたりは、勝海舟の塾を通した知己《ちき》だったのだ。

この年、龍馬が大洲藩から借りた『いろは丸』が紀州軍艦と衝突し、沈没した。龍馬は長崎へ交渉しにいく途中で、御手洗に上陸している。因州鳥取藩の河田佐久馬《かわださくま》が、御手洗港で龍馬にばったり会ったと記す（その日記は現存）。

「土佐はほかに後藤とか、岩崎がおるな……？」

「後藤には、煮え湯を飲まされた。突っ張り型だ。外したい」

船越は、大政奉還の横奪について一通り説明した。

「うわさ通りの象二郎だ。ただ、密議には毒も必要。頭から外すと、土佐藩を敵に回すことになる。後藤は容堂の取次ぎ役だと、そう認識すればよいではないか」

遠路の萩に行ってもらう手前もあり、池田のことばに従った。

こうして決まった御手洗の4藩の密議は翌11月3日だった。

御手洗港に上陸した藩士たちの服装は、じつにバラバラだった。ある者は農民の姿だった。手拭いで頬被りし、破れたパッチに尻からげ姿もいた。住吉神社横から、遊郭街を通り抜ける。約2キロ先が梅の名所で名高い、大長集落だった。海岸から折れて、細い坂道を上ると、新谷家の寺の客殿があった。
広島藩は、池田徳太郎、船越洋之助、加藤種之助、高橋大義
薩摩藩は、大久保利通、大山格之助、山田市之丞
長州藩は、桂準一郎、大村益次郎、山縣狂介
土佐藩は、坂本龍馬、後藤象二郎
これら12人の朝夕の飲食は、近隣の農民が炊きだしに動員された（元大長町長の回顧談・得体が知れない連中だった）。勘定吟味役の船越の配下の役人たちが周辺を警備していた。最初の夜は、酒を飲んで現況や近況や意見を語りあった。

四藩軍事同盟が行われた新谷家の客殿

翌朝から真剣な討議に入った。歴史に残る『御手洗条約』『3藩進発』、新谷道太郎が60年後に証言した『四藩軍事同盟』と呼ばれるものだ。
大政奉還後の、新政府の大掛かりな軍事行動の打合せだった。それがやがて鳥羽伏見の戦い、戊辰戦争の武力につながっていく。
『大政奉還を成したが、公卿には政権担当能力はないし、京都御所を守っている広島藩兵、薩摩藩兵の在京兵力では不足だ。京都には会津藩士や桑名藩士、新撰組などを含めると1万人を超える兵力がいる。大坂の諸藩の米蔵は幕府方に押さえられている。兵糧の運搬路も幕府方に封鎖されておる』

新政府の兵は見殺しにできない。食料も欠乏している。袋のネズミも同様だ。これを救うためには、4藩で最大限の兵力を京都に挙げよう。

しかし後藤は、容堂に承諾を取る自信がないという。そこで、大久保利通が土佐を訪ねて、談判すると決まった。

『若い天皇を京都御所から連れだす必要もある。その場合は山崎路から西宮に抜け、芸州広島まで連れてくる』

薩摩側からの提案があった。

『会津兵を含めて、武器は古い。ただ、フランスに訓練された幕府陸軍は精鋭。われら3藩はすべて洋式軍隊で統一しよう。鎧兜は厳禁で行こう』

長州側の大村益次郎からの提案が決まった。

『わが藩の大坂中之島の蔵屋敷の沖合には、4隻の幕府軍の軍艦が構えている。各藩がバラバラでは撃沈されてしまう。軍団を組む必要がある。それぞれの艦船は御手洗に一度に集結し、船団を組んで、つよい結束で大坂湾に入る』

船越洋之助からの提案で、船隻数が決められた。

『陸路は幕府側の関所がある。海路の選択となると、長防2州の約2000人強は一度に運べる艦隊はない。芸州広島藩の軍艦を提供してもらいたい。最初は1000人程度、残る1000人は尾道で待機させる』

長州側の山形狂介の要望を広島側が受け入れた。

３藩進発の戦略・戦術が一つひとつ細部にわたった。だれもが藩を背負っている責任者だから、決定が早かった。

『新政府には政策の綱領が必要だ。ただ大政奉還されても、公卿は何をしていいのか、わかっておらない。薩摩や長州は外国留学生を送り込み、最新のヨーロッパの行政、議会、法律の自助を学ばせてきた。欧米の議会の方式を取り入れよう。それをもとに新政府の政策要綱をつくる』

龍馬の提案で、桂準一郎などが積極的に発言した。条文が一つひとつ時間をかけて練り上げられた。それが新政府綱領八策《しんせいふこうりょうはっさく》である。龍馬の肉筆である。

第一義　天下有名の人材を招致し顧問に供ふ
第二義　有材の諸侯を撰用し朝廷の官爵を賜い現今有名無実の官を除く
第三義　外国の交際を議定す
第四義　律令を撰し新たに無窮の大典を定む律令既に定れば諸侯伯皆此を奉じて部下を率ゆ
第五義　上下議政所
第六義　海陸軍局
第七義　親兵
第八義　皇国今日の金銀物価を外国と平均す

右預《あらかじ》め二三の明眼士と議定し諸侯会盟の日を待つて云云

○○○自ら盟主と為り此を以て朝廷に奉り始て天下萬民に公布云云
強抗非礼公議に違ふ者は断然征討す権門貴族に貸借する事なし
慶応丁卯十一月　　坂本直柔

天皇の下で、新政府の頂点にはだれが座るか。慶喜はどうするか。それが決まらず、○○○となり、各藩に持ち帰り検討することになった。国立国会図書館、下関市立長府博物館の2か所に現存する。同じものが2通存在することから、他にも2通、合計4通書かれていたはずだ。

幕末史関連に出てくる『船中八策』だが、これを模して、大正時代半ばに、故意に創作されたものだと類推できる。なぜならば、船中八策は現物など存在しない。江戸時代、明治時代の文献には一行も出てこない。口述の伝承もない。

明治16年の龍馬を主人公にした長編歴史小説『汗血千里の駒』(高知新聞に連載・坂崎紫瀾著・同紙の編集長歴もあり)にも、船中八策は一言もない。

大正時代の半ば、突如として、土佐人の別の文筆家がフィクション小説のなかで、船中八策を登場させている。それ以降の歴史書、小説は根拠がなく、鵜呑みで、まったく実存しない船中八策を記している。あえていえば、偽物の『船中八策』すら存在していないのだ。

「この密議は60年間黙っていよう。しゃべれば、暗殺の危険が及ぶぞ」

龍馬が全員に約束させた。

「なぜ、60年間も待つのか」

新谷道太郎が訊いた。

「これから60年経てば、みな死んでしまう。いかに佐幕派のものでも、その子孫までが怒りを継いで殺しに来ないだろう。この参加者のなかで、60年生きたものだけが、この御手洗の４藩密議から歴史が大きく動いた、と語るとよい。そなたが一番若い、山奥に逃げて長生きしてくれ」

道太郎は60年間、それを忠実に守り、島根の山奥に隠遁《いんとん》し、そして昭和11年6月に世に発表した。自費出版であり、若干、大阪の新聞で取り上げられ、道太郎の講演も行われた。だが、翌年の日中戦争で、人々の関心は明治維新よりも中国大陸に移り、同書は世の話題から消えた。

坂本龍馬は、10月末日に福井の由利公正《ゆりきみまさ》に会っていた。そして、11月5日には松平春嶽の手紙を土佐藩の京都藩邸に届けている。11月3日の御手洗は無理である、と過去の歴史家は新谷道太郎の証言を認めていない。

ただ、龍馬は福井で松平春嶽に会えていない。となると、龍馬は5日に京都にいたのだろうか。ここらは解明できない点だ。ちなみに、大坂から御手洗は蒸気船で約10時間である。

新政府の軍資金調達を考える龍馬は福井行で、謹慎中の由利公正に会っている。これは事実だ。由利は会計判事となり、会計事務総督に任命された芸州広島藩の世子・浅野長勲《ながこと》の下で働くことになる（政府紙幣を作る）。

龍馬が４藩密議の場で、船越か池田を介し、浅野長勲に推薦してもらい、自宅蟄居《ちっきょ》だった由利をすぐさま新政府に呼んでもらった、と考えるのが常套《じょうとう》だろう。

新政府綱領八策には明確に、慶応丁卯十一月・坂本直柔（龍馬の実名）とまちがいなく記載されている。龍馬が京都で、悶々と一人や二人で日本国の憲法草案が作れるはずがない。まして、龍馬は外国の国会視察など行っていない。

留学生を送り出した薩摩藩や長州藩の叡智《えいち》が、皆して3日間にわたり、明治憲法草案を作ったと見なす方が自然である。

途轍《とてつ》もない大改革・革命である。社会体制を根底から覆す、武士社会を否定した内容なのだ。『密議は60年間黙っていよう。しゃべれば、暗殺の危険が及ぶ』

龍馬のことばには説得力がある。

後世の研究者は『薩長の倒幕』という表現で、かれらの11月上旬の行動を補おうとするが、それは無理である。御手洗港に集結してきた約６５００人の事前密議とか、なぜ広島の御手洗と決めたのか。芸州広島藩抜きではまったく説明できない。

11月7日
４藩軍事同盟の密議が終り、それぞれが御手洗港から発っていった。このさき、思わぬことが起きた。60年間は佐幕派から命を狙われるぞ、と言った当の坂本龍馬が、わずか1週間後に暗殺されたのだ。

11月15日
刺客は、中岡慎太郎と坂本龍馬のどっちを狙ったのか。それはわからない。しかし、４藩関係者には強い衝撃が走った。龍馬の60年間の予見性が当たったからだ。参列した志士たちの口をいっそう重くさせた。結果として、12人の11月上旬の行動はすべて空白となっているのだ。
一方で、同月中旬から各藩の軍事行動が一気に表面に出てきた。

11月16日
御手洗の４藩密議に同席していた長州藩の山形狂介が、御楯隊隊長の御堀耕助《みほりこうすけ》（太田市之進）と３藩進発の陸路出兵の打合せで広島に派遣された。長州藩兵１２００人が御手洗経由の海路で行く。後続の１３００人は陸路で広島藩領を通り、尾道港で待機する。それの承諾と確認だった。

11月17日
薩州公（島津忠義）が三田尻（山口県）に到着した。実質的な薩長軍事同盟がなされた。
この頃、大久保は御手洗の密議に参加していた後藤の要請で、土佐に出向いている。そして、山内容堂に拝謁した。薩州公が３０００の卒兵とともに上京すると伝え、容堂の上京を促した。

11月24日
芸州広島藩の浅野長勲と式部公子（長勲の父親）が、豊安号で総計４２２人の兵士を連れて出帆した。同日、総督の岸九兵衞が約２００人の兵とともに、広島藩船の震天丸（龍馬が鉄砲を土佐に運んだことがある船）に乗船し、夕方4時に出港した。（在京８７６人で、約１５００人）

11月26日

防長7隊の１２００人が御手洗に到着した。船越洋之助、黒田益之丞、川合三十郎、平山寛之介、小林柔吉などが応接方として取り仕切った。このメンバーは9月に神機隊を旗揚げしている。つまり、すべての段取りが神機隊の幹部である。

船越寿左衞門（勘定吟味役）の支配下にある金子邸で、具体的な船団の組み方と京都に上がる戦術が練られた。毛利家の家老を震天丸に乗船させた。

『長州藩の船は、広島藩船が誘導する。旗はひとつが広島藩、もう一隻は薩摩藩の旗をつかう。長州の軍艦は淡路沖で待機する。一部は西宮に上陸し、大洲藩《おおすはん》の兵舎である六湛寺《ろくたんじ》で待機する』

船越洋之助がすでに京都で、大洲藩の窪田省吾《くぼたしょうご》に、長州勢が近く上陸するから、西宮警守隊で匿《かくま》って欲しい、場合によると1カ月に及ぶ、と上陸支援を頼んできたのだ。大洲藩からは快諾を得ている。まさに緻密な下工作がなされているのだ。

11月26日夜8時

芸州広島藩の震天丸が先発し、長州船団がこれに続いた。

11月29日
船越と黒田は上京し、飛鳥井雅典《まさのり》伝奏《でんそう》（朝廷の役職）に毛利末家名代の到着を知らせた。

11月30日
世子の浅野長勲が二条斉敬《なりゆき》摂政に軍隊の上洛を報告した。

12月1日
長州の隊兵は、西宮を幕府軍が通過したので、上陸地を変更して、打出浜とした。そこから西宮の六湛寺に入った。

神機隊の船越、黒田、川合らに急変が起きた。執政・辻将曹は、どこまでも非戦論だった。芸州広島藩の在京幹部から、

『大政奉還で、徳川家が政権を返上しているのに、みだりに武力で構えるかのごとき動きをしている。わが広島藩から武力討幕の挙に出ようとしている。まことに遺憾である』

と京都から出るように命令されたのだ。

「世子の長勲公に確認してみたい。だが、長勲公と辻執政どのを対立させて、広島藩を分裂させるのは、われら本意ではない。口惜しいが、藩命では仕方ない」

船越は引き下がる決意をした。

「長州藩の朝敵が解かれるのは、もはや時間の問題だ。３藩進発で連れてきた長州が、京都御

所に親兵で入ることになる。怖いことになるぞ。禁門の変のような戦いを望む、間違いなく。京都守護職だった松平容保《かたもり》など、格好の標的になる。われわれが退いては、飼い主のいない猛犬《いぬ》だ。京都をまた火の海にするぞ」

川合三十郎は、第二次幕長戦争の芸州口の惨事と重ね合わせていた。

「毛利公でも京都にいれば、手綱が取れるのに。長州は大勢の血を流させる」

小林柔吉がつよく危惧していた。

「辻執政どのから直接、退去が言い渡されたわけではない。いちど、面談を求めてみよう。京都を戦禍《せんか》にさせないためにも。否、このままでは日本中が血の海になるかもしれぬ」

船越が代表で京都藩邸代わりの南禅寺に訪ねて行った。しかし、辻将曹には会えず、門前払いだった。さらなる藩命で、京都から立ち去り、大坂まで引き下がった。

12月9日
小御所会議による、王政復古の大号令まで確認し、薩摩が江戸で赤報隊《せきほうたい》（正式発足は翌月）を使った騒擾《そうじょう》（テロ行為）をしていると耳にした。

「危ないな。長州藩兵が好む出来事だ。飛びつくぞ」

そんな危惧をする船越、黒田、川合らに対して、大坂から広島への帰国命令が出たのだ。武力派の執政・石井修理《しゅり》も危険だという理由で、帰国させられた。

かつて第二次長州征討の直前には、小笠原老中を暗殺してでも、この戦争は止めさせるべきだと考えた、燃えたぎる青年たちだった。大政奉還で平和裏に生まれた皇国の国家は守る。幕藩体制には戻させないぞ、『御所を守るために』と、一途に3藩進発を成し遂げた。しかし、かれらはその表舞台から降りて行った。

　ここで退いた芸州広島藩のかれらは、良識派過ぎたのかもしれない。

　小御所会議において、長州藩の朝敵が解除された。淡路島沖の長州船団、西宮の六湛寺の軍団、さらには尾道（広島県）に待機中の長州軍勢がいっせいに上京してきた。それは、鳥羽伏見の戦いがはじまる10日前だった。

　天皇を守るはずの近衛兵が、戦争の発火点となったのだ。

京都御所の小御所

　広島藩の辻将曹は非戦論者であり、大政奉還をなせば、日本の将来が身分格差のない安泰の道に進めるとかたくなに信じていた。だから、辻は大政奉還と小御所会議の王政復古をもって、政治の世界から身を引いていった。

　幕末史から芸州広島藩が消されてしまう、大きな要因にもなった。

　翌正月3日

　明治新政府は1か月も経たずして、本来まずあるべき議会政治を育てず、鳥羽伏見の戦いに突入したのだ。

　さらには公卿と結びついた薩長の下級藩士が独走し、政権を奪うために、慶喜・容保の追討令に名を借りた戊辰戦争へと拡大した。そして、日本を血の海に染めた。

江戸時代には一度も国内外で戦争しなかった平和国家の日本が、富国強兵、軍国主義の国家へと進む道でもあった。

第8章　綾の想い

旅姿の綾が、海田市から瀬野川沿いの街道を急いでいた。綾の想いは、ひたすら神機隊の省三へと飛んでいた。急ぎ足だが、慣れない旅だから、登り勾配の坂道でアゴがあがってしまった。

３月半ばだけに、農家の庭には梅や桃の花が咲いている。甘い香りが漂う。桜はまだ、つぼみだった。きのうのこと、多須衛《たすえ》から、あすにでも西志和《にししわ》の練兵所で省三と会っておいた方が良い、と言われた。理由は、口を濁し教えてくれなかった。軍事の機密らしい。嫌な予感もするし、省三に逢える想いも募る。

旅芸人が前方をいく。大八車には一座の幟《のぼり》を立てている。

「お嬢さん、急いでいるね」

座長らしき40歳男から声をかけられた。追い越す綾はドギマギした。こんな旅芸人と口など利いてもいいのかしら。武家の娘として、あまりにも身分に差があり過ぎる。はい、としか答えられなかった。

「どこに行くの？」

綾は無言でうつむいて歩いていた。

「うちらは西条（現・東広島市）へ興行に行くんよ。衣装道具が多いから、山道はひと苦労よ」

座長の細君らしい。ひょっとこ顔だ。それだけで笑いが取れそうだ。

「先を急ぎますから」

「武家の上品なお嬢さまが旅姿とは、とてもお美しい」

綾は一座を追い越したが、疲労で足が速まらなかった。むしろ、3丁も先で、十数人の旅芸人の一座に追いつかれ、組み込まれてしまった。

最後部の役者が、夫婦げんかをはじめた。男は演技用のドスを振りまわし、女芸人は目じりを釣り上げている。舞台稽古かしら。

「あんな夫婦になったら、だめだね。大した役もできないくせに、夫婦げんかだけは上手だから」

ひょっとこ顔の細君が飽きあきした態度で、綾に語りかけてきた。関わりたくなかった。一刻も早く、省三に逢いたかった。

「旅慣れていないね。山道で、そんなに急いだら、歩けなくなるよ。大八車に乗ってもいいよ。蛸八《たこはち》、乗せてあげな」

「はいはい、結構ですよ。お嬢様どうぞ」

蛸八と呼ばれた男が、荷台の茶箱をほかの男に背負わせていた。

「遠慮せんでもいいよ。バカ力の男が引いておるんだから。なあ、蛸八」

「軽そうなお嬢様が一人や二人乗ったところで、屁の河童。さあさあ、荷台が空いたよ」

2度も、3度も、強引に勧められる。

「けっこうです」

「旅は道連れだよ」

躊躇《ちゅうちょ》した綾だが、このさき山道で歩けなくなり、西志和村に着けなくなると、それも怖いし、荷台に腰を下ろした。そして、着物の裾前をしっかり合わせた。

「ご城下は一昨年の夏は大変だったね。幕府の軍隊が4か所から、長州藩に押し寄せて戦争をするし。興行も禁止されたし。芸州には、うちらも近づけなかった。この街道は軍隊の通り道で、こんな大八車など引いていた日には、鉄砲で撃ち殺されかねなかった」

細君は胸を撃たれた格好でよろける。座長が身体を抱きかかえる。まわりの役者が、さあ、女座長の葬式だ、と踊って見せたり、笑いこけたりする。

「バカ、ひとが死んで喜ぶな」

細君が座長だったようだ。

綾が黙っていても、まるで観客扱いで、芸人はにぎやかだ。

「ことしは正月早々に、京都の鳥羽伏見で、大きな戦いはあったし。1月には、川辺川から西側の備中と福山城に官軍が何千人も入って、ドンパチをやるし」

芸人たちは、枯れ枝を銃にして撃つ真似をしたり、踊ったりしていた。

「お嬢さま、知っておるん？　この瀬野街道の榎ノ山の関所を越えたら、優秀な軍隊がおるんだって。回天神機隊というらしいよ」

綾はドギマギして聞いていた。そこに省三がいるのだから。

「福山、備中の鎮撫《ちんぶ》には、ここの神機隊も官軍で出陣したみたいよ。強いッたらありゃしない。どこでも敵なし、進むところ、進むところ、すぐ両手を挙げたらしいよ」

細君が高々と両手を挙げた。着物の袖が滑り落ちていた。愉快な男がさっと袖から胸へ手を入れたので、頭を叩かれていた。

(ひどい。一言も言わないで。戦争に出かけていたのね)

1月後半から1か月間も、省三は城下に戻らなかった。あのひと月は逢いたくて、逢いたくて、仕方なかった。もし戦死でもしたら、綾はひとりで生きていけない。こんな綾の気持ち、省三さまはわかってくれているのかしら。

「官軍の戦いが、徳川さまの関東に飛び火したらしいよ。うちらみたいな旅芸人は、諸国、津々浦々を知らないとね。うかつなところに行ったら、戦争に巻き込まれるからね」

ひょっとこ顔の細君が、故意に身震いをしていた。

「あんたら、まだ喧嘩しておるんね」

女座長が男の手からドスをさっと奪い取ると、瀬野川に投げ捨てた。鴨が驚いて、飛び立っていた。

「お嬢様、どっちに行かれるの。分かれ道よ。うちらは西条」

「榎ノ山峠です」

「志和には通行札がないと入れないと、お触書が出ておるよ。入り鉄砲出女の箱根の関所よりも、厳しいらしい。噂だと、この奥にお城を造るらしいの。だから、他藩の者は入れないし、検問はすごいって。志和の村人でも、手荷物の調べは厳しいらしいよ」

「行ってみます」

「ところで、通行札は持っておるんだろうね」

「いいえ」

「えっ、本気なの。まあ、何と言ったらいいのかね。こういうのを、お嬢さまと言うんだろうね。悪いこと言わないから、広島のご城下にお帰りなさい」

「でも、行ってみます」

綾は一言お礼を述べてから峠道に向かった。ふり返ると、一座は今生の別れのように、全員が派手に両手を振っている。夫婦げんかの二人が泣き崩れる演技をしている。

急峻な山斜面には雑木が茂る。竹藪もあった。滑りやすい枯葉にも、綾は神経を使いながら進む。頭上の覆いかぶさる枝葉から木漏れ日が射す。

登り切ると、峠から家々が遠望できた。いかにも盆地らしく、四方の山々の稜線が縁取られている。盆地の底の水田はまだ水が張られていない。桃の花が里の家のあちらこちらで咲いていた。

安堵する間もなく、銃を構えた大柄の兵士ら３人が近づいてきた。ダンブクロ姿で、腰には銃弾を下げる。

「一切の通行は禁止だ。庄屋への火急の用とか、葬祭があるとか、それ以外はダメだ」

最も大柄な熊のような兵士が怒鳴る口調で言った。

「高間省三さまに、お取り次ぎください。綾がきた、と一言、お声掛けをしてみてください」

「だめだ。帰れ」

男の嫌らしい眼が、こちらの全身を舐《な》めまわす。鳥肌が立ちそうだった。茂みの中に連れ込まれないか、と綾は身構えていた。

「お願いします。省三さまからの手紙は持っています」

「見せてみろ」

「これでございます」

井原の興譲館《こうじょうかん》の遊学先から、届いたものだった。省三が広島の実家に戻ってからも、綾はその手紙を大切に持ち歩いていた。

「本物か」

「間違いありません」

「高間隊長に、お取り次ぎしてみるか」

隊士は鏡をだした。信号を送っているらしい。追い返されるのか。それとも逢えるのか。期待と失望で、綾の胸は高鳴っていた。

ほかの隊士が、後からきた村人の持ち物検査をやりはじめた。

小時ほど待たされた。軍服姿の省三が傾斜面を登ってくる。軍帽を被った省三は、日焼けした真っ黒な顔だった。初めて見る軍人姿だった。白い歯を見せて、にっこり笑ってくれた。逢えた想いで嬉して泣きたくなった。

軍靴を履いた省三の両足は大股だった。

「驚いたな。綾がここまで訪ねてくるとは、思ってもみなかった」

「ご迷惑でしょうか」

「きょうは面会謝絶の日だ」

「一目お目にかかれましたから、それだけで十分です。城下に帰ります」

多須衞に勧められたと、綾はなぜか言えなかった。言えば、なにか不吉な言葉が返ってきそうな予感がするのだ。

「夕方にはこの志和を発って、城下に戻る。きょう明日には父上に会う必要があるから。一緒に帰ろう。練兵所の宿舎で待っておると良い」

「省三さまのお足には、とてもついていけませぬ」

「軍人の脚と、綾の脚を比べるのか」

笑顔の省三がとても眩しかった。

門兵がじろじろこちらを見ているので、綾は素直に喜びを表現できなかった。

「このまま下り切ってから、半里ほど先だ」

省三から２歩ほど後ろを、綾が歩いていた。

「関所の方、怖かった。身震いしました」

「きょうの榎ノ山峠の３人は、ちょっと問題があるんだ。目つきが嫌らしかっただろう。行進訓練していても、村の娘がいると盗み見ている。だから、峠から綾を追い返せなかった。あの者に綾の後を追われると、怖いからな」

「村には、たくさん娘さんがいるんですか」

「また、綾の焼き餅がはじまった」

省三が振り返って苦笑していた。

「だって……。省三さまが盗られないか、と心配なんです。年上だから」

「かりに綾が歳下でも、焼き餅やきは同じだよ。綾の性格なんだ」

榎ノ山峠から志和盆地に入ると、権現池があった。

田園のあぜ道では鼓笛隊がドラムを叩き、行進訓練をしている。「整列」「進め」と大声がこだます。

「省三さまは、もうすぐ二十歳ですよね。婚約の儀のお話かしら。それで、お父様が志和に私を寄こさせたのかしら……」

暗い話で沈んでいたくなかった。まわりには誰もいないし、この際だから聞いておこう、と綾は考えた。

「きょう来たのは、父上からの差し金か。なるほどな。城下に帰ったら、父上と母上に仲人と日取りを頼んでおく」

「うれしい。きょう、こんなお話をいただけるなんて」

「父上は、だれを仲人に選ぶのかな？　執政の辻将曹どのかな、世子の長勲どのかな。ともに多忙の方だから、日取りは半年先だろう」

「心が震えます」

「花嫁の綾は美しいだろうな」

「省三さまこそ、素敵な花婿さまです」

「綾……」

「なんでしょう」

「いや、あとで話す」

「そんなの嫌です」

目の前に観音堂があった。重装備の兵士が突如として現れた。林の茂みから別の兵士が現れる。双方で襲いかかる。容赦ない殴り合いの乱闘だ。

「怖い」

綾は2、３歩の距離を縮めて省三の腕にしがみ付いた。

「模擬の実戦訓練だよ」

「戦争にいくと、あんなことするのですか」

綾は省三の肩越しに、兵士たちの乱闘をのぞき見た。

「鍛錬でも命をかけるのだ。本物の銃弾が飛んでこない、それだけでも、ありがたいんだ」

省三が余裕のある口調で話す。

「省三さまは戦争に行かれるんですか。綾、嫌です。そのまま一人になりそうで、怖いんです」

「足もとに蛇だ」

「きゃー」

綾は悲鳴を上げて、またしても省三にしがみ付いた。畦の路肩から、頭が三角の蛇が出てきた。

「訓練中に、マムシを踏んづけて噛《か》まれる事故があるんだ。農兵などは心得たものだ。傷口を小刀で切って血を吸いだす」

「怖い」

「毒はそのまま飲んで胃臓に入れても、大丈夫らしい。ただ、噛まれたまま放っておくと、猛毒が全身に回って死ぬ」

「ぞっとします」

「そんな身震いして、怖がりだな。志和の鍛錬で最も警戒するのは、流れ弾とマムシだよ」

蛇が逃げた庭先の日向では、老婆がゴザを敷いたうえでワラを打っている。母屋から機《はた》を織《お》る音が響く。

藁ぶき屋根の釈迦堂の角を曲がると、田園風景に取り囲まれた。軍服姿の隊兵が整列して行進している。その音律が山々にこだます。整然としているだけに、勇ましく思える。

神機隊の本陣は西蓮寺《さいれんじ》、西屯営所の報専坊《ほうせんぼう》だよ、と省三が盆地の底のあちらこちらを指して教えてくれた。

やがて、山林を切り拓いた広場には、神機隊の兵舎が3棟ならぶ。いずれも2階建てで、飾り気がない細長い箱型だった。前庭では、5、6人の賄婦たちが大きな鍋で、煮物を作っていた。そばの竹編の笊《ざる》には葉物の野菜が盛りあがる。雑穀、味噌樽、大根も積み上げられていた。

「神機隊はいま1200人いるから。大所帯だ」

建物の内部に入ると、広い土間だった。杉材の食台がならぶ。香の物がすでに食べ放題でならべられている。夕食の準備がもう始まっているようだ。

１階には講義室、大食堂、便所、銃の保管庫、靴入れ、自習室があると、省三が簡略に教えてくれた。そして、先に階段をのぼって行く。

「この教官室で、待っていなさい」

引き戸を開ける省三が軍隊口調になっていた。板間には机と椅子があった。奥は８畳の部屋だった。板壁の棚には儒学関係や兵法の書物が並ぶ。

「他の教官がきても、高間家の嫁だと言いなさい」

神機隊の西屯営所・報専坊（西志和村）

「お嫁さんでいいんですか」

心が震えた。

「許嫁でも、綾の説明のしやすい方で良い」

綾は、どちらにしようかと迷っていた。

盆地の日の入りは早かった。あかね色の夕暮れ空の下で、旅姿の綾と省三が帰路についた。峠を越えると、綾は往路で出会った愉快な旅芸人の一座たちを語って聞かせた。突如として、綾が脹脛《ふくらはぎ》の筋肉痛を起こし、路傍でしゃがみ込み歩けなくなった。

「背負う」

「省三さま、そんなことできませぬ」

「いいから。綾は背中で提灯を持ちな」

綾は、筋肉質な省三にからだを預けた。嬉しくてたまらなかった。省三の両手が臀部にまわっている。それも強く意識した。

「凱旋《がいせん》してきたら、どこか座に行ってみよう」

「えっ、凱旋って、戦場に行かれるのですか」

「伏せていたが、3、4日後の出陣が決まった」

綾は嗚咽《おえつ》で震えていた。

「泣くな、綾。これは藩の名誉回復のためだ。皇国のための戦いだ」

徳川将軍様で育ってきた綾には、皇国、天皇と言われても、どんな存在なのか、解らなかった。

「何を言われても、綾は悲しいです」

「武士の嫁になるんだ。もっと強くなくては駄目だ」

「省三さま」

「なんだ」

「省三さまのヤヤを産ませてくださいまし。ふたりだけの婚礼を挙げてくださいまし」

綾は強い決意をもった。

第9章

神機隊出陣

神機隊の楽隊が太鼓を打ち鳴らす。旗手を先頭に行進した隊列が、本陣の西蓮寺《さいれんじ》の境内に入ってきた。高間省三を含めた教官たち7人が本堂前にならんだ。

330人余りの隊兵が6列縦隊で整列した。小隊ごとに、員数を小隊長に報告する。総督の黒田益之丞《くろだますのじょう》が1歩まえに出た。槍の名手の黒田は厚い胸もとで、みるからに威厳のある風格だ。大きな眼で、一通り全隊兵を見わたす。訓示をはじめる前の、一瞬の間の取り方にも、全員を威圧させてしまう。

「神機隊が発足してから半年余りだ。日々、厳しい訓練にも耐えて、よく頑張っておる。ここに、330人ほどの精鋭隊員を選んだ」

またしても、一通り見まわしてから、

「本隊の目的は、広島藩の名誉回復だ。そのために出陣する。ついては敵兵の多い、最大の激戦地を請願する。いのちを張った戦いの連続となろう。現段階では、出陣する藩士、隊兵を問わず、どれだけが広島に帰ってこられるか、およそ見当がつかない。全員死ぬかもしれない。この度の出陣から外れたい者がいれば、遠慮はいらぬ、手を挙げよ。これは藩命ではない。同志が奮起《ふんき》して戦いに臨むものだ。命を捨てたくないものは西志和に残れ」

隊列する隊兵どうしが、横目でたがいに顔を見合っている。

省三が軍服から拳銃を抜いた。バーン、バーンと空に向けて2発連射した。330人余りの兵士たちは動揺し、身を伏せた。あるものは片膝をついて、攻撃の構えを取った。

「全員、そのままだ。いっさい動くな」

省三が賽銭箱まで、石段を3段ほど登ってから、

「このように、敵の銃弾が昼夜いつ何時、飛んでくるかわからない。反射的に、反撃姿勢がなければ、俊敏な戦いはできぬ。地面に伏せた兵士は、この度の出陣の目的にそわぬ。外れてもらう」

これには、黒田など藩士たちも驚いていた。名指しされた7人の兵士は、恥じるように項垂《うなだ》れて列から外れた。

省三は目配せで黒田に場をわたす。

「これから、軍律を読み上げてもらう。脱走はもちろん射殺だ。欧米の軍隊は規律が厳しく、隊が乱れず、統率された戦いができるから、強い。本隊も同様な訓練をしてきた。わが隊も、規律を破り、乱したものは厳罰で、打ち首か、切腹だ。これは脅しでない。古来の野戦とはちがう」

細長い顔立ちの加藤種之助が、両手で巻紙を広げ、大きな声で読みつづけた。そして、飛車に似た角顔の川合三十郎に引き継いだ。

「かりに酒に酔って民家に入り、物品を強要したり、女に悪戯《いたずら》したりすれば、斬首《ざんしゅ》だ。ここらは容赦しない。先の征長戦争の時、長州の奇兵隊たちが広島領内に入り、婦女子や老人にえげ

つない真似をした。村民を射殺した長州藩士もいる。これはゼッタイにやってはならぬ。本隊は全隊兵が苗字帯刀の侍だ。武士にあるまじき行為は切腹を命じる。軍律に従う自信のない者は、いまのうちにも手を挙げよ」

学問所の有志を集めたのも川合だし、農兵募集は西志和に入りこみ、ほとんど一人ずつ面談している。神機隊の実質の創立者だ。

「いないのか。広島を出たら、すべて団体の行動で、少しでも間違った道、孔子、孟子の道も含めて、人間の道に反したら、打ち首だ。軍律に耐えられるか否か、それをしっかり己に問うてみよ」

酒癖が悪いからと2人、さらに3人と手を挙げはじめた。

「総督、わしら従軍しなければ、苗字帯刀は取り上げですかの」

「よい質問だ。こんかいは義勇同志の出陣だ。従軍しないからといって、除名ではない。戊辰の戦いはまだ広がっておる。第一陣の次なる、待機組とみなす。いまのうちに手を挙げよ」

4人ばかり手を挙げた。病気の両親の世話をしたい。訓練中に被弾したから、からだに自信がない。自分は武士に向いていない、百姓の方が似合っている、とそれぞれが理由を述べた。

省三の眼が、農兵で伍長に選んだ高橋謙造にながれた。

「どっちを選ぶのかな？」

高橋は貧農だと聞いている。高橋はこの隊のなかでは、最も力瘤《ちからこぶ》が大きい、筋肉質な身体だ。手の甲まで、熊のような硬い毛が目立つ。高橋は重装備の過酷な山行訓練も、真っ先に駆けていた。

わが大砲隊は砲筒を分解して馬で搬送するのだが、分解した鉄は重く、1個が10貫目くらいある。高橋伍長は率先して馬の鞍《くら》に乗せる。号令では大きな声を出せる。

省三が最も頼りにしている人材だ。よくぞ、出兵の金が集められたものだ。この伍長は、戦地でも片腕になるだろう。省三はつねに外れるなよ、と心で叫んでいた。

学問所関連の家臣は27人、隊兵（農兵）は285人で、総計は312人に決まった。これを「報専坊」に移す。

砲隊長として行進する省三は、3日前をかえりみていた。

3月上旬の渓流の水はまだ冷たい。省三は最新のライフル銃を両手で持ち上げ、川に入った。後には十数人の兵士がつづく。先刻まで雨を含んでいた岩の苔は、もはや乾き加減だった。

「怖気《おじけ》るな」

川の流れが腰高になると、強い水圧だ。水中の軍靴が浮き加減になる。全員が川を渡り切ると、高橋伍長が点呼をとる。26人が揃うと、次は仮設橋梁《きょうりょう》造りの訓練だ。兵士たちは鋸《のこぎり》で競って孟宗竹、杉、松などを伐る。

戦いには重い大砲が渡せる橋が必要だ。丸太が太すぎると、伐るには時間がかかる。細すぎると、大砲、弾薬、食料、荷役を兼ねた兵士らの重さに耐え切れない。橋柱、橋床がいかに手際よく作れるか。

「高間君。訓練から外れられるか」

大柄な船越がふいに目の前に現れた。

「北陸道の参謀に任命されたと聞いておりましたが？　神機隊の偵察ですか」

省三は驚きの眼をむけて近づいた。船越の眼は、この場を外れようと語っていた。省三は、武器方の山縣平三と高橋伍長に2、3の指示を与えてから、渓流のそばから離れた。

雑木林を抜けでると、志和盆地の田んぼが広がる。農夫が粘土質の田を掘り起こし、肥料を入れている。

「京都で、いま広島が笑い者にされておる」

「えっ、どういう意味ですか？」

「存じておろう。昨年九月末、薩長芸の挙兵が計画されたあと、辻執政が突然、それを止めた。土佐の後藤象二郎の悪知恵だったにしろ、それはそれにしても、わが藩も大政奉還の建白に及んだ。このとき、品川弥二郎など長州あたりから、広島藩は日和見《ひよりみ》だといわれた」

３藩進発は神機隊の面々が前面に出て、空前の大規模の挙兵だった。しかし、鳥羽伏見の戦いでは、広島藩兵の主力はまったく動かなかった。辻執政が兵を動かせなかったのだ。幕府軍に一発の銃声もむけなかった。

「われら家臣は非戦論だから、と理解しておるが、京都中が嘲笑《あざわら》っておる。広島は臆病風が吹き、怖くて動けず脅えていたと、もっぱらの噂だ」

船越は怒りの口調で教えた。もし目の前に、それら悪態をつく人物がいれば、即座に斬ってしまうような殺気すら漂っていた。

辻将曹の実弟の岸九兵衛《きしきゅうべえ》も非戦論主義者で、鳥羽伏見に出兵しながらも、戦況を傍観し、一発の銃声も撃たせなかった。他方で、長勲公がみずから命令を出し、京都御所警備の応変隊を石清水八幡宮に出兵させた。同隊の南部隊長たちは幕兵を攻撃し、40数名を斬殺し、駆逐《くちく》した。

それが広島藩の手柄だと、だれも評価していなかった。

「わが藩が物笑いの種にされているなんて。許せない。武士の恥だ」

省三すらも全身が怒りで震えてきた。

「わが広島藩の非戦論はすでに時宜《じぎ》（時流）から外れておる。朝廷内でも、発言力を失くし、信用が極端に退化しておる。拙者は京都で、数藩の人に会って訊いてみた。日和見だったとか、風見鶏とか、優柔不断だとか、たしかに広島は笑い者になっておると、教えてくれた。とくに長州藩の連中が、鳥羽伏見の戦いの後、京都市内で言いまくっておる。ここまで言われるのか、と屈辱で、もはや聞くに堪《た》えなかった」

「ふざけておる。幕長戦争のまえ、数万の幕府軍の長州進撃を食い止めようと、どれだけ、わが広島藩が幕府と長州の間に立ち、仲介にいかに苦労してきたことか。すべてを犠牲にしてまでも、老中小笠原を暗殺しようと真剣に考えた。実行すれば、広島藩がつぶれていたかもしれない。くそっ、この憤りは、どうしたら良いのでしょうか」

省三はじっと船越の顔を見た。

「ここは、広島藩の真の実力を見せつけることだ。神機隊で、汚名を晴らす。そう腹を決めた。拙者は北陸道の参謀を断り、広島に帰ってきた。関東でも、北陸でも、奥州でも出むいて、神機隊が最激戦地で戦う。最高の戦いをする。芸州広島藩ここにあり、と見返す。それしか名誉回復はない」

安芸の国はいにしえから、武術に優れた国だ。毛利元就と言い、海の海賊・村上水軍と言い、安芸の国は天下に戦いの雄と言われてきた。

安芸広島領が毛利家から浅野家になると、腰抜け侍になった。和歌山から女々しい侍が転封してきたものだ、という汚名に甘んじるわけにはいかない。分家の赤穂浅野家の家臣は、内匠頭《たくみのかみ》の汚名で立ち上がった。しかし、いま宗家・広島が笑い者にされておる。汚名を見過ごせば、墓の下の四十七士も嘆くだろう、と船越は言った。

「武士道からしても、笑い者にされて黙っておれませぬ。浅野家の名誉回復ができるのは、実力があるわが神機隊しかいない。ここは断じて、汚名を晴らす」

省三の血が騒いだ。

田んぼと木立の間には「鉄砲鋳造所」の平屋建てが見え隠れする。屋根の煙突からは、墨色の煙がたなびく。鋳鉄《ちゅうてつ》をたたく音がする。その脇を通り抜けた。

「良く言ってくれたぞ。高間君が賛成すれば、神機隊の隊員はみな燃える。広島藩の武具奉行の嫡子が、農民のワシらと同じ屯舎で、半年間、昼夜をともにしてくれておる、高間隊長とならば一緒に死ねる、という隊士の声はなんども聴いておる、拙者も、教官の身だったからな。兵は信頼が最大の武器だ。『士は己を知る者のために死す』という格言がある。この結束は天下広しと言えども、神機隊が最高だとおもう。全兵士には苗字と帯刀がある。武士魂も育ってきた。より死ぬ気で戦ってくれるだろう」

まさに武術、兵術、学問に優れた精鋭部隊だ、と船越はつけ加えてから、

「用達所（藩政府）に顔をだしてきた。藩の重役はのっけから反対だ。神機隊は設立時200人で申請していながら、いまや西志和村に1200人も抱えている。約束違反の集団だと批判する重臣もいる。藩費は出そうにもない。われらは自費の出陣になる。それでも行くか」

「もちろん。みんなで手分けて、個々に藩士、豪商、豪農を回りましょう」

「それしかない。元の執政・野村帯刀どのにも話してきた。私財を売り払ってでも協力してくれるそうだ。親父の寿左衛門がお城にいたから話してみると、1000両くらいは出すと言ってくれた」

「拙者も宮島、御手洗、尾道の豪商のもとに出むきます」

「実は、高間君には多須衞どのに協力を仰いでほしい。出陣には、武具奉行の支援が最大の勝負どころだ。多須衞どのなら、藩政の反対があっても、如才《じょさい》なく武器貸与は引き受けてくれる。大量の弾薬と砲弾も必要だ」

「承知しました。いまから、早馬で城下に行ってきます」

「頼んだぞ。海軍方の木原さんに話すと、江波港から大坂までは軍艦を出す、その根回しはしてくれるそうだ」

こうして、神機隊の自費出兵は決まったのだ。

この日のうちに、西蓮寺の本堂で、船越を囲んで結束固めが行われた。藩から1両も出ないので、神機隊は正式な藩兵でない。だから、藩命の隊長などいなかった。全員が同志共同体で、総督、参謀、小隊長は仮決めだった。家臣においては上下なし。敵地の判断は合議制だと決めた。

こうした一連の流れが、省三の脳裏によみがえった。やがて「報専坊」の梅の花が満開の境内に入り、隊別に整列した。省三は大砲隊に訓示した。

「総兵は３１２人に決まった。１２００人から選ばれた、素晴しい兵士だ。西志和を発つまえに、全員が脱藩届を書いてもらいたい。むろん、拙者も書く。藩籍はなくなっても、苗字帯刀は残す」

　隊兵たちの顔には安堵の色が浮かんだ。

「脱藩は大罪だ。しかし、これは大義の脱藩だ。芸州広島藩の名誉回復をはかるものだ、胸を張って脱藩しよう」

「うおー。やるぞ」

　高橋が拳を突き上げた。

「全員の眼が輝いておる。頼もしい。嬉しいぞ」

　省三は感動した。

　こうした段取りで、３月15日朝６時に、神機隊の１個大隊は志和村の南屯所を出発することができた。軍服姿の隊兵が、楽隊の太鼓、旗手を先頭に行進し、峠に向かっていく。

　隊兵らは大砲の台車を押して坂道をのぼる。火薬製造所の前では弾薬を積み込んだ。そして、山越えして瀬野川沿いに海田市に下る。

　10時には海田市の村に入り、昼食を取る。12時には出発し、銃を肩にした軍服姿の隊兵らは胸を張り、整列して広島城下に入った。夕方６時には比治山下の広寂寺《こうじゃくじ》に着いた。隊兵らは３か所の寺に分散し、陣中とした。

広島城の用達所で、船越たちが執政の管勘解由《かんかげゆ》に会っていた。312人の脱藩届を提出したのだ。

「神機隊の請願は断固、許可すべし。300余人の脱藩など芸州広島藩の大恥だ」

菅が大いに奔走して、藩主の長訓から聴許《ちょうきょ》を取ったのだ。創立者の木原秀三郎は、藩が経済政策上でどうしても必要な人材だと言い、手放さなかった。しかし木原は、神機隊を大坂まで軍艦で運んでくれる、という確約を取り付けてくれたのだ。

最終的に、藩としては資金援助を1両も出さず、神機隊は正確にいえば藩兵とならなかったのだ。木原が抜けて311人となった。

翌16日には朝4時に寺を出発し、水主町《かこまち》の大雁木《だいがんぎ》に着いた。桜並木のつぼみが大きくなっている。ここで家族面談が認められた。遠く西条、高屋、三次《みよし》、世羅などからも、父母や妻子が大勢見送りにきている。数千人の見送りで、川岸に溢れるほどだった。農商の隊士らのさまざまな面会風景があった。

「広島の意地を見せちゃれい」

「あんたら、勝ってきんさいよ。負けたら、芸州に帰れんよ。わかっとるよね」

徳川に勝つことが何を意味するのか。庶民には、どうでもよかった。ただ、勝ち負けで、広島は江戸に負けるな、と発破をかけているのだ。

島々の出身者がいるから、海上では多くの漁船が大漁旗を振り、敵にええところ見せちゃれ、敵に尻をむけたら隊長どやしちゃれ、と広島気質なのか、そんな熱気が溢れている。

周囲は混雑で、立つ場所を探すほどだ。綾をさがす省三の眼が、母親のところで止まった。二言、三言、ことばを交わした。手紙を寄こしなさい、酒は飲みすぎたらだめですよ、と要約すればその二点だった。省三は母親の忠告よりも、綾をはやくに探しだしたかった。

父親の多須衞は、立場上現れていないだろう。

石燈籠の陰で、振袖をきた綾が涙を拭いていた。濃紺の裾に、鶴が羽ばたく模様だった。この場で、湿っぽいのは綾くらいだぞ、と言ってやりたかった。

「出征《しゅっせい》おめでとうございます」

綾は涙声だった。濡れた瞳は美しい。ただ、整った美貌の綾の顔がすぐ下向きになった。どう慰めたらいいのか。わずかな沈黙も苦しくなる。

「行ってくる」

「ご噂人様から、お預かりしたものがあります。いまお渡ししても、よろしいでしょうか」

多須衞は母親でなく、綾に託す。綾はもはや省三の嫁。そう見ているのか。

風呂敷包みから出てきたのは、英国製の鉛筆付きの革手帳、太宰府や宮島の御守り、木綿の鍔《つば》付きの帽子、着衣、そして横文字入りの丸薬などだった。父親が長崎で外国人から買ってきたものが多かった。

「これをお持ちください。3両入っています」

綾が青い袱紗《ふくさ》包みをさし向けてきた。

「気をつかわせたな」

「大政奉還で、政権が平和に移譲《いじょう》できた、と省三さまは教えてくれました。喜んでいたのに。それなのに、なぜ戦いにいかれるのでしょうか」

「戦争は人殺しだ。やらないのに越したことはない。だがな……、広島藩の汚名と屈辱は消さねばならぬのだ」

「省三さまは向こう見ずで、猛進《もうしん》される性格ですから、怖い」

「それは幼少の頃の話だ」

「わたしの命と引き換えになりますように、とお百度を踏みます。死なないでくださいまし」

綾の声が濡れていた。

「泣くではない。武士の出征だ」

「わたし運が悪かったのです、こういう時世に生まれたのですから。泣いたらいけないんですよね、省三さまが隊長として戦いにでられるのに」

伏せ眼がちの綾の顔から、涙がつたわり落ちた。

省三は綾の双肩をつかんだ。かたちの良い朱い唇が小刻みに震えている。

「おとといの志和からの帰り道の夜、あれを胸に抱いていく。綾のからだは、生涯だれにも渡したくない」

そこに強い未練を感じていた。

「ヤヤが授かってほしいです」

省三は指先で、そういう綾の涙をぬぐってやった。一日たりとも離れがたい気持ちだった。

神機隊の隊兵たちはやがて艀《はしけ》で、停泊する藩艦の豊安号に乗り込んだ。

第10章　会津追討

航行する瀬戸の海は大荒れだった。広島藩の軍艦・豊安《ほうあん》号（473トン、蒸気外輪船）の船の長さは63メートルだった。その甲板には大波が飛び散る。

3月18日の朝6時、神機隊を乗せた豊安号が、淡路島と本州の間の明石海峡を通り抜けた。船酔いした隊兵たちがデッキの手摺《てすり》につかまり、嘔吐《おうと》していた。

かれらは2門のアームストロング砲に縄ロープで身体をしばり、海に流されない工夫をしていた。大坂湾の兵庫湊（神戸）沖を通過すると、すっかり夜が明けてきた。軍艦の船員らが入港の操船《そうせん》でせわしなく動きはじめる。

「あれが天保山《てんぽうざん》の高燈籠か」

省三が操舵室《そうだしつ》の羅針盤《らしんばん》の横で指した。

「さようで、ござります」

船長が丸い大きな舵をまわす。

高燈籠の明かりが数多くの出船や入り船を導いていた。

「運わるく暴風雨だったが、予定どおり、江波から天保山沖まで約10時間で着けるとは、よく訓練されておる。広島藩の海軍の腕前もさすがだ」

「軍艦ですから、当然ですよ」

夜明けの気配がさらに広がった。人工の天保山（約18メートル）の輪郭がより鮮明になる。松林や桜並木が海岸を縁どっている。

芸州広島藩の大坂屋敷が教えられた。大坂の『四蔵』の一つとされるほど、大規模な蔵屋敷だった。堂島川から直接、屋敷内に入れる『舟入』がある。マストの高い軍艦の豊安号は入れなかった。

「わが大砲隊から降りよう。どうせ下船なら一番が良い」

操舵室から出ると、省三の軍服が風雨ですぐびしょ濡れになった。

「隊長は、なにごとも一番が好きじゃの」

武器方の山縣隊長補が、冷やかし半分の口調で近づいてきた。ひょうきんで明るい山縣は、額に横じわが多く猿顔だとも言われている。からだの動きと頭の回転がよい。危機におかれても、冗談のひとつが飛びだしてくる性格だ。

「なにごとも、率先垂範よ、隊長は」

貧農育ちの高橋伍長は強靭《きょうじん》な体躯で、厳しい訓練などは厭《いと》うことなく、3食のご飯が食べられる神機隊は天国だ、天国だと喜ぶのが常だった。

船体が白波で大きくゆれる。20代の海軍士官が、甲板からきびきびした行動で小舟を降ろす。縄ばしごを利用し、海上の小舟に降り立った。そして、揺れる小舟の先端と縄ばしごを固定した。

「まず、拙者から降りよう」

省三が身軽く手摺《てす》りを越えた。そして、縄ばしごの足もとを一つひとつさぐる。船体が大波で揺れる。帯刀が船体に当たり、降りにくく、思いのほか難儀だ。これは考えものだと思った。

「全隊兵の刀はひとまとめにして、縄に縛って下ろしたほうがよいぞ」

「了解」

次の瞬間、省三は小舟に飛び降りた。その反動で小舟が大きく揺れた。省三は前のめりになり、士官の身体にしがみ付いた。危うく、反対側の海に落ちるところだった。

「次につづけ。恐れるな」

猿顔の山縣が簡単に降りてきた。3番手の高橋の脚は、途中で片足が浮いたままになった。大男が時計の振り子のように左右に揺れる。

「高橋。崖から降りてくる訓練のつもりでやれ」

「崖は動きませんでの」

身体が硬直している。

「もっと大胆になれ」

陸上の強力《ごうりき》も、海上では弱いようだ。

小舟の下士官が、まどろこしい目で見上げている。

「そこから飛び降りろ。受け止めてやる」

高橋の身体が浮いて、ドーンと小舟に落ちてきた。省三、山縣、下士官らが一気に高橋の身体にしがみ付いた。全員が転倒した。軍帽が吹き飛び、高橋は頭を打ったようで、痛がる。

12人が乗り込んだところで、士官が小舟の櫓《ろ》を漕ぎ、中之島の芸州広島藩の蔵屋敷に向かった。安治川《あじかわ》から中之島の西端で堂島川に入った。

蔵屋敷前の海上には、宮島を真似た鳥居があった。その横を通過し、水路をまたぐ橋をくぐり、そのまま蔵屋敷の舟入に接岸した。

広大な約4500坪の敷地には、米蔵が数多くならぶ。広島藩内の年貢米や他藩から買いもとめた米が、宮島、御手洗、尾道などを中継し、この米蔵に保管されている。鴻池《こうのいけ》が蔵元になり、米相場をにらみ販売しているのだ。

藩主や世子が参勤交代で立ち寄る御殿、赴任役人の用達所、藩士たちの住居、使用人たちの長屋がある。藩兵の応変隊が駐留していた。

省三たちは宿営の場所を決めるまで、1日、2日、この蔵屋敷に帯陣する。

3月21日、神機隊の約300余人は大坂城下の四ツ橋に入り、旅籠《はたご》、寺などに分散し宿陣した。四ツ橋の西の角にある、旅籠の2階が本陣だった。

芸州広島藩の世子の浅野長勲《ながこと》は27歳で、病弱な藩主・長訓《ながみち》を代行する、実質的な藩主だった（翌年、広島藩主）。3月27日、長勲は京都から下り、芸州広島藩の大坂蔵屋敷に入った。

総督の黒田益之丞、船越洋之助、川合三十郎などが、世子の長勲に拝謁《はいえつ》を申し出た。長勲は体調を崩していたが、面談を赦してくれるという。

大広間の床の間には、桜を大きく盛った生け花が目立つ。それを背にした長勲が厚着し、そばに火鉢をおいて片手をあてていた。

総督の黒田が代表して、金屏風《きんびょうぶ》を背にした長勲を見舞う口上を述べた。高間省三も、その面談者のなかにいた。長勲は気さくな態度で、単なる風邪だ、心配に及ばぬという。

「われら神機隊は徳川慶喜の追討《ついとう》を聞き、激しく奮い立ち、ここに参上いたしました。つきましては、新政府参与の長勲公から朝廷に、われらの従軍志願の趣意《しゅい》をお伝え願い奉りたいと存じます」

黒田が堂々と口上を述べる。長勲の下で応接掛として尽力してきたのだから、伝心には難などなかった。

「この顔ぶれをみると、一人ひとり朝廷も喉から手が出るほど欲しいだろう。聞いたぞ、船越洋之助が北陸道鎮撫使の参謀を断った、と。朝廷は苦慮しておった、広島藩の大物が動いてくれない、と。まあ、小林柔吉がまじめ人間だから、応じた。余も多少なりとも、面子が立ったがの」

「恐れ入ります」

裃姿の船越が両手をついた。

「みなのものは、この長勲の下で命をかけて働いてくれた。時には相談役となり、わが身を顧みず、応接方として薩摩にも、朝廷にも、長州にも、ときには幕府の重役にも働きかけてくれた。空前の規模の3藩進発も成功させた。いまもって余の右腕だ。そなたたちは辻将曹に嫌われたとはいえ、一人ひとり総督府の参謀の任でも十二分に果たせる、それだけの知力、行動力、洞察力がある」

「ご評価、ありがたく存じます」

両手をついた黒田は、大柄で気迫のある人物だ、堂々としている。まさに槍の名家の逸材《いつざい》だ、と省三はみていた。

「全国諸藩を見渡すと、まだまだ朝廷に恭順書《きょうじゅんしょ》が出ておらぬ。皇国の国家が完成したとは、とても言えない。そなたたちは日本を代表する有能な士だ」

長勲が咳き込んだ。しばらく治まりを待っていた。

「大藩の藩主にも国家を語り、新政府の方針に賛同させ、かつ恭順させることができる。そなたたちには、その能力がある。いま、それが最大の役目というもの。なにも戦場に出て、命をかけて戦うこともなかろう。戦争は小者に任せておけ。余は反対じゃ。踊る舞台がちがう」

長勲がまたしても咳き込んだ。小姓が背中をなでている。

（神機隊の出陣の要望が受け入れられず、ここで長勲公に追い返されるのか。どんな面構えで、広島に帰れ、というのか）

省三は口惜しく、身体が震える心境に陥った。父上から、武士は恥を知れ、と言われるだろう。出兵を引き留めていた綾ですら、お恥ずかしい、と侮るかもしれない。母親ならば毅然とした態度で、武士の子として考えておりますか、と怒りだすだろう。

ここは脱藩して、いずこかの隊に飛び込むか。それをすれば、農兵にとって、家臣が逃げだす、卑怯者となろう。高橋伍長などは貧農の身内、親戚筋から軍資金を借りてきた。金をかき集めた際、手柄の一つも立てないと首を差しだす、とまで約束してきたという。

だれかが責任を取らねば、これら農商の隊兵たちは広島に帰れない。大坂で放り出すことになる。

（武士の責任とは切腹だ。きょうにでも、拙者が腹を斬ろう）

ひとたび死も覚悟すると、省三は相手が世子でも、ここは黙って引き下がれない心境になった。

「お言葉ですが」

省三が身を乗りだすと、黒田が手をだして制止した。

「われら神機隊の真意をお話しします。鳥羽伏見の戦いで、広島藩は動かず、日和見、風見鶏、そんな風評が京都や大坂に出ております。その風評を持ち帰ったのが、この船越どのです」

船越は表情を変えず、ただ聴き入っていた。

「あのとき、岸九兵衛《きしきゅうべえ》がまったく動かなかった。最後まで、兵士には一発の銃も撃たせなかった。辻将曹の実弟にしろ、許せぬ、罰せよ、と余は申した」

「長勲公の怒りは聞き及んでいます」

黒田の姿を見ると、省三は胸の内で、もう自分の出番ではないと思った。ここは黒田に任せておこうと決めた。

「薩長芸軍事同盟の下で、御手洗から『3藩進発』をなした。この神機隊の面々が成功させた。良し悪しは別にして、西郷がこれを利用した。赤報隊をつかって江戸や長崎で騒擾《そうじょう》（テロ）を仕掛けたにせよ、挑発に乗った徳川にも非がある」

長勲が呟き込んでいた。静まるまで、待つ。遠くから琴の音が流れてくる。

「もし松平容保《かたもり》が10人ばかりの供を連れて『討薩の表』をもって京都に挙がっておれば、戦争にはならなかった。『戦わずして勝つ』、それが兵法の極意だ。容保は、それがわかっておらなかった。大坂から大挙して幕府軍を連れて京都に挙がり、天皇に訴える。それは禁門の変の長州藩とまったく同じ。歴史はくり返す。そうなると、朝廷を守る広島藩は容保を討たねばならなかった。それが責務だった。岸九兵衞は天皇の近衛兵なのに、1発の銃も撃たせぬ。余はいまだ憤懣《ふんまん》やるかたない。非戦論の辻将曹は、これでいいのだという。戦争と警備はちがう。余が御所を守る応変隊の南部たちを石清水八幡宮に出動させた。存分に活躍してくれた。だが、岸の失策は取り戻せなかった」

「御意」

「さかのぼれば、執政の辻はそちたちを3藩進発の直後、京都から追い払っていた。さらに、国許に帰させてしまった。このときから、余は孤立同然だった」

長勲の顔には口惜しさが溢れていた。

「戦いの失敗は戦いで取り戻す。それが、われら神機隊の総意です」

黒田は握り拳をつくっていた。

「わかった。戦場に恐れぬ武士魂。広島魂の見せどころだ。浅野家の世子として了解した」

「ご裁許《さいきょ》ありがたき幸せ」

全員が頭を下げた。

「加藤種之助。そなたの父親・七郎兵衛《しちろうべえ》奉行はもっと長生きしてもらいたかったの」

長勲が唐突に話題を変えてきた。

「ありがたきお言葉です」

　加藤はなにかしら身構えた態度だった。

「頼春水《らいしゅんすい》、頼山陽の皇国思想を引き継ぐ、伝統ある藩校・学問所は天下にむけた誇りだ。七郎兵衛が助教のときには、ここにいる川合三十郎、船越洋之助、亡くなった星野文平、それに山田十竹、田口太郎、天下憂国の志士を育てた。いまや神機隊をつくり、自費でも広島藩の名誉回復に立ち上がる、これら家臣の生みの親だ。師だった。ところで、神機隊には家臣は何人いる」

「27人です。われらは幕長戦争に反対し、小笠原老中を暗殺しようと決心した、学問所の同志としては11人です」

「あのときを思い出すな。この長勲も小笠原に殺意を持った。なんど話しても、小笠原が戦争回避に気持ちをむけぬ。腐った幕閣だ。ならば余は小笠原に近づける機会があるから、短刀で刺そうと心に決めた。時同じくして、学問所から小笠原の暗殺計画が飛び込んだ。驚いたものだ。まあ、小倉に逃げてくれたからよかった。広島と幕府の戦争という構図が消えた。あの時の55人の学問所の面々が決起し、立ち上げた神機隊だ。あらためて広島藩の名誉回復に燃え、ここに上坂してきた。余は全面的に協力するぞ」

「ありがたいお言葉です」

「加藤種之助。ひとつ質問だがな。七郎兵衛奉行の亡きあと、そなたは幼い実弟を養子として、面倒をみておる。学問所の助教なら、収入もあろう。そなたが戦場でもし死んだら、いかがいたす？」

長勲が咳を手で塞ぎながら訊いた。

「弟に力と運気があれば、世に役立つ人間になるでしょう。貧困で落ちぶれれば、これも本人の能力です。われ死して語れず、です」

種之助は、実弟の友三郎を養子にして育てている。その友三郎は明治に入り、第21代内閣総理大臣になった。（総理の在任中に死去・関東大震災の7日前だった）

「高間省三、死ぬではないぞ」

「えっ、いきなりのお言葉に戸惑います」

省三は背筋を伸ばして直視した。

「さっき、余が咳き込んだとき、この場の死も辞さない顔だった。かつて星野文平が、皇国の志が貫けなければ、と七郎兵衛奉行の宅で割腹した。決死の覚悟もよい。あるときは必要だ。だが、世のなかが必要とする前に、命を絶ち、歴史から消えた人物は、これまで何人も見てきた」

「心に留め置きまする」

「ここにいる家臣は極々、余の内々だから、話してもよかろう。そなたの父親・多須衞には築城奉行になってもらう。親子して、よい働きをしてくれ」

「かしこまりました」

省三は両手をついて深々と頭を下げた。

「明日、大坂の行在所《あんざいしょ》へ参内する。三条実美《さんじょうさねとみ》公とお会いする約束だ。三条公からも、朝廷に働きかけてもらおう。黒田、船越、川合、加藤、ふたりの藤田、それに高間、この場にいないが秀英な橋本素助《もとすけ》、こんな豪華な優秀な隊が全国どこにいようぞ。大物家臣がこうも一揃《ひとそろ》えだと、三条殿もまちがいなく、広島藩の名誉回復にひと肌も、ふた肌も脱いでくれよう。岩倉公にも、有栖川公にも、余がじかに内申しておこう」

「ありがたきお言葉。長勲公は王政復古の立役者です。西郷隆盛が岩倉公に短刀を渡し、山内容堂公を殺せといわれた。長勲公は血の小御所会議とさせず、新政府をつくられた、と聞き及んでおります。どの公卿も、長勲公の頼みならば、聞き入れてくれるでしょう。われら神機隊は艱難《かんなん》な戦場を望みます」

「直々に松平容保《かたもり》を討てるか」

長勲が一人ひとりの顔をみた。

「相手にとって、不足はなし。大いに望みます」

家臣たちの眼が光った。省三は心が躍った。

「3藩進発がここに及んだからには、慶喜追討は薩摩と長州の二藩に任せておけばよい。残るもう一藩は芸州広島藩だ。そなたたちは会津へ行くがよい。広島魂が最も光る、それが最大の道だ」

長勲がまた咳き込んだので、一同で目配せし、退席を決めた。

神機隊は毎日、淀川の河川敷を仮の練兵所とし、実戦さながらの軍事演習を行った。けが人は幾人も出てしまう。

兵士らは演習で疲労困憊のはずだが、夕食後、平均年齢20代初めだから、夜の大坂見物、遊郭などに出かけていった。ある者は公衆浴場に行った。省三は本陣の当番として独り残っていた。

行燈《あんどん》の下で、愛おしい綾に手紙を書いた。江波の見送りから、10日余り。綾がむしょうに恋しい。逢いたい。心が燃えて痛む。省三の気持ちが綾のまわりを回っている。この想いが巧く文面に表現できず、筆の穂が動かなかった。

世子の長勲が早々に公卿に働きかけてくれた。4月2日には、新政府の太政官より、大坂の神機隊に次の指令が出た。

『申し立ての趣旨、その事情は尤《もっと》もな儀である。申し出の人数の儀は京都へ差し置いて、待命すべき』

神機隊に京都に来て、朝廷から出す命令を待っておれ、というのだ。隊員たちは光が見えたと両手を挙げて喜び、長勲公のお蔭だと口々に言い、大坂四ッ橋に分散していた陣宿を撤収し、京都に移動することに決めた。

4月5日夕方、四ッ橋を出発し、八軒屋より30石船を雇船し、全員が分散して乗船し、直ちに出帆した。翌6日の朝4時に伏見に着いた。

降る雨を突いて、神機隊は夕方8時に京都に入った。全隊を半割し、三条通の寺にそれぞれ宿陣した。

京都でも訓練を決して欠かさない。ラッパで起床する。整列の号令が響く。隊長の訓示。着帽と着衣の検査、声を挙げた行進訓練。匍匐《ほふく》前進、腹筋、駆け足、「構え、銃」。実弾訓練は少なめだ。

非番の隊兵は軍服を使わず、きっちり帯を締めて羽織《はおり》を着て、高瀬川沿いの河原町、先斗《ぽんと》町界隈にくり出す。

1年前には百姓だったが、いまや武士となり、帯刀している。街にくり出せば、お武家様と持ち上げられる。有頂天になれる、とかれらは内々で話している。

華やいだ祇園《ぎおん》は風流な街で、格調が高い。かれらは、そこで華やかな舞妓を見入る。料亭は高価だから、どこぞ小さな飲み屋に入る。勧められて酒を飲む。農兵には魅力というよりも、魔力の町のようだ。門限は厳守だが、遅れてくる。

それら酔った身体を木に縛りつける。そして、頭から水をかぶせ、竹刀で30叩きだ。皮膚が破れて血を流す。刑罰の後の数日間は、点呼のとき全員がそろう。またしても、門限破りがでてくる。むろん、わずかな分秒の遅れだ。神機隊の幹部は、寺の鐘でなく、懐中時計で管理していた。

4月半ば、夜半を過ぎても森井武右衛門、森権八、岡本浅吉の3人の姿はなかった。脱走か。夜10時過ぎに帰ってきた。大柄な黒田総督が怒鳴りまくっていた。その者らは、志和の関所の峠で綾が怖がっていた隊兵らだった。

翌朝、省三は中川宮邸への恒例の挨拶があった。宿泊所の門を出たとき、40歳前の女につかまった。背が高く、顔も肌も白く、座敷で働く女に思えた。

「隊長さん、おいどすか」

「拙者も隊長の一人だが、用向きはなにか？」

省三には来意が読み取れなかった。

「あんたはんとこ、どないな教育しておりますんね。うちの芸妓がきのうの夜、店からおらんようになったと思うたら、広島藩の侍に川べりに連れ出されて、手込めにされたんよ」

女将は目を吊り上げ怒っていた。

「手込めですか」

「そうよ。水商売の女でも、嫌がれば、手込めでしょ」

「そうだが。女は何人？」

「芸妓ひとりどす。それを3人して」

昨晩、泥酔で帰ってきた森井、森、岡本たち3人だろう。けさから刑罰待ちだ。華やかな街に溺れたにしろ、武士にあるまじき行為だ。暴力で女を犯す行為は神機隊として許せない。

「見当はつきます。取り調べたうえで、白状したら、処分します」

「泣き寝入りはしとうありまへん。お金の償いもしてもらいますよ。新政府軍には荒ずれ者が多すぎます。官軍、官軍というとりますが、えろう迷惑どす。京都の人はみな怒っとります。田舎侍がなにかと威張り、狼藉、乱暴ばかり。酒を飲んで暴れる、女を追いかけまわす。芸者だと思って手込めにする。徳川様のほうが、ようございましたな。会津や桑名の藩士さんや、新撰組、見廻組のほうが治安は安定しておったし」

女将は洗いざらいぶちまけても、なおも鬱憤《うっぷん》が晴れない顔だった。

「申し訳ござらぬ。このとおり、謝罪する」

武士はふつう、女に頭を下げない。だが、省三は深く腰を折った。

「広島藩は風見鶏だ、そうどすな。うちをうまいこと追い払い、乱暴者の言い訳を聞いて、きっとそっちを信じるどす。きっと」

「事実ならば、切腹させます」

そう言って歯を食いしばった。神機隊は何のために出兵してきたんだ、と省三は口惜しかった。武士を怒らせたと思ったのか、屋号を言い、ふん、と鼻であしらい女は背中を見せた。振り向きもせず、立ち去っていく。

志和盆地へ入る関所の榎ノ山峠で、出陣前だから練兵所には立ち入れぬ、と綾を追い返したら、どうなったのかと、ふたたび思い起こした。森井、森、岡本は綾の後をつけて強姦したかもしれない。綾の性格ならば、激しく抵抗して舌を噛み切るか、身体を汚されたと小刀で喉を刺すだろう。そう思うと、省三は背筋に寒気をおぼえた。

「許せない」

省三は黒田や川合らに女将の抗議を伝えてから、中川宮邸へむかった。そして、本陣に戻ってくると、３人の処分がほぼ決まっていた。

森井武右衛門は芸妓の腕をつかんで土手の下で裸にし、強姦した。武士道の片隅にも置けない。犯罪者として打ち首だった。森権八、岡本浅吉は酔っていたにしろ、止めに入らなかった。武士らしからぬ行為だとして、切腹だった。

処刑場所は、浅野家ならば顔が利く京都大仏・方広寺《ほうこうじ》の境内だった。

それを聞いた省三は異議を唱えた。

「打ち首は、隊兵たちに恐怖心を植えつけます。秩序と軍律と責任を隊兵に教える教育上、３

人は切腹のほうが望ましいと思う。武士として死なせてやるべきです」

「拙者もそう思う。打ち首は、飲み屋の女将には、言い分がすんなり通ったと思われてしまう。嫌疑をかけられた武士が切腹で汚名返上した、とするほうが世間には通りがよい」

川合の提案が合議の結果となった。

4月15日に処刑の段取りが整えられた。方広寺には徳川家康が嫌った『国家安康、君臣豊楽』と書かれた大梵鐘《ぼんしょう》があった。切腹の座は新しい畳を2枚重ねてから、木綿の布を敷く。そのうえに赤毛氈《もうせん》をさらに敷いた。本堂から一人、白衣姿で連れてこられた。

ちょん髷を解いた森井武右衛門が素足で座った。まわりの農兵たちからは、神機隊で名字帯刀の、武士の扱いで切腹させてもらえる、と感動した空気が省三にまで伝わってきた。

処刑とはいえ、人の尊い命が消えるのだから、介添え人が一口の酒を含ませる。そして、墨がすられた硯《すずり》と、筆と、短冊が差し出された。僧侶たち3人が読経をあげている。

「高間隊長どの、期待に応えられず、申し訳ないです。本来なら、打ち首になるところ、切腹にしてもろうて。武士で死ねるのは名誉です」

「生まれ直してこいよ」

「あの世に行っても、高間砲隊長は自慢できますけん。わしら下々の者にも学問を教えてくれたし。恥ずかしいけど、なんと詠んだらええですかの」

「そちの気持ちを素直に書けばよい」

「頼山陽先生の詩吟の一節でもよいですかの。広島の大先生ですし、わしが死に際に詠んだら、怒られますかの」

「あの世で頼先生に会うと、褒美《ほうび》がもらえるぞ」

「高間隊長には、ほんまにお世話になりました」

これが他藩の農兵ならば、ここまで軍律は厳しくなく、死なずにすむ。酒の上は寛容であり、金子で解決しただろう。

かれら3人は、それぞれ短刀で十文字に割腹していく。と同時に、介錯《かいしゃく》の一刀が首筋に入る。血だらけの頭が吹き飛んで転がった。丁寧に洗われ、埋葬された。

1週間経った。

4月15日、新政府の太政官より、京都の芸州広島藩・家老の蒲生《がもう》司書に、次のご沙汰があった。

『奥羽鎮撫使のために、応援銃隊精鋭300人を朝廷に差し出し、蒸気船にて摂海（大坂湾の海路）より出向くことを命ずる。次の指示が出るまで、人数を揃えておくように』

厳密に解釈すれば、国許では藩命でなかったが、太政官の命令は、回天第一神機隊が芸州広島藩を代表した隊だと認定したのだ。

蒲生家老は、奥州行きに万年丸を使うことに決めた。

4月25日、太政官から、神機隊の長官が出頭するべき旨の命令があった。野心家で露眼が顔の特徴の平山寛之助、知将の橋本素助のふたりが参上した。そして、嬉々とした顔で、本陣に戻ってきた。

「夕方5時から、われら神機隊は御所の内裏《だいり》で出陣式だ」

京都御所・紫宸殿

橋本がそういうと、全員が万歳をした。

「わが藩の京都家老の蒲生司書も同席だ」

眼球が鈴に似て大きな平山がそういうと、皆して、再度万歳をくり返した。

全隊員はすぐさま汚れのない軍服に着換えてから、鼓笛隊を先導に京都御所にむけて行進した。建礼門《けんれいもん》から御所の内裏《だいり》に入る。朱塗りの承明門《じょうめいもん》の前で、橋本素行が手際よく整列させた。そして、白砂の南庭から恭々しく紫宸殿《ししんでん》の正殿にむかう。ここでは皇室の儀式、即位式、公式の儀式が行われる。東には桜、西には橘が植えられていた。

神機隊員は整列した。省三は正面の『紫宸殿』の額を見入った。安政3年に建て直された紫宸殿は母屋が桧皮葺《ひわだぶ》きの高床式宮殿で、四方には庇《ひさし》が巡らされている。建物全体がまさに輝いていた。

有栖川宮熾仁《たるひと》東征大総督、岩倉具視《ともみ》が出てくる。錦の御旗《みはた》を持った神官が回廊を渡り歩み寄ってくる。

『芸州　右は奥羽鎮撫使《おううちんぶし》のために応援鉄砲隊３００人を揃え、したくでき次第、早々に当地を発足し、下坂すること　四月十八日』

本命令は4月18日付けをもって発令される、と奉書《ほうしょ》が読み上げられた。咳の一つもできない緊張が漂う。

「ここに神機隊３００人を奥羽鎮撫使の鉄砲隊として任命する。ついては朝廷から、『菊章』を隊旗として下付《かふ》する。この錦の旗をもって、会津城に入城せよ」

錦旗《きんき》奉行の五条為栄《ごじょうためしげ》が差しだす。黒田が恭々しく受け取った。神機隊の全員が最敬礼する。

岩倉具視の声が、深閑とした御所に響きはじめた。

「２月には、松平容保より東叡山輪王寺《とうえいざんりんのうじ》を通じて恭順の嘆願が出ている。これは本意ではない。会津藩の軍隊が北関東の各城に分散し、新政府軍と敵対している。隊兵のなかに『會』の袖印《そでじるし》を付けたものもいる。容保から会津若松への引き揚げ命令が出ておらぬ。それは容保に新政府に対する恭順の誠意がないからだ。会津藩の大砲隊が藩境を越え、宇都宮領内に入り、今市《いまいち》に駐屯した。もはや、朝廷への反逆は確固たる事実である。ここに整頓する芸州広島藩隊は大坂より海路、奥州に入り、会津追討《あいずついとう》の任務を遂行せよ」

次なるは、有栖川宮卿が一歩ふみ出てから、

『芸藩は誠実にして、公平にして、陰険の跡なし。これをもって朝廷は深く依頼しておる。浅野家は徳川家と縁あり、考慮ありしも、それを差し引いても、公卿の信用もよく、新政府成立の功は動かさざるものなり。ここに錚々《そうそう》たる顔ぶれ、会津の功も期待するものなり』

と芸州広島藩ならば、西側の諸藩で初めて、会津討幕の錦の旗を渡すには申し分ない、という言葉が紫宸殿の広場いっぱいに響く。会津追討は薩摩と長州にも渡しておらぬ、という意味合いにも聞こえた。３藩進発の割り振りとしても、慶喜追討は薩長、会津は広島藩と明瞭に区

分けしたのだろう。

聞き入る省三は、一方で戦術面を考えた。……最新銃を持った神機隊の鉄砲隊300人ならば、単独で、会津藩領内に入っても、旧式の火縄銃3000人の兵、つまり10倍の敵にも対応できる、と新政府は読んだのだろう。あるいは長勲が、築城奉行になった多須衛から最新銃の性能を聞いて知っており、撃ち勝てると新政府の公卿に言ったのかもしれない。

菊章の隊旗が夕焼色の空の下で、光っていた。

「これが錦の旗か、美しい。この瞬間は生涯忘れない感動だろう」

省三の心は震えた。会津を討つ。この途轍《とてつ》もない朝命《ちょうめい》が神機隊に下ったのだ。歴史的な日だ、と省三の血が燃える。

閏年は4月が2回ある。長州藩士で下参謀の世良修蔵《せらしゅうぞう》が、閏4月20日に仙台藩士の手で、阿武隈川《ぶくまがわ》において斬殺された。その世良暗殺から42日前に、新政府はもはや西側の軍事力を投入し、会津を討つ、と決めたのだ。

新政府の意思決定は、その後も覆《くつがえ》らず、実質的な『会津戦争』がここから動きはじめた。

「この先、緩急公務のために、黒田益之助、船越洋之助、この2人は大坂の在勤を命じる」

岩倉はそう命じた。

(有能な人材を引き抜くな。船越どのは、いちど、総督府参謀を断ったのに)

省三は心のなかで呟いた。

船越には、討幕づくりの強烈な『3藩進発』を推し進めた、その頭脳と行動力がある。だから、岩倉は手放さなかったのだ。その実、岩倉には『会津追討』の隠された狙いがあったのだ。この段階では、神機隊のだれもがわからなかった。（秋田・庄内の北から会津を討たせた）

4月29日、全隊員が舎営まえに整列した。かれらは袖印の入った軍服、ダンブクロ（ズボン）、脚絆、軍靴の洋装の格好だった。

錦の旗・菊章旗を護衛し、楽隊の音楽に合わせて堂々と行進する。舞妓も、芸者も、商人も、道行く人は両側に人垣を作って見物していた。京都にいても、そうそう錦の御旗をみる機会はないのだろう。

たそがれ時に伏見に着いた。そして、翌4月朔日《ついたち》の暁に、大坂に着いた。淡路町の沢宗貞の家屋敷を宿陣とした。

汽船の万年丸は先に、奥羽鎮撫隊使随従《ずいじゅう》の諸藩兵を乗せて仙台藩の松島港に行った。帰路が難航海になり、汽缶が損傷していたのだ。外国から購入した蒸気船だ。部品もすぐに入手できず、修理ができあがって出帆するには閏4月中旬になる。芸州藩の大坂藩邸の松尾但馬から、そんな連絡がきた。

「機先を削がれるな」

神機隊のだれもが失望した。ここは、待つしか手はない。

省三は沢邸宅の客間で目覚めた。朝鳥が鳴く。行商人たちの声が聞こえる。窓を開けると、朝靄《あさもや》のなかに勇壮な大坂城があった。霧が流れると、城が動いて見える。

「わが高間家の先祖は、浅野長政《ながまさ》に仕えていた」

大坂城が先祖につながると想うと、省三の心にはなにかしら感慨が広がった。

高間家は長政の家臣の奉仕順だと、6番目の世臣《せいしん》だった。長政は秀吉の五大奉行の一人である。各地で戦い、武勲を挙げ、大坂城の築城にも関わった。甲府、和歌山、そして芸州広島の城主となった。こうした転封では高間家も広島にきた。

父親の多須衞は、千石取り「奥勘十郎」の第三子で、高間家に養子に入っている。この当時は大砲が最高の兵器だった。奥流砲術は奥勘十郎、多須衞、省三と引き継がれてきたのだ。つまり、省三の血筋として、祖父は砲術師の千石取りという名家だった。

「神機隊は激戦地を望む。会津で、どんな戦いになるのか。砲術師の家柄として、最大限の働きはせねばならぬ」

省三は大坂城を見ながら、会津城を想像していた。戦う以上は負けられぬ。その城を砲撃する。敵兵を小銃で撃つ、抜刀で敵兵を斬る。血なまぐさい日々になるのだろう。そんな脳裏に、綾の顔がふいに浮かんだ。

「綾はもう起きて屋敷の雨戸を開けて、広島城を見ておるだろうか。早起きして、裸足でお百度参りかな？」

離れてみると、綾がこうも愛しいのか。

「そうだ。綾に写真を送ってやろう」

朝餉《あさげ》のあと、庭池の側で、飛車に似た顔の川合三十郎が、ここの家主と、いまからの分陣先を打ち合わせていた。省三が割り込んだ。

「川合どの、腕の良い写真師をご存じかな」

「綾さんに送るのか」

「両親に送るのです」

「顔を赤らめて、そんな言い訳してもダメだ。子どもの頃から、省三は嘘が下手で、その顔はごまかせない」

「そうかな」

省三は思わず、みずからの手で顔面を撫でてしまった。

「写真師なら、大坂心斎橋《しんさいばし》から半丁ほど南には、祇山平七郎重喜の写真館があります。長崎で学んだ、よい腕前です」

家主が教えてくれた。

「許嫁とは言え、大好きな綾さんに送るのなら、ちょん髷をしっかり結い直したほうがよい。寝癖がついて乱れておる。多須備どのの長崎土産の短銃《ピストル》が目立つように撮ると、格好良いはずだ」

川合が撃つ真似をした。

「懐中時計も、英文の手帳もあるけど……」

「ゴチャゴチャし過ぎると、これまた陳腐だ。懐中時計くらいなら、よいけどな」

川合の角ばった顔の太い眼は、どこまでも冷やかしていた。

教わった道順で行くと、写真師・重喜の看板があった。『スタジオ』に招かれた。莫蓙《ござ》の上には西洋式椅子が置かれていた。省三は腰を下ろす。

「写真は左右対称ですから。お武家さま、帯刀は右にお差しなはれ」

「えっ、このようにか。左利きの刀は、奇妙だな」

両刀は左腰に差し、右手で抜くものだ。

「どうも、違和感がある」

「どのお侍さんも、そう仰りますさかい」

省三がもし自分が左利きであったならば、奉行の嫡子でも、武士にはなれなかった。刀がとっさに抜けない。それればかりか、食事の箸の使い方、着替え、『論語』の素読の本を捲《めく》る手もすべて右である。お茶の立て方、剣術の作法やお城の礼式も、すべて右利き本位だ。生まれつき左利きだと、厳しく矯正される。治らなければ、武士になれず、嫡子でも家督相続ができない。

「ご立派な懐中時計は、目立つように左肩から吊るしなはれ。拳銃はもっと目立たないと……」

写真師は拳銃の構え方など、細かく微調整してくれた。

「1から15を数えるまで、いっさい動いてはなりまへん。マバタキもどす」

身体が微少に動いてもダメで、軍服の背中には平板が差し込まれた。

「お顔が緊張しておりますさかい、もっと力を抜いてください」

「力を抜きたいが、抜けぬ」

省三は、頬や眉の筋肉がピリピリ緊張でゆれているのがわかった。2度の失敗の後、緊張がやや緩み、撮影が終わった。

祇山重喜写真館から、数日後、写真が届いた。

省三とすれば、内心、綾に送り、朝夕に胸元で抱きしめておいてほしい……。そんな気持ちで、省三は綾に手紙を書いた。いざ藩の便で送る段になると、省三は逡巡《しゅんじゅん》した。飛脚《ひきゃく》のなかには性質が悪いのがいる。高間殿の御曹司はお元気ですかの、いまはどうされておりますかいの、と覗き込むはずだ。

高間省三どのが戦場から写真付きの恋文を送ってきた、そんな噂が城下に広がるだろう。綾は会う人ごとに赤面させられてしまう。この写真は父上に送ろう。そうすれば、間違いなく綾の目にもふれる。

『向暑の季節ではございます。お父様にはますます御機嫌よくお喜び申し上げます。お母様もご病気のところ、立ち直ったとのことで、喜ばしいことです。次に私のことですが、無事に過ごしており、現在は大坂の松栄橋というところに居ります。恐れながらご安心ください。近いうちに会津の方へ参ります。朝廷より錦の御旗と錦の袖印を神機隊へいただきました。本当にうれしいことです。その他のことは黒田総督からお聞きください。髪結の吉も帰りますので、これからも詳しく聞いてください。とりあえず要件のみお伝えします。

慶応四年　四月八日　高間省三

御父上様

追伸、写真を一つ送りますので、ご覧になってください。尤も、髪形も具合が変わりましたので、お笑いになられるかと心配しております。前髪も取ってしまいました』

4月15日夕方、神機隊の全隊は錦の旗・菊章旗を護衛し、進発する。中之島の藩邸に入った。

『長勲公に拝謁《はいえつ》し、訣別《けつべつ》を表わさんことを乞う』

長勲は病気のために、神機隊のパレードには出られなかった。家中（家臣）の重職のものが病床に召された。

「このたびの朝命による、朝敵（容保）退治は大義じゃ。一同は奥州に遠征し、一途に精忠《せいちゅう》（真心をもって）、すみやかに遂行し、成功とすることを望むぞ」

長勲が寝床から上半身を持ち上げ、激励した。

面談できた隊員は一人一言ずつ、決意を述べた。

「わが広島藩の急務は、人材を登用し、藩政一新にあたるべきです」

露眼の平山が決意を外れて、ことさら藩政を語りはじめた。省三は横目で、平山の厚かましい顔をみた。

「話してみよ。藩政一新とは？」

長勲は熱で赤い顔をしている。

「いまや戊辰《ぼしん》の戦に、全国諸藩が馳《は》せ参《さん》じております。しかし、わが藩の重役は、なおも非戦論であります。鳥羽伏見の戦いで、広島藩は日和見だ、と侮られても、多くの重役は反省もなく馬耳東風です。ことほどさように、藩の重役は時流がまったく読めていません」

「辻将曹の考えが、藩内に浸透しておるからの」

「かつて鳥羽伏見で戦わなかった、わが藩の岸隊長の傍観とまったく同じです。広島藩の名誉回復をかけた、われら神機隊の出陣にすら反対しました」

「藩の重役が辻の非戦論で固まった人材ばかりだと、平山は言うのだな」

「そうです。このたび朝廷は『会津追討』の錦の御旗を下付されました。長勲公の力添え、そして芸州広島藩の底力を知るから、自費の義兵の神機隊と解っておりながらも、菊の御旗を授けてくださいました」

「まあ、この顔ぶれは天下逸品《いっぴん》だからな。余が話を持ち込んだ中川の宮、有栖川の宮、三条卿、四条卿、岩倉卿、みな『会津追討』の錦の御旗の下付を賛同してくれた。岩倉卿などは、この有能な人材をぜんぶ神機隊一カ所に持っていかれたら困る、と申しておった」

「すでに引き抜かれました」

「それは聞き及んでおる。江戸の佐幕派の騒擾《そうじょう》が目に余るので、船越は江戸府判事（現・副知事）にしたいらしい。江戸が収まれば、船越には次がある、と申しておった」

退席した省三たちは、大坂藩邸の玄関前に足を運んだ。庭上に整列する隊兵と合流した。宮田権三郎から、長勲公は病気で出られないが代読すると言い、

『このたび依、朝敵退治の朝命の大義を召《め》し仰《おお》せつかった、一同は精忠し、速やかに成功とすることを望む』

と同じ内容が演達《えんたつ》された。

新政府の岩倉具視から、早馬の伝令がきた。さらに12歳の田中太郎左衛門と、神機隊のうち30人を大坂に滞在させよ、と命令が下された。ここ1か月間で、訓練中に怪我した者や体調不

良の者たちを中心に選び、急ぎ30人を残した。あえて船越、黒田を含めて、員数を確保した。

神機隊は総計278人が大坂・新堀より艀《はしけ》に乗り、一ノ洲に停泊する万年丸に乗船したのだ。

出航は翌朝だった。神機隊同志の家中（家臣）は3人が外れたので、24人だった。夕食後は船尾の20畳ていどの船室に集まった。3か所には船舶用の石油ランプが輝く。全員があぐらをかいた。

ねじり鉢巻きをした飛車顔の川合三十郎が立ち上がった。

「家中3人が抜けたので、隊の役割を組み立てなおす必要がある。これから分掌《ぶんしょう》を改定しよう。拙者の考えだが、総司や総隊長はおかない。参謀ふたり、監察ひとり、6人の小隊長および砲隊長の高間君を含めた、合計10人の合議で決定していく」

「異議あり。命をかけた会津の戦場に行くのに、合議すれば、緊急時に決定が遅れてしまう。それが禍《わざわい》になり、全員の死を招きかねない」

立ち上がった露眼の平山が、さも正論だという表情で話す。

(平山が総督になりたがっている)

それは誰の目にもわかった。しかし、平山には人望にやや難がある。先刻も長勲のまえで、出陣式の一言の挨拶なのに、藩体制の一新を提案していた。

「これに関しては？」

川合は当惑顔だった。

「押しの強い剛毅《ごうき》な黒田どの、総合力がある船越どのならば、だれも異存はなかろう。残る24

人で、平山どのは誰を推薦する？」

立ち上がった藤田は、25歳で、『不動明王の次郎』といわれる眼光に強さが漂う。実際に、頑強な精神力がある。

「それは……」

平山が大きな眼を細めて自薦《じせん》できず、口ごもっていた。野心家の平山が虎視眈々《こしたんたん》と総督を狙っているかぎり、危険な内部分裂が底流にある、と省三は捉えていた。

「強く推したい人物がおらぬのなら、異議を申し立てるな」

「拙者の意見が間違っておるか」

「平山どのが自薦したいなら、はっきりそう申した方が良い。遠回しな言い方しかできない人物は、激戦地の総督には不向きだ」

不動明王の次郎が明瞭に言い切った。全員から安堵の吐息が漏れていた。

「あえて決めるならば……川合三十郎どのか、高間省三君だ」

知将とも生字引きともいわれる、橋本素助が立ち上がった。30歳で体躯は細身だ。ずば抜けた記憶力で政治、経済、文化、藩の歴史にくわしい。公文書、報告書、建議など作成にも強い。その上、射撃の的中率は一番だ。

「高間君はどうなんだ。神機隊の志和練兵所で、最も多く合宿してきた。農兵の教育を通じて、信望、尊敬の念が強い。よき人間関係ができておる」

橋本の提案を、省三が断ろうとすると、

「それは反対だ。ご本人はご存じないと思うけど、綾さんから泣いて頼まれておる。省三さまを総督だけにはしないでください、それだけはお願いです、と」

奇才の儀一郎、といわれる藤田儀一郎が、故意に綾の口真似をした。

大ウソの演技だとわかっているだけに、全員で笑い、省三だけは苦笑し、それで総督は決めないことになった。

神機隊の分裂はそれでひとまず回避された。しかし、心ひとつにして生死の戦場を駆け巡れるのか、という不安は残った。

参　謀　平山寛之助、川合三十郎、藤田次郎
監　察　橋本素助
1番小隊長　加藤種之助
2番小隊長　森熊之助
3番小隊長　清水永賀
4番小隊長　丹土薫之丞
5番小隊長　藤田太久像
6番小隊長　佐久間義一郎
大砲隊長　高間省三
会　計　方　篠村幾蔵

第11章　彰義隊

閏4月16日暁

万年丸が278人の神機隊員を乗せて、大坂湾から出航した。紀伊水道に入った。船窓には太陽が洋上の雲間から昇る気配があった。陽光が朝焼けの多段の雲を突き破った。

甲板にでた省三は神妙に手を合わせた。綾、祖父、両親、神機隊の戦勝など祈る。真っ赤な太陽柱が海面に伸びてくる。静かなる威厳《いげん》に満ちていた。綾と肩をならべて拝みたい。想像するだけでも、心が震える。

淡路島を右手に見る、紀淡海峡《きたんかいきょう》は青く滑らかな海面だが、大潮ともなると、白っぽい渦が巻く。万年丸が船尾に三角の波を立てて進む。白いカモメが海面から飛び立ち、高く低く舞う。

省三は、綾の華麗《かれい》な舞踊を思い浮かべた。お城の舞台で扇子をもって煌《きら》びやかに踊る、ありし日の綾が懐かしい。途端に、万年丸の汽缶（ボイラー）がいきなり停止した。船体が潮流のうずでグルグル回りはじめた。

「機関長、どうした。この渦にのまれるぞ」

周囲から怒号が飛び交う。うず潮は容赦なく船体をかき回す。海鳴りが響く。万年丸は巨大な渦に吸い込まれて沈没するのか。甲板に出てきた隊兵たちは恐怖の顔だった。

「われらは戦場で死なずして、海底の藻屑《もくず》になるのか」

省三は、生命に錘《おもり》をつけて海底にもがきながら沈んでいく、自分の姿が哀れに思えた。死はこんなにも簡単なものなのか。船体はなおも潮の渦で回転する。隊兵らは念仏を唱えている。まさに、神仏に祈るしか手立てがなかった。

「生き長らえて、もう一度綾に逢いたい」

省三は心底から想う。悠然《ゆうぜん》と飛翔《ひしょう》するカモメが妙に憎く思えた。

突如として、汽缶音が響き、甲板の足もとから震動が伝わってきた。省三の顔は、棄てた生命を拾った安堵の顔となった。まわりの隊兵は、みな地獄の底から戻ってきたような表情だった。

万年丸の汽缶は不調ぎみだった。紀伊半島の突端でも、またしても停止した。奥州行きどころか、損傷つづきで満足な航行もできず、こんどは志州的矢港《まとや》（三重県）に入った。この港で停泊して修繕することになった。

隊兵らはこの機会だと言い、伊勢大神宮の外宮や内宮に出むいた。鳥居をくぐり、聖なる透き通った五十鈴川《いすずがわ》の縁で、隊兵らは手を洗い清めてから、深閑《しんかん》とした樹幹《じゅかん》の参道をすすみ、厳かな内宮で戦勝祈願する。10時には大神宮の休憩室で昼食を食べる。12時に発って夕方6時に港に着いた。

万年丸の汽缶の損傷はなかなか修理できず、滞港はやがて3日に至った。

「毎日、神社詣でさせる気か。いつになったら船が出る」

省三は腹立たしい気分で、40歳代の船長の島本全之丞にかみついた。

「いまは試運転中だ。汽缶の修理はまだ終えてない」

島本の狐顔の眼が、若造が威張《いば》っているな、と侮っていた。

「多少の不備があっても、航行に耐えるなら、出航してほしい。われらは、急ぎ奥州に行く任を持っているのだ」

「無理だ」

「さっき、船員たちが甲板の脇で話しておった。この汽缶の調子なら、江戸湾まではいけそうだ、と。船長は、われらにそれを隠しておる」

荒れ狂う海

「それは下級汽缶員の勝手な判断だ。よしんば、汽缶長が江戸湾まで行けるといっても、いまは沖に出せる状態じゃない。風が出ており、海が荒れてきた」

航海図に目をやる島本は、省三を相手にしない態度だった。

「荒海など怖れずに、航海を進めてほしい」

「海のことは船乗りに任せてくれ。暴風雨（現在の台風）の勢いだ。いまはダメだ。伊勢神宮にでも参拝してくれればいい。なんど拝んでも、神様は迷惑がらない」

「この志州的矢港で、安座《あんざ》するべきではない」

省三は激しい口調で迫った。

「ムシの居所が悪いらしいの。無理なものは無理だ」

島本が眉を吊り上げた。

「われらは会津を討つためだ。同じわが藩の海軍だろう、手助けする意地はないのか」

「湾内でも、こうも船がゆれておる。知りませんよ、沈没しても」

（万年、ボロ船め）

省三は内心、そう吐き捨てていた。

閏4月19日、省三だけではなかった。川合三十郎、平山寛之助、不動明王の次郎が、島本船長に出帆を強く促しはじめた。それで応じた。

午前の海上は逆風で、帆は役立たず、白波の海はたちまち怒り狂う。

船長はなんども、舵棒が折れる寸前だという。

省三の心は会津城に飛んでいた。英文カレンダーが表紙になった手帳を取り出した。当時はめずらしい鉛筆だった。

『鉄艦破浪行如矢　王師歓向会津城』

（軍艦は猛烈な荒海を矢のごとく進む。王師（天皇）のお歓びのために、会津城にむかう）

そう書き込んだ。

海が裂け割れて大波、白波で襲いかかる。船体が悲鳴をあげながら、荒波の波頭を突進する。

万年丸がまたもや汽缶停止となった。陸上は見えず、明かり一つも確認できない、風雨の音と暗黒の波音の世界だった。隊兵のほとんどが船酔いで青ざめた顔だった。死を憂い、念仏を唱える者もいた。

「ここはどこだ」

「豆州下田港から沖合25里。西風の波浪が強くて、汽缶の調子が戻っても、これ以上は前進できない。ふたたび、伊勢に引き返すけん」

船長から川合に申し出があった。船長の判断には、もはや、だれも楯突《たてつ》けない。

「わが隊には海難の相があるな。海が反抗ばかりしておる。こうも戦えぬ日々に、心が空洞になる。ただ、海の死骸だけにはなりたくない」

万年丸は、奥州とはまるで反対の伊勢に戻っていく。もう、どこの港に入っても苦言が出ないほど、隊兵らの顔は生きた心地ではない表情だった。

伊勢から再出発した翌日、鬱《うっ》々とした4人の家中が、船室を嫌って朝露の残る甲板に出てきた。左手に陸地が見える。甲板員に、ここはどこだ、と訊いた。遠州灘の御前崎の沖にあった。

「戦えない隊は、死んだふりをしている虫の群れと同じだ」

奇才の儀一郎が、足もとを走りまわる舟虫を指す。

「会津に早く入りたいな。会津は盆地に囲まれた山の奥と聞く。遠いな」

加藤種之助が、手すりに頬杖をついて吐息を漏らした。

「われらは海上で難儀しておるが、その分、きっと歴史に残る、名誉回復の良い戦いができる」

鉢巻きを縛りなおす川合三十郎が、自分を鼓舞していた。

「あっ、富士だ」

省三の心には、ぱっと戦勝の炎が燃え上がった。重い雲が切れる天空に、聳《そび》え立つ富士山の山頂が顔をだす。かがやく白雪が眩《まぶ》しい。

船室からも大勢が飛びだし、縁起が良い証しだと言い、小躍りしていた。万年丸が進むほどに、海上のかなたには三保ノ松原越しに、形のよい富士山が鮮明に浮かんできた。雲の少ない青空が屏風《びょうぶ》になっていた。

(神秘な光景だ。綾にも、この霊峰《れいほう》を見せてやりたい。きっと連れてきてやる)

省三はそんな想いでじっと眺めていた。

閏4月26日

万年丸がやっと、江戸湾の観音崎沖から浦賀《うらが》港へと接近した。

大坂からここまで、約10日間も要している。

15年前にペリー艦隊がきた浦賀港だった。省三の目のまえには、日本の蒸気軍艦が隊列をなす。5隻の艦上は、煙突からモコモコ真っ黒な煙を吹きだす。その黒煙は潮風で海面をなでて、房総半島の方角になびいていた。

「島本船長、あれはどこの艦隊でござるか」

省三が真向かいの一隻を指した。

「榎本武揚が率いる、幕府軍艦の回天丸だ」

船長帽をかぶった島本は、不愛想に答える。省三が後につづく船を訊くと、開陽丸、蟠竜丸、千代田形と船名をあげていた。

「かれらの行動は、官軍からの逃走か？　あるいは、官軍の軍艦の偵察行動か？」

「そんな戦略は、榎本当人に訊いてみないと、わしらにはわからん」

投げやりな態度の島本船長だが、それでいて榎本武揚の実父は備後福山の出身だと教える。

省三はもう相手にしなかった。

翌日は浦賀を出港し、横浜沖合では、芸州広島藩の豊安号にすれちがう。江波から出陣の折、世話になった精鋭の軍艦だ。正午には品川港に着岸した。島本船長が省三と目が合うと、問わずして、

「舵が壊れておるから、本格的に修理する。このさいは」

「いつになったら、奥州に着くのか」

「わからない、修理してみないと。舵が壊れたまま、三陸の荒海など航行できない」

　万年丸の船長や船員らは、藩の命令なのに奥州・松島港行きには乗り気でないと態度に現れている。きっとまた、途中で汽缶の故障だと言い出すだろう。

「ほんとうに舵が壊れておるのか。疑わしい」

「若い隊長なのに、人が信じられない？　部下がよく付いてくるものだ」

関係地図　関東の戊辰戦争の戦場

「余計なことだ。この場に海軍方の木原秀三郎どのがいたら、船長の言葉の真偽を確かめられたものを」

「だれに訊いても、舵は壊れておる」

よほど、船長に嫌われたらしい。

省三は船首の方に移動した。そして、品川の宿場町を眺めた。海岸に沿った黒松が湾曲に這《は》う。その松林越しには、馬や旅人や駕籠や飛脚が見え隠れしている。目をすこし移すと大森海岸で、投網《とあみ》の小舟が出ていた。海苔《のり》の棚もならぶ。陸上では、漁師が天秤棒《てんびんぼう》で荷を運んでいる。

4月には江戸城が無血開城したと聞く。江戸の町は戦火の渦から回避されている。そこには、庶民が働く日常生活があった。

(戊辰《ぼしん》の戦いが終結したら、イギリスに留学を希望してみようかな。綾とロンドンで所帯を持つ)

そんな夫婦生活を想像してみた。胸がわくわくする。

「ここにいたのか。江戸の総督府《そうとくふ》に挨拶に行くぞ。省三も行くか」

仕切り屋の平山寛之助が、背後から声をかけてきた。さも同行させてやる、と言いたげな口調だった。

「もちろん」

「奥州行きは、陸路も検討する必要がある。そうなると、江戸城の総督府に無断で通過とはいかない。挨拶ぐらいは必要だ」

船室まで降りていくと、参謀や小隊長はすでに紋付き袴姿だった。平山の声掛けは、この自分が最も後回しだった。さきの総督選びで、省三が候補にあがった。それだけで、平山は根に持つ性格だ。

「江戸城には、長州藩士の大村益次郎が来ておるらしい」

川合三十郎は妙に懐かしがる口調だった。応接掛だった川合は、船越などと、第一次幕長戦争のときから、なんども長州藩に出入りしている。

半年前には、御手洗の新谷道太郎の寺で行われた4藩密議に参加している。川合も大村も同席している。3藩進発を成したあと、龍馬が暗殺された。参加者たちには強い衝撃を与えた。60年間の口止めは、ごく自然に厳格なものになった。それ故に、省三すらも密議を知る由もない。

江戸城の大広間に出むいた、平山寛之助、川合三十郎、藤田次郎、橋本素助、加藤種之助、藤田太久蔵などは、大総督府の大村益次郎と面識があった。初顔合わせは高間省三くらいだった。

「多須衞どのとは武器購入で、意見を交換させていただきました」

大村は特徴のある顔で、前頭部が大きく、目が大きい。ただ、表情のない人物だけに、別段、多須衞を懐かしがる様子にも思えなかった。

省三は型通りの挨拶で終えた。

大村と真向かいに座る平山が、口上を述べはじめた。芸州広島藩は42万石で石高では長州藩よりも格が上だ、3藩進発を成したのがこの神機隊だ、という高慢な態度が如実に表れていた。

「わが神機隊は奥州鎮撫使《ちんぶし》応援の令をたまわり、朝廷から錦の御旗を下付されておる。大坂から遠く奥州へ航行している最中です。怒涛《どとう》の険悪に遭遇し、かつ船の汽缶を損傷し、やむを得ず、品川港に入り、いま損傷を修理しております。部品がないなど、修理が長引けば、陸路で奥州に向かいたい。ついては、江戸の大総督府にひとことご挨拶を、と参上した」

「貴藩の兵がこの江戸に来たのは、まさに天幸です。天の幸せです」

大村は、浅野家臣を上においた口の利き方だった。

「なぜ、江戸に来たのが天幸とおっしゃるか?」

「奥州の形勢が一変しました。いま仙台藩が反逆し、会津藩側につきました。下参謀の世良修蔵を襲って殺害しました。それに澤為量《さわためかず》鎮撫使および大山参謀の行方がわからなくなっております。このように、奥州の状況が一変しました。いま、奥州に向われるには、時期が悪すぎます」

「艱難《かんなん》は厭《いと》わない」

平山が胸を張っていた。

「奥州は反逆の徒ばかりでござる。会津を討つ、となると、奥州30余藩が芸藩の敵になります」

「会津に入って、味方などあろうはずはない」

「ここはしばらく江戸に留まり、朝廷からの再命を待たれた方がよろしい」

「わが芸州広島藩が怖気づいたと思われる」

「奥州越の全藩を敵にして、神機隊278人の兵で戦うのは無謀です。ここは江戸で再命を待つべきです」

「朝廷から会津追討の錦の旗を賜わっている。たとえ無謀だったとしても、奥州で全滅しようとも戦い抜く」

「お気持ちはわかりますが、川合どの、橋本どの、無謀すぎます」

平山が聴く耳を持たないと判断したのだろう、大村の視線が左右に流れた。川合と橋本は腕組みし、黙っていた。省三は大村に対してムカムカして、性格から黙っていられなくなった。

「大村どのは、神機隊の奥州路への陸路を塞がれる気ですか」

省三が気迫に満ちた態度で、身を乗りだした。

「妨害するつもりなど毛頭ありません。いまは時期が悪い。それだけです」

「語りたくはないが、長州藩士は京都や大坂で、『芸州はわれわれの味方だが、幕府にも色目を使う蝙蝠《こうもり》みたいだ。心から信頼できない』と言っておるらしい。なかには、広島藩は風見鶏だ、日和見だと、罵詈《ばり》雑言《ぞうごん》を吹聴しておる。なぜ、そこまで言われるのか」

「そういう長州藩士がおることは否定しません。それは一部のもの」

「長州は、すぐに広島を悪く言う。朝廷から錦の旗を賜わった神機隊が、江戸まで来て怖気づいたと言い出しかねない。大村どのが陸路を通さぬとなれば、武力でも通って見せる。それが会津追討の任を持った、われらの役目だから」

省三は気が立っていた。

「ここは冷静になられた方が良い。神機隊の隊士の身を案じておるのです。無謀です。あまりにも無謀です」

「口ではそう言うが、裏で悪口を言うのが長州だ」

「われらの気持ちもお汲みください。3藩進発の立役者は広島藩です。薩芸《さつげい》で、大政奉還し、王政復古で倒幕を成しました。長州は倒幕に関れていないのです。だから、長州藩の単なる妬《ねた》み、ヤッカミです」

長州藩は3藩進発のあと、船越洋之助殿の提案・命令で、西宮の大洲藩の宿舎、淡路沖の船で待機していた。だれが、船越さんに盾《たて》つけたでしょうか。朝敵が無理に上京すれば、薩芸《さつげい》に迷惑がおよぶ。禁門の変の教訓もあり、小御所会議の大号令まで、西宮にいた長州はまったく倒幕に関れておらないのです。新政府が樹立した後から、長州藩の軍隊が加わったわけですから。風評は倒幕を成した芸州広島藩に対するヤッカミです、と大村が一連の流れを説明したうえで、さらにこう言った。

「毛利元就公の聖地は、広島藩領の安芸吉田の郡山城です。どんなに芸州の悪口を言おうが、毛利家臣の先祖はみな広島です。大村家だって同じ。身内だからこそ、好き勝手なことが言えるのです。これが広島でなく、他藩なら戦争になります。長州藩士は、そこは弁《わきま》えておるはずです」

「いまここで、大村どのは京都に戻れと言われるのか。また、わが藩をあざ笑う気としか思えぬ。長州の策略だ」

「とんでもない」

「引き止める裏には、なにか魂胆がある。聞かせてもらいたい」

省三は大村の眼を見据えた。……薩長芸軍事同盟の下で、3藩進発がなされた。長州と薩摩の2藩は慶喜追討である。1つの芸州広島藩は会津追討だ。慶喜公は謹慎しており、薩長の直接対決する相手はいなくなった。ある意味で、会津追討の芸州広島藩が羨ましいのではないか。

「魂胆などありませぬ」

「大村どのに、おたずね申す。われら神機隊は『会津追討の錦の旗』を持って江戸までやってきた。ここは江戸に引き止めておいて、会津の先陣を長州がかすめとる。そんな思惑があるのではないか？」

省三はずばり、胸もとを突いた。

「そんな腹芸は毛頭ありません。再命は江戸で、お待ちになればよい」

「疑わしい」

「実は、奥羽鎮撫使の澤どのたちを救出のために、江戸から2藩の奥羽行きが決まったところです。小倉《こくら》藩と筑後《ちくご》藩です」

「2藩が奥羽へ」

この場の空気を、大村が巧く変化させた。

「あくまでも、鎮撫使の救出です。これも、京都の太政官からの命令です。会津追討の銃隊の神機隊とは、その色合いが違います」

「再命を待つ。それも考え方だな」

平山が言った。

「そう、再命を待つべきです。船越どのがまもなく、江戸府判事で着任してきます。この大村は軍事判事、船越どのは行政府の判事です。ご相談なさったらよろしい。船越どのが、いまから会津に出むけよ、と言われたら、この大村は一言も、お引き止めできませぬ。船越どのを指図する立場にはありませんから」

「ここは、船越が江戸に来るのを待とう」

川合がさっと結論を出した。

神機隊の家中が腰を上げかけると、省三が引き止めた。

「大村どの、一つ聞きたい。下参謀・世良修蔵が暗殺されたからには、奥羽で恨みを買う、なにかしら出来事があったのでは？　会津追討の神機隊として知っておきたい」

「いま、調査中です」

大村は、背筋を伸ばして毅然とした口調だった。

「隠されておる」

「真実、いま奥州に秘かに調査の手を回しております」

「ならば、お伺いいたす。当初、奥州の参謀には薩摩の黒田清隆どの、長州の品川弥二郎どの、この二名が決まっておったと聞きおよんでおります。黒田、品川どのなら、奥州で殺されなかった？　そうお考えですか」

「たしかに、奥羽の状況は違っておったでしょう。……世良は周防大島出身です。幕長戦争で侵略してきた幕府軍に、かれの身内・親族が掠奪《りゃくだつ》や虐奪、さらに婦女子が辱《はずかし》めを受けています。幕府に強い恨みをもった世良を下参謀にした。ここが間違っております」

「太政官の人選の不手際ですか」

「そうです。新政府の目的は皇国統一であり、松平容保《かたもり》の首を討つのでなく、恭順させ、会津の租税を新政府に入れさせる。慶喜の首でなく、徳川700万石の租税を新政府の国庫に入れさせることとです。将軍や藩主の首など、首実検の手間がかかり邪魔になるだけです。必要はない。世良には、恭順の使命がうまく解っておらなかった。生前に世良から届いた報告だと、どうも解っておらなかった」

大村は藩内の身内批判もする人物だった。

「新政府と奥羽越が全面戦争になる。新政府はまだ戦費をまかなう税収がない。西側の藩財政はどこも大赤字です。庄内、秋田はコメどころ、金がある。世良たちの不手際から、奥羽越列藩を敵に回してしまった。困ったものです。新政府は戦費にこと欠いております。外国から、鉄砲、大砲、砲弾、銃弾を買うとなると、恭順した藩から、どれだけお金が調達できるか。それが、こんごの勝敗にも関わってきます」

「戦争も金しだいですか」

「新政府が武器弾薬を外国から無償提供してもらえば、紐がつく。結果、植民地になってしまう。紐付きだけは、絶対にしてほしくない」

省三がはっきり言い切った。

「それは避けます。しかし、頭が痛いはなしです。神機隊のように自費で戦いにくる隊など、全国諸藩を見渡しても、どこにもいません。この大村などは軍師と言われておりますが、その実、金策係。上野山の彰義隊も、どうやったら一日で戦いが終えるか。頭のなかは、それればかりです」

「彰義隊には徹底抗戦させず、大砲で追い立てて、江戸から逃がさせてしまう。それが一番安上がり」

「まさに、おっしゃる通り」

「推測するに、関東一円の佐幕派を、会津藩や仙台藩の領内に追い込む。ひとまとめにしておいてから総攻撃する。それが最も経済的な戦争だ、と大村どのは考えられておられるのでは？」

「さすが、芸州広島藩の武具奉行・高間多須衛どののご子息、千石取り奥流砲術師の血筋ですな。秀吉の下で、浅野長政が武勲をたてられた。その最も功労者の血筋ですな。おおいに検討に値します」

大村がやたら持ち上げるので、省三はむかっときた。そこで質問を止めた。

「大村どのは忙しい身だ」

平山が言った。

泉岳寺で、次の命を待つことに決まった。

この泉岳寺は、お家断絶となった赤穂藩浅野家の菩提寺だ。広島の浅野家とは本家と分家の関係にある。浅野長政の代まで遡《さかのぼ》れば、四十七士と自分との血縁もあるだろう。5月3日朝、そんな身内の気持ちで、省三は境内の墓地に入った。

それぞれに線香をあげていく。浅野内匠頭と夫人（広島・三次から嫁ぐ）の墓へと手を合わせた。煙が高輪海岸からの海風で野焼きのようになびく。

「会津追討の最大の目的は、松平容保の恭順書だ。朝廷に尽くします、という誓約を貰えばよいのに……。容保はさきの京都守護職として、亡き孝明天皇とも親しい間柄だ。けっして、皇国の国家を否定しておらない。薩摩の大山、長州の世良ら、薩長のバカ参謀どもが、奥州のたき火に、油を投げ込みに行ったのと同じだ。これでは大きな戦争になってしまう」

　大石内蔵助の墓の前で、省三は腹立たしく怒りの言葉を吐いた。本堂の前まで戻ってくると、揉《も》める声が流れてきた。省三はのぞき見た。

「何でこんなもの、官軍の『肩章の二葉』を勝手に受け取るのだ」

　飛車顔の川合三十郎が、顔を真っ赤にして怒っていた。

「深い意味はない。江戸城の使い番が来て、大総督府から下付されたというから、素直に受け取っただけだ」

　平山は憮然としている。省三は遠目に見ていた。

　一葉は錦だった。もう一葉は、素絹に大総督府の印章を捺していた。それを川合が握り潰すように掴みながら、なおも怒っていた。

「大村が謀《はか》ったんだ。高間君が江戸城で、大村に噛みついておっただろう。その通りだ。これは、長州藩が会津討伐に出陣する準備の時間かせぎだ。官軍の『肩章の二葉』を受け取れば、上野山の彰義隊の討伐に、神機隊が組み込まれたも同然だ」

「江戸で待機している間、大村に協力しても悪くない。彰義隊は江戸で秩序を乱しておる、悪質な集団だ。それを鎮圧することは、江戸庶民を守ることになる。神機隊が手を貸す。民の安堵に尽くすことになる」

「彰義隊と戦えば、撃ち殺すか、斬殺する。生け捕ったとしても、捕虜収容所がないから、その場で斬首だ。江戸で殺戮《さつりく》などしたくない。神機隊の目的とはちがう。われらの目的はひとつ、容保公から恭順書を取ることだ」

「いまさら、大村に『肩章の二葉』は返せない」

平山の声が荒れている。

「大村の見え透いた、魂胆《こんたん》が気に食わない。上野山の彰義隊との戦いには、金がかかる。使える者は使え、神機隊は渡りに船だ」

「返却もできないな。幹部が本堂で、合議しよう」

橋本も本堂内にいるらしい。

省三は泉岳寺の門前の方角を見た。品川港に出むいていた不動明王の次郎が戻ってくる。その後ろで、昇った朝日が射していた。

「万年丸の船長は、仙台藩が敵になったから、松島湾には航行できない、と怖気《おじけ》ておる。都合の悪いことは早耳だ」

次郎が吐きすてる口調で、そう教えた。

「へっぴり腰め。わが軍艦の豊安号ならば、榎本たち幕府海軍と遭遇しようが、突破してくれるのに」

省三はそっちに腹が立った。

ふたりの視線が高輪海岸の松林に流れた。芝居一座の役者たち十数人が松林から参道に折れた。泉岳寺の墓参らしい。四十七士は幕藩体制の反逆者である。関係者以外の墓参はできなかったはずだ。それがいまや、役者が墓参りできる。ここにも徳川終焉が感じられた。

半刻後、神機隊の家中（家臣）は、彰義隊の攻撃に参戦するか否か、と合議をはじめた。それぞれ意見を述べた。大半が『肩章の二葉』を受け取った平山を暗に批判しながらも、このさい、彰義隊の征伐に力を貸そうという流れになった。

省三は拒否の姿勢だった。

「昨年末、西郷隆盛が赤報隊《せきほうたい》を使って、江戸で略奪・強奪の騒擾《そうじょう》（テロ活動）を起こした。それが諸悪の原因だ。それが引き金になって、鳥羽伏見の戦いが発生した。勝海舟の叡智《えいち》で、江戸城が無血開城した。それなのに、大村がこのたび上野山で戦いを起こそうとしている。薩摩の西郷にしろ、長州の大村にしろ、戦争でものごとを解決しようとしている。安易な武勲《ぶくん》思想だから、われらは参加しない方が良い」

「じゃあ、彰義隊に対して、省三はどう解決しろ、というのだ」

平山が食ってかかった。

「騒擾を止めさせる、粘り強い説得で臨むべき。江戸城開城から、さして月日も経たずして、武力解決するには問題がある。長州の悪い癖で、危険な軍事思想だ。武力解決が優先すれば、軍事国家になってしまう」

「高間は最も若いのに年寄り臭い考えだ。長州を批判するよりも、問題にするのは彰義隊のほうだ。話し合いで聞き入れる連中じゃない」

「彰義隊はもともと旗本の武士だ。無学、無教養じゃない。有能な人物も多くいるはず。新政府が700万石を大幅に減額したから、収入がなくなり、失業者となった。武士とて、食べて行かねばならぬ。だから、騒動になった。戦争とは生か死だ。一網打尽《いちもうだじん》に殺すのではなく、新政府で登用させたり、勤労させせたりすればよい」

「暴動を起こす連中まで、世話する必要はない。新政府も貧しいんだ」

「われらが大先輩、頼山陽は教える。『勢』はかならず衰退する。そして、皇国の国家に戻る、と。彰義隊の武士に、徳川の『勢』の時代には決して戻らない、それが歴史の教えだ、と諭《さと》すことだ。かれらを、日常のあるべき姿に戻していく。新政府にはその努力が必要だ。血を血で洗えば、かならず報復がある」

「上野山は、火ぶたも切られたも同然だ。いまさら、話し合いもなかろう」

平山は喧嘩腰だった。

「大村は、佐賀藩のアームストロング砲を上野山にどんどん撃ちこんで脅かし、彰義隊を奥州越へ追いやり、そこで大戦争をする気だ。だから、先に神機隊に奥州に入られたら、困るのだ」

「彰義隊と戦いたくなければ、高間大砲隊は泉岳寺か、品川の万年丸で待機しておけばいい」

「それだと、わが隊は江戸で分裂だ。それでも、良いと言われるのか」

「好きなようにしてくれ。浅野内匠頭の墓前に、線香でもあげてくる」

平山が本堂から出て行った。

「ここは、船越どのの判断をまとう」

橋本が打ち切った。

京都から船越洋之助が府判事として着任してきた。江戸の治安維持が目的だった。5月12日付で、大総督府は江戸府を置いた。

徴士《ちょうし》として船越洋之助（広島藩士）、木村三郎（久留米藩士）、河田佐久馬（因州藩士）、土方大一郎（土佐藩）、清岡岱作《きよおかたいさく》（土佐藩）などが着任したのだ。

徴士とはなにか。新政府には十分な人的資源がなかった。役人を雇える国税がない。そこで、国家機構を支える官吏（現・国家公務員）は、すでに恭順した諸藩から藩士（地方公務員）たちを『徴士』として出向させたのだ。

藩を超えて国家のために、政治、経済、外交、文化など多岐の分野で尽力する。そして、富国強兵をめざしはじめた。

徴士には二重の帰属先があった。たとえば、徴士の船越となると、浅野家臣、江戸府判事、神機隊の幹部という三つの顔があった。

その船越が泉岳寺にやって来た。本堂でふたたび合議した。

「官軍の『肩章の二葉』を受け取った以上、返却すると、疑いがかかる。さかのぼれば、わが10代藩主の慶熾《よしてる》公は、徳川将軍の孫だったお方だ。浅野家には徳川の色合いが残っていると思われる。ここは、彰義隊の征伐に加わるべきだ」

それは船越の意見だった。

「われらは広島藩の名誉回復のために、自費できた同志共同体です。彰義隊との戦いは本意ではない」

省三が主張した。

「高間君の主張は正論だ。理にかなっている。ここは、形だけで良いのだ。軍判事の大村には、神機隊が江戸で損傷しない、配慮をさせよう。われら神機隊は錦の旗を持った隊だ。奥州に行く前に、彰義隊との戦いで激突したり、戦力低下を起こしたりしないように、と指図しておく。そういう布陣にさせる」

それが王子村、築地、芝の配置となった。

省三が船越に余計なことを言ったから、敗残兵を追いまわす役しかこない、と平山は陰で悪口を言っていた。

『東叡山寛永寺《ひがしえいざんかんえいじ》の、徳川家祖廟《そびょう》の位牌や宝物を他に移すように忠告する』

5月13日、江戸府判事が最終通告した。

総督府から泉岳寺の神機隊に使番がやってきた。上野の彰義隊を攻撃すれば、脱走兵が関東の小さな藩、沼田、川口、戸田、川越藩などに逃げ込む恐れがある。

『芸州藩は50人の兵士を武州忍城《ぶしゅうおしじょう》へ出張せよ』

と命令書が出た。この折、

「忍藩は恭順したが、その態度はいまだに不鮮明である。同藩を監督できる、『軍監』ひとりを推薦してほしい」

と使番が総督気取りの平山に求めてきたのだ。

「藤田次郎を差し向ける」

使番は、神機隊の大将の即決だと勘違いしたらしい。

『芸州藩、藤田次郎は、当分は軍監《ぐんかん》として武州忍表まで出張被仰付候事　5月13日　大総督府参謀』

と命令が届いた。

「なぜ、独断で勝手に決める。そなたは、いつから総督になった。大義は北関東にない。われらは会津に行くのだ」

不動明王の藤田次郎が、強く拒否した。

「ならば、みんなで協議しよう。次郎が嫌がるなら、橋本素助を推したい」

平山が緊急合議をもとめた。

「思慮するところがある。お断りする」

知将の素助が冒頭、即座に断った。

「しかたない。府判事の船越どのの顔をつぶすことになる。拙者が50人連れて忍藩にいく。平山どの、今後はものごとを勝手に決めないでほしい」

次郎が妥協した。

5月14日の未明、不動明王の次郎が第3小隊、第5小隊の合計50人の隊士を連れて忍城へむけて出発した。同日、正午頃には総督府から、橋本素助に呼び出しがきた。橋本が出向いたところ、

武州忍城（おしじょう・埼玉県行田市）

忍藩にむかう藤田次郎に持たせせた、

『忍城・松平下総守忠誠へ下付するべき命令状が、川越城主・松平大和守へ交付すべき令書と間違って封入した。取り替えてきてほしい』

と陳腐な間違いがあった。

彰義隊との戦いを前にした総督府は、こんな混乱状態にあったのだ。

「ばかばかしい」

いちどは断った橋本だが、神機隊の次郎が忍城で恥をかく結果になる。隊中の長沼主悦之助を従えて早駕籠で追跡した。大宮駅で、不動明王の次郎に追いついた。そして令状を交換した。それを江戸城に届けると、

『この令状は川越城主へ渡してきてほしい』

と言われて、橋本は怒って拒絶した。

省三は、大砲隊をひきつれて王子村に向かった。第5小隊長の、奇才の藤田太久蔵には現代に残るエピソードがある。

藤田太久蔵が隊兵を連れて、王子村から彰義隊の立て籠《こ》もる上野山へ地形偵察に行った。道に迷い、敵方の彰義隊の中に入りこんでしまった。

「さあ、大変だぞ」

あわてたが後の祭り。敵方は刀を抜いて殺到してきた。その時に、機知《きち》にとんだ参謀の藤田太久蔵は、から手をもみながら、大声を上げた。

「諸君、はやまり給うな。われらは敵意があって、ここにきたのではない。隊長殿に会いにきたのだ。会って話したいことがあるから、案内を頼む」

するると、敵兵も斬るわけにはいかない。隊長のところへ案内した。

藤田太久蔵は落ち着き払って、声もさわやかに、「隊長とは、どこかでお目にかかったようだが？」と親しげに言うと、隊長は笑顔で迎えて、

「そうだ。先年、長州征伐で広島に下った際、広島には長く滞在して、大変お世話になった。そのとき、確かに貴公ともお目にかかったはず」

と親しげに話す。

藤田太久蔵は広島の話や長州征伐の当時の苦労話などをしたのち、道に迷ってまぎれ込んだ話を聞かせた。隊長もいささか気の毒がって、自ら先に立って案内し、帰り道を教えてくれた。神機隊員はことなきを得た。

この機知にとんだ藤田参謀は、かつて薩摩の西郷隆盛に面会したさい、西郷も一見して、その人物をほめたという男である（『広島郷土史談』）。

明15日には、彰義隊との戦いがはじまった。雨降る午前中はアームストロング砲が撃ち込まれ、昼ごろからは黒門の正面、搦《から》め手門からの攻撃で、夜9時には火を放って、彰義隊員は北の方角に逃げていった。

王子村の神機隊は、大砲など撃つ必要もなく、彰義隊の逃亡兵を追うだけだった。

『18人討ち取り、6人生け捕り、ただし飛鳥山《あすかやま》で斬首』

築地、芝に配置された方の神機隊は、曖昧な情報に振り回されて、わずか一人の敗走兵を捕縛しただけである。しかし、神機隊は一人の戦死者を出してしまった。

5月17日、神機隊にあらたな命令が下った。輪王寺の宮様（北白川宮能久《よしひさ》親王）と家来が随行して尾久村に落ちている。探しだして江戸城にお供するべし。豪雨のなかで、神機隊の隊士らは農家の林樹の間などをさがす。輪王寺宮の所在を知る者もなく、黄昏《たそがれ》になって、むなしく帰営してきた。その旨を総督府に連絡する。

『西の丸下の営所には病人多数なる。医師の小川道甫《おがわみちほ》をさしむけよ』と命令がきた。

上野戦争は彰義隊の敗北で終わった。だが、徳川色の強い江戸周辺では、かえって佐幕派が『官軍に屈せず』と蜂起《ほうき》する戦いへと飛び火していった。

小田原戦争、箱根戦争、飯能戦争などが起きたのだ。

『賊徒の林昌之助（下総・請西藩《じょうざいはん》の藩主）が箱根に立て籠もり、小田原城を下し、まさに間道より襲いて甲府城を取り、奥州賊軍と相応して官軍に抗せんと謀る。神機隊は甲府に派兵せよ』

甲府での残党狩りでは、芸州広島藩の名誉回復の戦いなどあり得ない。神機隊のだれもが渋々だった。

飯能戦争でも、神機隊に分遣《ぶんけん》の命令がでた。

飯能戦争とはなにか。渋沢誠一郎（渋沢栄一のいとこ）と、尾高新五郎《おだかしんごろう》（渋沢栄一の妻の兄）らが、彰義隊と決別し、振武軍《しんぶぐん》を結成した。そして、5月18日、振武軍は飯能村の能仁寺に移り、本陣とした。

大村益次郎は、恭順が不明瞭だった川越藩（徳川家譜代）を攻撃の主力においた。まさに、川越藩の裏表を確かめようとする、軍師の狡猾《こうかつ》な知恵である。

神機隊にとって、飯能は甲府への途中にある、寄り道ていどに考えていた。同月18日に泉岳寺から新宿までやってきた。

『甲斐国・府中城下へむかう。新宿に着くと、大砲隊長・高間省三が清原源一ひとりを供にし早馬にて斥候にでた。同夜に府中に着陣』（『大沢琢二・関東征日記』）

高間省三は馬術が得意だ。偵察の結果、彰義隊の敗残兵は奥州、もしくは飯能方面に流れている。忍城の方向にあらず。

もはや、不動明王の次郎50人が、忍城を守る必要もない。忍藩士３００人を連れて飯能戦争に参戦すれば、それで十分である。神機隊の主力は、飯能に立ち寄らず、そのまま甲府にむかう。それが偵察してきた省三の判断だった。

忍城からの次郎たちが越生村《おごせ》（埼玉県・越生町）の法恩寺《ほうおんじ》に入り、そこを本陣にした。越生は飯能戦争の主戦場からほど遠く、銃撃戦など皆無の場所だった。討ち取ったのは、遁走兵わずか1人である。将兵の名は、振武軍の副隊長の渋沢平九郎である。

現在、埼玉県の郷土史家において、『飯能戦争といえば、渋沢平九郎』といわれるほど、研究が進んでいる。

渋沢栄一（明治の大財閥・男爵）がヨーロッパから帰国し、仮養子（妻の弟）の平九郎の死を悲しみ、徹底して調べさせたことも起因している。平九郎は剣の達人だった。かれの死は悲劇として演劇、歌舞伎にもなっている。

それに神機隊がからんでいるのだ。ここは埼玉側の資料で紹介したい。

副将の22歳の渋沢平九郎が、飯能戦争に破れ、仲間とはぐれてしまった。ひとり顔振峠《かあぶりとうげ》にきた。茶屋の老婆から、秩父への道を教えられた。そんな武士の格好だと危ない、大勢の官軍が越生村にいると助言を受けた。

平九郎は大刀を茶屋に預け、変装してから、越生への道を下る。黒山村(三滝で有名)で、官軍(神機隊)の斥候3人に遭遇した。

平九郎は神官だとごまかしたが、見破られた。剣の達人の平九郎は、神機隊の2人を斬る。しかし、銃弾を一発受けてしまった。

3人の官軍が援軍を呼びに立ち去った間に、平九郎が石の上で自刃する。その後、平九郎の首が法恩寺門前の立ち木に晒《さら》されたという。飯能戦争の振武軍の敗残兵は、ことごとく斬首されていた。甲源一刀流の剣士だった杉山銀之丞《すぎやまぎんのじょう》も、鹿山峠で斬首されている。母親が、その首を袂にかかえて持ち帰っている。

ふたりは剣術に優れており、地元の伝承が平九郎の話と混同していた。

平九郎は渋沢栄一といとこであり、仮養子であり、妻の弟でもある。渋沢翁の下で、事実解明がなされた。

当時、東秩父村の医師だった宮崎道泰《みやざきみちやす》が、官軍の要請で越生に出むいた。重体の神機隊士を治療するさなか、なぜ、こんな大怪我をしたのか、と宮崎が訊いた。後日、それを記録した文面とスケッチが見つかったのだ。

宮崎医師の証言とは別に、越生の旧家からも、さらし首の図が見つかっている。梟首《きょうしゅ》は越生の法恩寺でなく、徳田屋の脇の立木らしい。

「名も知らない屍を晒《さら》すとは、武士道に反する」

「恥ずるべき、断じて許せない行為だ」

現代の感覚でみると、さらし首はまさに残忍な行為である。平九郎のさらし首にたいする批判の文献は、埼玉県において実に多い。

ただ、戦争は残忍だし、人間を狂気にする。その認識が甘いのか、あるいは地元贔屓《ひいき》なのか、ややヒステリックな批判だともいえる。

明治時代に入っても、江藤新平（法務卿・法務大臣）すら梟首されている。第二次世界大戦でも、日本軍は武勲として、敵の大将クラスの首を日本刀で刎《は》ね、公衆の面前に曝《さら》し、敵への警告代わりにしている。

平九郎の亡骸（胴体）は黒山村の全昌寺《ぜんしょうじ》、頭部は寺僧が法恩寺の林に埋めていた。『脱走《だっそう》のお勇士《ゆうし》さま』と村人たちの寄り合いの涙話になっていたらしい。

渋沢翁が平九郎の遺骨を東京・谷中墓地に移し、上野寛永寺で法要をおこなった。

明治26年になり、平九郎が切腹した名刀が、元神機隊の川合三十郎隊長の許にある、と渋沢翁は知り得たのである。

「平九郎の死はどんな状態でしたか」

渋沢翁は川合から小刀が贈られる厚意に感謝しながら、そう訊いた。川合は飯能戦争に立ち寄らず、甲府に出むいていたのだ。忍城からの分遣《ぶんけん》隊長だった不動明の藤田次郎が、その当時を知っている。

「わが隊の、小目付の長沼主悦助（神官出身）たち6人の斥候が黒山村で、貧しい身なりに変装した士（平九郎）と遭遇した。生け捕るつもりだったが、いきなり斬りつけられた。壮烈な勇士だ、と長沼から聞きおよんでいます」

埼玉史料通り、変装した平九郎が遭遇した官軍に、武士ではござらぬ、神主です、と偽ったとすれば、長沼は神官であり、尋問で見破ったのだろう。（長沼の子孫には、長沼健・日本サッカー代表監督、日本サッカー協会会長がいる）

隊中の長沼たちの報告で、次郎が越生本陣から黒山に駆けつけた。渓流の脇にある盤石の上で、平九郎はすでに切腹していた。

『その屠腹《とふく》の状態は従容《しょうよう》（落ち着いて慌てず）であり、天晴《あっぱれ》な技でした』

次郎は渋沢栄一にそう述べている。

切腹に使われた小刀が次郎から、実質的な総督ともいえる川合の手に渡った。

「小刀の装飾はみるからに実用的で、かつ替目釘《かえめくぎ》を使った名刀でした。余は甲府に着陣しており、持ち主は見ておりません。しかし、この武士は尋常でなく位の高い人だろう、と推察しました。藤田から譲り受け、愛蔵の品として、幾星霜《いくせいそう》、つねに磨き、座右《ざゆう》においておりました」

「切腹の刀が遠く広島にわたり、川合どのの手でていねいに保管されていた。平九郎は、あの世でも冥利で喜んでおるでしょう」

渋沢栄一翁が、当世稀《まれ》に見る士だ、と川合を褒め称えている。

飯能戦争、小田原戦争において、神機隊は兵をあっちこっちに割かれ、バラバラになり、意思の疎通も悪くなった。軍資金が消耗していくだけだった。

「大村の言いなりになることはない」

怒った3番小隊長の清水永賀《えいが》が、あえて甲府から江戸に上がり、医者の小川道甫と合流した。ふたりして江戸城に上がり、参謀の大村益次郎に面会した。

「甲府には賊兵が一人もいないではないか。新撰組の残党がいるわけでもないし。神機隊を甲府に永く滞在させていたければ、軍費を支給するべきだ」

清水が怒りと不満をぶちつけたのだ。

「いませんでしたか」

「貴方は、かりそめにも総統府の軍師だ。わかっておったはずだ」

「軍務官です」

「同じようなものだ。わが神機隊は自費で、広島藩の名誉回復を図りにきた。このままでは、自前の軍資金が底をついてしまう。この官軍の『肩章の二葉』はお返しする」

清水が肩章を外した。

「江戸にいても、費用は掛かります」

大村は平然とした口調だった。

「われら神機隊は理想に燃えた集団だ。目的はひとつ、奥羽にある」

「関東を平定した上で、諸藩が団結して奥羽越31藩と戦うべきです。いま、西側の諸藩が次つぎ駆けつけてきております。拙者は、奥州戦略と軍資金の調達を図っております。もう少し、お待ちくだされ」

「われらの自費は、甲府や飯能で使うべきものじゃない。このままタダで使う気か。補填《ほてん》してもらう」

「そこまでおっしゃるなら、5月28日付で、神機隊が江戸に帰れるよう、総督府から正式に通達してもらいます。ちょうど良かった。同日付で、招魂祭《しょうこんさい》の通達を出します。6月2日、江戸城・西の丸の大広間です。参列してください」

「5月28日付の帰府の命令で、家中がそろって招魂祭に出られるはずがない。神機隊を分断し、あちらこちらに飛ばしたのはそなただろう」

清水は頭に血がのぼっていた。

「それならば、小川どの、おひとり代表で」

この招魂祭は関東、奥州の戦いで戦死、あるいは療養中に死去した者を祀るものだった。大村が総督府から、江戸在住の諸藩の隊長に参拝を命じたものだ。神機隊は王子村で1人、死者が出ている。医者の小川道甫が代理出席を決めた。

神機隊帰府（帰京）の命令書は、5月29日に甲府に届いた。

高間省三たちは甲府にいなかった。柳原副総督府（山梨県知事・2代目）から、

「小田原の賊兵が甲斐国・山中（現・山中湖村）から、甲府に侵入するはずだから、そこを警備してほしい」

と拝み倒されて、省三たちは富士山麓の箱根方面まで出むいていた。しかし、小田原戦争はすでに終わっていたのだ。

神機隊員は、ばらばら江戸の泉岳寺に引き揚げてきた。広島藩の名誉回復につながる成果など、何ひとつなかったといえる。大村に対する罵詈雑言《ばりぞうごん》だけだった。

この折、芸州広島藩より親書が届いた。大坂の広島藩蔵屋敷の出陣儀式で、平山が長勲《ながこと》に藩政改革を述べた。長勲が藩政の大改革に着手し、浅野飛彈など有為の人才を登用したのだ。これごは戊辰《ぼしん》の戦いに藩兵を積極的に繰り出す、という内容だった。

「バンザイ。われら広島藩にも、平山にもバンザイ」

泉岳寺の本堂は沸き上った。

「実にうれしい。執政・辻将曹の非戦論だけだと、わが藩は出遅れっぱなしだ。いまや、非戦論は時代遅れだ。応変隊など、諸々の隊を戊辰の戦いに投入するべきだ。そのための藩政改革だ。拙者は長勲公にそう訴えた。それが理解された。広島藩の名誉回復には、全藩兵が一致団結して行うべきだ。同志諸君、そうは思わないか」

本堂がたちまち急に静まった。

「拙者はすぐ広島に帰り、藩の新重役たちに、具体的に訴え、しっかり理解してもらう」

「いま、広島に帰っても仕方ないことだ。われら神機隊が手本を見せたわけではない。忍城、飯能、甲府、何ひとつ成果はない。笑われるだけだ」

川合がみなの気持ちを代表して、そう言った。

「否、拙者の帰国は一刻を争う。戊辰の戦いが終わってしまったら、広島藩の影が薄くなったままだ。拙者は広島に帰る」

これを止める者もなく、本人の意思に任せた。

平山は6月11日に帰藩の途に就いた。(平山はその後、遂に神機隊に戻ってこなかった)

第12章　奥州へ

6月25日、神機隊の参謀と隊長らが江戸城の総督府に出むいた。川合三十郎、橋本素助、高間省三も加わっていた。

「朝廷は9月にも奥羽越を平定したい、という算段です。神機隊はすみやかに疾行《しっこう》して、戦地に赴いてください」

大村が神機隊の訪問の目的を先取りした。

「奥羽への再命、と考えてよろしいのですな」

川合三十郎が確認した。

「そうです。先般、神機隊の清水永賀《えいが》隊長がいらして、自費の出陣なのに、戦費の浪費だ、とはげしく苦言を申されました。総督府の軍判事として、心苦しく、神機隊の奥羽出陣に6500両を用意いたしました。お使いください」

「ありがたい申し出です」

神機隊の面々には驚きの表情があった。

「じつは6月16日に平潟《ひらかた》（茨城県）にむけた、第一陣の輸送船を品川港から出立させています」

「えっ、耳を疑うはなしだ。神機隊が4月には錦の旗を賜わったと知っておりながら、それを差し置いて。われらを関東に引き留めておいて、第一陣を出すとは姑息《こそく》ではないか。江戸の総督府は平気で、そういうことをなさるのか」

知将の橋本素助が、大村の顔色が変わるほど突っ込んだ。

「状況の変化です。5月15日、官軍の上野山を攻撃したあと、輪王寺宮が竹林坊光映に擁護《ようご》されて上尾久村に遁《のが》れました。翌16日には浅草の東光院《とうこういん》、17日は市ケ谷の自證院《じしょういん》に移り、同25日に品川より軍艦に乗りました。そして、平潟に上陸し、6月6日には会津に入っています。奥羽《おうう》越列藩同盟《えつれっぱんどうめい》の法主（元首）の構想があります」

軍師・大村がさらに弁をすすめた。

「この31藩の同盟の23項目には、関東に侵攻し、江戸城を押さえる、という項目もあります。江戸を火の海にはできない。平潟への第一陣として、6月13日に薩摩藩、大村藩、佐土原藩の3藩を品川から出港させました。ご理解いただきたい」

「納得できぬ」

「緊急やむを得ない処置です。5月28日付で、神機隊が江戸に帰れるよう、通達もしております」

「それは詭弁《きべん》だ。清水永賀が苦言を申さなければ、頬被《ほおかぶ》りしていたはずだ。6500両で、われらの『会津追討の錦の旗』を買った気でおられるのだろう」

「それはありませぬ。絶対にありませぬ」

「大村どのは策士だ」

「弁解じみて聞かれるかもしれませんが、緊急時の対応でした」

「経ってここに及んだからには、戦費６５００両はいただく。大村どのが命じた、平潟上陸作戦を聞かせてもらいたい」

橋本が不快な顔で、話をさきに進めた。

「磐城平城《いわきたいらじょう》の周辺で、仙台藩、米沢藩などが大挙して軍を構えております。奥羽越列藩の核は、家康公も怖れた、東北の雄・62万石の伊達仙台藩です。最大の攻撃相手です」

陸前浜街道《りくぜんはまかいどう》から北上し、仙台藩を攻撃する。もう一つは、白河口から会津に攻め入る。そのためにも、平潟から上陸して磐城4藩を落とす必要がある、と大村が強調した。

磐城4藩とは湯長谷《ゆながや》、泉、磐城平《いわきたいら》、相馬藩である。

「この大村の誠意として、神機隊には長州藩の蒸気船・飛順号を貸与しましょう。品川港から7月5日以降なら、いつでも可能です」

飛順号は小型蒸気船ゆえに、神機隊の重い武器のみをまず平潟港に運ぶ。この間に、神機隊の隊士らが陸路で銚子にいく。飛順号が平潟で兵器を荷揚げし、とんぼ返りで銚子港まで引き返す。そして、神機隊の隊士を平潟に運ぶ。

「こうすれば、最短で平潟に入れるでしょう」

大村が恩義がましい口調で輸送策を語った。

神機隊の誰もが、採否を語らなかった。

「ご存じかな。小笠原長行と板倉勝静《かつきよ》のふたりが、奥羽越列藩同盟の参謀です」

「えっ、あの小笠原が奥州の参謀に」

やや後ろにいた省三が最も大きな声を上げた。省三の脳裏には、小笠原暗殺計画がよみがえっていた。

「さようです。長州藩にとっても、にくき小笠原です。奥羽越列藩同盟にあの小笠原がいるかぎり、長州は手加減しません」

大村の決意が伝わってきた。

「飛順号をお借りしましょう」

川合が決断した。

(老中小笠原さえいなければ、幕長戦争は回避できたはずだ。諸悪の根源だ。奥州の小笠原と戦うぞ)

省三の眼が決意で燃えていた。

7月5日朝
川合三十郎や加藤種之助などが陸路で江戸を発し、銚子港に向かう。
同日、橋本素助、藤田次郎、高間省三らが、品川港から飛順号に、大砲、小銃、部品、武器、食料、銃弾、砲弾などを積みこんだ。港の常夜灯に明かりが入ったころ、飛順号が出航し、だれもがほっと一息ついた。
房総沖に出ると、波風が強くなってきた。夜明けの波が甲板に跳ね上がる。船体が左右に揺れる。やがて、前後の揺れになった。海上の白い波頭が一段と高くなる。暴風雨の予兆らしい。

「この嵐は尋常《じんじょう》じゃない。風の向きが変わった。品川に引き返した方が良い」

飛順号の船長がそう判断した。

甲板の四斤山砲《よんきんさんぽう》がミシミシ揺れる。台車の車輪を縛る縄が緩みはじめた。大砲を海に逃がさせると、元も子もなくなる。

「海には、よく祟《たた》られる」

省三の呟きが、船長に聞こえたらしい。

「芸州広島は疫病神だ」

いつもならば、許せぬ、と省三は食ってかかる性格だった。いま戦う相手は長州の船員ではない、会津だ、と怒りを抑えきった。

「車輪が動けば、甲板に裂け目ができる。積み荷を捨てないとダメだ」

船長が指示した。

「戦場にいく武士には、重要なものだ。廃棄を命令すれば、斬る」

省三は刀の柄に手をかけた。

「他藩の船だと思って、転覆させる気だ……」

船長が不満の眼差しをむけていた。

飛順号は、このさき漂流すること70余里（280キロ）になった。本来ならば、平潟に到着し、神機隊の兵器を陸揚げしている最中だ。そのうえで、飛順号はとんぼ返りで、銚子港に向かう予定だった。

暴風雨が収まってきた。飛順号は方位をつかみ、房総に向かいはじめた。夕暮れ空の下で、水平線が蒼い真一本の線で描かれていた。

省三の眼には、遠くに常夜灯が確認できた。一方で、旅姿の綾が志和にやってきた日の、夜の帰り道を思い浮かべていた。


綾が脹脛《ふくらはぎ》の筋肉痛を起こし、路傍《ろぼう》でしゃがみ込み歩けなくなった。

提灯を持たせた綾を背負う。そして、省三は瀬野川沿いの割庄屋《わりしょうや》の屋敷まできた。長屋門《ながやもん》の厚い門の両側には、使用人の居所があるはずだ。

「頼もう。拙者は神機隊の砲隊長、高間省三と申すもの。女子が足を痛めた。一夜をお借りしたい」

使用人部屋の窓から、顔にシワの多い老人が顔をだした。省三は、確認のために顔を提灯に近づけた。

「これは、これは。すぐ、主人をお呼びしてまいります。ひとまず、内にお入りください」

門がぎーっと音を立てて開いた。茅葺きの寄棟作《よせむねづく》りの母屋の玄関まで老人が案内してくれて、ご主人様、ご主人様、と呼びかけた。

割庄屋の礼三郎は40歳代で、細面の顔だった。省三が事情を説明していると、奥から家族や使用人が6、7人も出てきた。代官が村回りに来ると言っただけでも、準備が大変である。神機隊の砲隊長で、武具奉行の嫡子が不意に現れた、となると大騒ぎだ。庭に篝火《かがりび》を焚きなさい、お湯で足を洗ってもらいなさい、お酒の用意をしなさい、お風呂を用意しなさい、と主はあれこれ指図する。

　省三と綾は上り框《かまち》で腰を下し、老人に湯桶で足を洗ってもらう。省三の脳裏には、ヤヤを産みたい、と言った綾のことばが回転していた。

「奥の間にどうぞ」

「主、夜分申し訳ない。火急の用で、夜間、城下に向かっておったが、余の許嫁の綾が足を痛めた。すまぬな」

「何を申されます。神機隊の砲隊長、武具奉行の嫡子《ちゃくし》さま、許嫁《いいなずけ》さまがお泊り下された、末代までの名誉でございます。代々、語り継がれます」

　奥行きのある広い屋敷だった。板張りの部屋、中の間、そして奥の間へと向かう。数奇屋《すきや》書院造りの客間に通された。巡視の代官などの接客用だろう、畳敷きだった。床の間の花瓶には水仙が活けられ、掛け軸には頼山陽の漢詩の筆文字が描かれていた。

「お酒を用意します」

「先に、お風呂を使わせてくれぬか。酒がまわると、逆上《のぼ》せる性質《たち》でな」

　この当時の豪農には、建物内に据風呂《すえふろ》（釜風呂）があった。

「湯桶を入れ替えますから、多少のお時間をくださいませ。お茶をお持ちします」

　主が両手をついてから、引き下がった。

　障子窓が明るくなった。庭で篝火が焚かれたのだろう。障子を開けてみると、馬小屋があった。

白い土蔵、灰小屋、作業小屋、木小屋などが建ちならぶ。

綾は妙に緊張した顔で、かしこまっていた。やや下向きで、ことばが喉で止まっているのか、ずっと無言だった。小時した後、風呂の湯が沸いたという。

「こんな時間です。ご一緒にどうぞ」

混浴は当たり前の時代だった。

「そうさせてもらう」

「お武家さまには粗末な浴衣ですが、湯上がりにお使いくださいまし」

主が二人分を持ってきた。

省三がさきに座敷棟から、池庭沿いの渡り廊下を行くと、そこには風呂場と雪隠《せっちん》（便所）があった。風呂場は薄暗く、釜戸の火だけが唯一の明かりだった。据風呂は1人分が入れるだけの、円形の木桶だった。

五右衛門風呂は鉄製の缶だが、据風呂は5分の4が木製で、残りが鉄板（鉄砲とよぶ）である。釜の薪の熱がその鉄から伝導し、湯桶に張った水を温める形式だった。うっかり鉄砲にさわると、火傷してしまう。

釜戸の薪がバチバチ燃えている。煙の臭いがただよう。小窓を開けると、月明かりが入ってきた。

省三は肩まで身体を沈めた。綾が待ち遠しかった。一方で、寝床で綾と抱き合う、その瞬間を心待ちにする自分を意識した。遅いな。これでは湯に逆上せてしまう。綾は羞恥心から、来ないのではないか。

柔らかな足音が廊下から伝わってきた。そして、立ち止まった。恥じて、どこまでも躊躇《ちゅうちょ》しているようだ。

「省三さま、こちらを見ないでくださいまし」

綾が着物を脱ぎはじめたのか、衣擦《きぬず》れの音が聞こえた。省三の耳は敏感だった。

「湯加減はいかがですか。薪をもっと燃やしますか」

綾はきっと長襦袢《ながじゅばん》姿だろう。

「ちょうどよい」

省三は目を逸《そ》らしていた。それが綾に対するいたわりだと思った。綾がふたたび脱ぎはじめた。丁寧に脱衣を畳んでいる、と気配から想像できた。簀子《すのこ》が踏む音で鳴った。

「お背中をお流しします」

「さようか」

湯桶から立ち上がった。そして、出る瞬間、裸身の綾をみた。白い艶やかな肌が、釜戸の赤い炎で反射していた。綾は白と紺の模様入りの手拭いで、からだの前を隠す。綾の頭から足先まで、省三は視線を這わせた。首筋、肩、背中、くびれた腰、太もも、からだの線が幻想的な滑らかさで美しい。

省三は女の肉体をじろじろ厭《いや》らしく見る男に想われそうだと、すこし視線を外した。

「後ろを向いてくださいまし。お流しします」

綾が手桶に手を伸ばす。

「これでよいか」

とさっと背中を向けた。綾が手拭いに、米ぬかをつけているようだ。綾の手が伸びてきた。省三はふり向いて、綾の裸身を見てみたい衝動に襲われる。

「死なないでくださいまし」

「生きて還ってくる。綾のためにも」

「省三さまのヤヤをお産みし、お待ちしています」

綾がふいに背中に抱きついて、両手を背後から回してきた。乳房の膨らみが、背中で押しつぶされた毬《まり》のような弾力を感じさせた。それは驚きでもあった。

綾の震える嗚咽《おえつ》が耳もとにあった。

「泣くではない。綾は今宵、武士の妻になる身だ」

上手なことばではないな。省三は背中を圧迫する、丸っこく弾力のある乳房を受け止めながら、この場に似合うことばをなおも探していた。

「綾も湯に入ると良い」

省三は、背中にかけられる湯を心地よく感じ取っていた。綾は浴衣でなく着物姿だった。

湯上りの後、客間に戻ると、すでに料理が並べられていた。

庄屋としばしの話で酒が入り、やがて床に入った。行燈《あんどん》を消したが、月明かりがあった。後ろ向きの綾が帯をほどく。着物を双肩から落とした。淡い色合いの長襦袢が、柔らかそうな豊かなからだの線を縁取る。

綾が長襦袢の帯紐《おびひも》もほどき、足もとに落とした。赤い腰巻姿が浮かぶ。ふり向いた綾が、ふたたび恥ずかしがる顔を手で隠した。乳房が輪郭よく盛り上がる。

省三が掛け布団を持ち上げると、綾は指の隙間から見たのだろう、裸身を滑らせてきた。思い切り、抱きしめた。

（嫁になれば、この綾のからだが毎日、愛撫できるのだ）

その感情の高まりは、過去になく得がたいものだった。

あの綾の裸身が忘れられぬ。赤・青の船灯が揺れる船上で、省三の心はいつも綾のところに飛んでいた。

平潟港（茨城県）は官軍の上陸地点

陸路を行く部隊は、7月8日には銚子港に着いた。しかし、飛順号は現れなかった。2日間も銚子で無駄な日を過ごす。

川合三十郎の判断で、銚子から平潟《ひらかた》港へ陸路を決定した。7月10日には利根川を遡り、午後の申《さる》の刻（夕方4時ころ）に常州鹿島に着くと、ここで宿営した。そして、鹿島港から因州鳥取藩の汽船に便乗し、平潟に向かう。

省三が乗船する飛順号の平潟入港は、7月11日の昼過ぎだった。兵器の荷揚げがはじまった。平潟総督府の事務方の役人が、飛順号の接岸場所までやってきた。現況を問えば、いま磐城平城の総攻撃のさなかです、と答えた。

（もう総攻撃？　早いな。やはり、あの大村は策士だ。神機隊は策略にかかり、江戸に引き留められていたのだ）

省三は口惜しさを感じた。

「なぜ平潟で、仙台藩や相馬藩は、官軍に対して抵抗をしなかったのか」

省三には不可解な疑問だった。そちらを口にして聞いてみた。

「実は、平潟名物のアンコウから、食中毒のコロリ（コレラ）が発生していたのです。仙台軍がコロリを恐れて平潟を放棄し、磐城平あたりまで逃げていました」

それを知らずに軍艦でやってきた薩摩藩、岡山藩、大村藩、柳河《やながわ》藩、佐土原《さとはら》藩の兵士たちは安々上陸できた。疫病《えきびょう》が官軍の追い風になったのだという。

「賊将の榎本釜次郎《えのもとかまじろう》が、仙台藩の石巻におります。時々、軍艦を派遣してきて、この平潟を攻撃するので、広島藩はそれに備えてほしい」

「神機隊は、こんな閑地を守衛するために、広島から来たわけじゃない。すこぶる本志《ほんし》に背くものである。引き取られよ」

省三が役人を追い払った。渋々と帰って行った。

「磐城平城の戦いに、大砲隊を中心にして、25人が駆け付けるべきか。ここは動かず、陸路隊と合流するべきか」

飛順号できた橋本素助、藤田次郎、高間省三の3人が協議に入った。

「隊がバラバラになれば、錦の御旗を汚すことになる。まして、最後の決戦ならば突撃もあり得るが、ここは隠忍自重《いんにんじちょう》で行こう」

　橋本の意見に従った。それでも、

「甲府などに行かせて、あの大村益次郎が。江戸城で、叩き斬ってやればよかった」

不動明王の次郎が過激なことばを吐いていた。

　7月13日、磐城平城が10日余りの戦いの末に落城した。

　7月15日午後4時、因州鳥取藩の汽船に便乗した陸路隊が平潟港に着いた。磐城平城の落城には、神機隊のだれもが愕然《がくぜん》としていた。

「戦いに後れを取った。理由はいかにあれども、武士にとっては卑しくも恥ずかしい。錦の御旗を貫いながら、何たることだ」

　川合三十郎が手で切腹の真似をした。

「会津城は落ちていない。まだ、激戦地はあるはずだ」

　橋本素助が冷静な口調で言った。

　そのさなかに、平潟総督府の事務方がまたしてもやってきた。

「くり返しますが、榎本の艦隊が時おり、仙台兵士を運んで平潟に上陸させております。交戦があるでしょうから、平潟を守ってほしい」

「そなたとすれば、役目だろうが、話すだけ時間のムダだ。われらは磐城平に下り、四条奥羽《よんじょうおうう》総督《そうとく》や参謀とじかに談判する。それで戦場を決める」

川合が断った。

「コロリが流行《はや》っておる、こんな平潟におられるはずがない。いずれにせよ、海上の軍艦と戦争する気など毛頭ない」

不動明王の次郎が罵声の口調で言った。

事務方は粘っていたが、もはや、だれも事務方など相手にしていなかった。

7月17日
日の出の気配とともに、平潟の入り江から漁船が出港する光景があった。

洋装軍服の神機隊の隊員が、二列縦隊で、平潟の海岸に勢ぞろいした。銃、弾薬、食料の約34キロの重量を背負う。右手には小銃を持つ。全員の絹製の肩章が朝の陽で光っている。彰義隊の『肩章の二葉』から解放されていた。やはり自軍の章はよい、と省三は感じ取っていた。

「錦の御旗、軍旗隊に敬礼」

御旗方から号令がかかる。そして、川合三十郎の訓示があった。

「これから神機隊は磐城平にむかう。まだ、平藩の藩士の掃討《そうとう》が終わったわけではない。いつなんどき、銃弾が飛んでくるかもしれぬ。決して、緊張感をゆるめてはならぬ」

訓示がおわると、また号令がかかる。そして、楽器隊による2拍子、4拍子の小太鼓が鳴り響いた。全隊兵らが整然と陸前浜街道を行進する。

多くの平坦地には田畑が広がる。育った稲が朝露で光る。一方で、焼失した民家の焦げた悪臭が街道まで漂う。硝煙も鼻に突き刺さる。庚申堂《こうしんどう》も、地蔵も吹き飛んでいた。先々は戦い後の焦土となっていた。

7月18日

この日、江戸を東京と改称する。

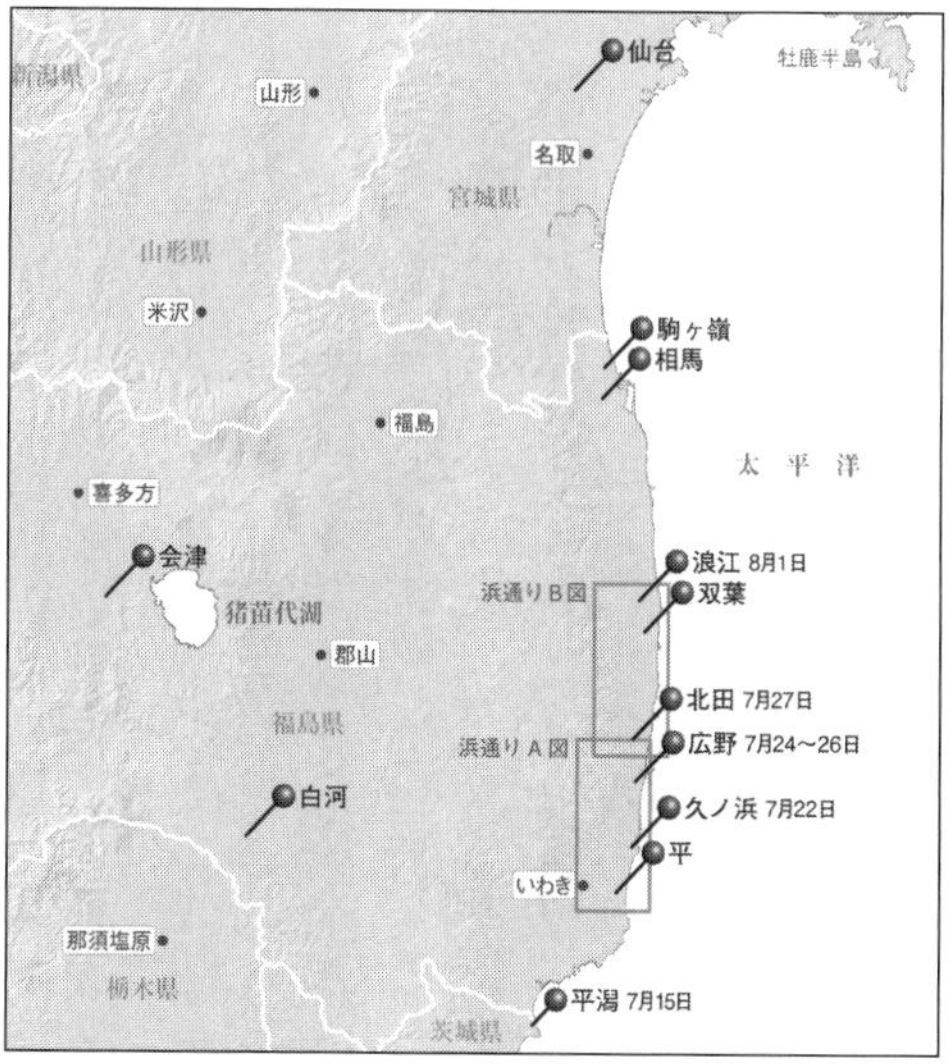

関係地図　会津戦争

神機隊の幹部は磐城平に入ると、家中の代表が陸前浜街道から折れて、平長橋村の性源寺《しょうげんじ》に出むいた。落城した磐城平城の近くだった。参道を行くと、寺門の厚い扉には銃痕がいくつもあった。境内には、まだ硝煙の臭いがただよう。

本堂には『奥羽出張病院』（野戦病院）が設置されている。西洋医学の技術をもつ関寛斎《せきかんさい》（38歳・千葉県大網出身）は徳島藩の藩医だった。6月には品川から乗艦して平潟に上陸し、院長になった。すでに、磐城戦争で負傷した兵士の治療にあたっていた。

総督府の参謀は、長州藩士の木梨精一郎《きなしせいいちろう》と、因州《いんしゅう》鳥取藩の河田佐久馬《かわださくま》だった。軍監として、四条卿の家臣の伊藤源助があてられていた。

神機隊は性源寺の境内で、木梨に面談を求めた。川合と橋本も、幕長戦争では長州藩になんども出かけているが、温和な顔立ちの木梨とは初対面だった。

交渉する側では、神機隊の御旗方の隊士が、菊の御紋が刺繍《ししゅう》された『錦の御旗』をもって立つ。

「わが神機隊の兵は、磐城平城の戦に遅れました。このさきは、先鋒《せんぽう》として働きたい。その配慮をお願いしたい」

川合が話を進めた。

「さようですか。会津へ進軍すべき部署（ルート）は、2通りあります。一つは、磐城平より白河をとおり会津へ進軍する。もう一つは陸前浜街道で、相馬から仙台藩へと進む。そして会津に入る。どちらを希望されますか」

木梨は長州藩士に似合わず、妙におとなしい口調だった。本堂横の縁側に広げた絵図で、経路を説明してくれる。こちらの意志を最大に尊重する態度だった。

川合と橋本が腕組み思慮していた。

「どちらが激戦を予想されますか」

省三が闘志に燃える態度で、割り込んだ。

「それは、海沿いに進む陸前浜街道です。情報では、東北の雄・伊達仙台藩と、平将門《たいらのまさかど》の血筋の相馬軍が、堅固な要塞《ようさい》を随所に構えております。激戦つづきが予想されます。道のりは遠く

35里もあり、各所の敵兵を撃破していく、とても難儀な戦いが予想されます。じつは薩摩藩に決まっておりますが、逃げたがっております。難儀だと、わかっておるのです」

「薩摩が逃げるなら、申し分ない。神機隊はそちらを望みたい」

省三が身を乗りだした。

「高間隊長、あまりお勧めできない。相馬、仙台、そして会津への距離はすこぶる遠いし。反面、白河関はすでに土佐の板垣退助隊に落ちたも同じ。広島藩は錦の御旗をお持ちですから、白河を希望されて、はやくに会津に入られた方がよろしい。会津盆地の峠を突破さえすれば、そのさきはもう会津城です。会津城は兵糧《ひょうろうぜ》攻めにすれば、いつかは落ちます。容保は亡き孝明天皇とも親しく、幼い明治天皇と戦う気などありませんよ。家老や重臣がどう動くか、それは読めませんけどね」

木梨は、どこまでもやさしい口調だった。

「なぜ、楽な方をお勧めされるのか、木梨殿は」

橋本が理由を聞いた。

「幕長戦争で、仲介に立つ広島藩が幕府軍の進撃につよく抵抗してくれました。この間に、長州全土が戦いの準備ができました。だから、焦土にならず、長州が救われた。せめての、ご恩です」

「高間君、どうする？」

川合が訊いた。

「木梨殿の申し出はありがたい。しかし、われら同志隊の挙兵はあくまで広島の名誉回復です。

安易な道は望みません。神機隊は戦闘が多くして、かつ攻撃困難なる方を望みます。薩摩が逃げ腰ならば、なお好機です」

「高間どの、そうはおっしゃるが、相馬藩と仙台藩の聯合《れんごう》軍は、形勢を立て直し、この磐城平城の奪還《だっかん》を目指しておるはずです。戦略上、この磐城平城は重要です。ここを取り返せば、平潟から幕府軍艦にのり、江戸・品川へ攻撃できる。かならず、取り返しに来ます。平潟でコロリが流行り、奥州は盤石《ばんじゃく》な態勢でなかった。そこを官軍に突かれて、磐城平城を落としてしまった。弱くて負けたわけじゃない」

「それは平潟の役人から聞いております」

「侮れない、恐しく強い相手です。敵には地の利があります」

「地の利とは？」

「磐城平から仙台まで、どこまでも海岸沿いの平坦地です。攻撃しにくい。敵からは、こちら官軍の行動が丸見えですから」

右手が太平洋で、左手は遠くに阿武隈《あぶくま》高地の低い峰々が見えるくらいで、幅3～5キロの平坦な帯状のなかを走る。真っ平らな見通しの良い田園地帯ばかりである。

海に沿って北上すれば、進路は間違えない。ただ、丘陵や樹林帯や川など、ほんのわずか。民家も少なく、逃げ隠れはできにくい、戦いにくい地形だ、と木梨はなんども強調する。

（敵に姿をさらしたら、どんな戦いになるのか）

省三にすれば、戦術の閃《ひらめ》きはなかった。やってみないとわからない、と思った。神機隊はこれまで、山々に囲まれた志和盆地の軍事訓練だった。海岸に沿った平坦地つづきは、瀬戸内海の芸州広島にもない地形だ。

「参謀の木梨どのの気持ちはありがたい。しかし、楽な戦いは本意ではないのです」

省三の眼には曲げない光があった。

「高間君の決意を尊重しよう。われらは磐城平城で戦わず無疵《むきず》だ。ここで楽な方を選べば、高間君の言うとおり、広島の名誉回復の趣旨から外れてしまう。激戦地に突入しよう。強い結束で、まず相馬と仙台に向かおう」

川合と橋本が快諾してくれたので、省三は嬉しかった。

この日のうちに、薩摩藩がごり押しして因州鳥取藩の中隊に代わった。神機隊が276人、因州鳥取隊が約300人で陸前浜街道の戦いに臨む。因州鳥取藩の河田佐久馬が、こちらの参謀に入った。

明7月22日早朝

神機隊の276人は久ノ浜《ひさのはま》駅へと北上をはじめた。磐城平城から約3里先である。

2列で整列した神機隊は家中（家臣）、隊兵とも全員が重い荷物を背負う。楽隊の行進で、歩調は同じ。通常時の行進訓練では、1日7里から8里（31キロ）と決めている。戦闘のさなかは、昼夜兼行で15里から16里（62キロ）の強行軍の訓練もできている。

海岸に沿った平坦な田畑ばかり。左手遠くには山脈が見える。それも高い峰や巨嶽ではなく、雑木林だった。瀬戸内にない物珍しい風景があっても、隊兵の顔と目は1分たりとも遊んでいない。

突如として攻撃を仕掛ける敵にそなえるために、左の隊列の眼はつねに太平洋側を向いている。右側も同様に、阿武隈高地の山裾野までの幅広い3～5キロの大地の敵に備える。

兵器や弾薬の輸送は隊列の中ほどに配置している。小荷駄《こにだ》を含めて後方におかない。それは、全員が前後して兵器や食料を守るためだ。その輸送の荷は遅れさせないために、台車は早めの交代で押しつづける。

四ッ倉駅で、昼食の炊事をはじめた。食後はふたたび行進だ。隊兵らの大小便、靴紐の結び直し、草鞋《わらじ》の履きかえは、3丁（300メートル）以内で帰らないと罰する軍律だ。

波立薬師《はったちやくし》の海岸は荒磯で、風光明媚である。だれも物見遊山の眼にはならず、つねに臨戦態勢の緊張感を持っていた。小さな川にさしかかった。橋が落とされている。水練達者の5、6人が泳いで細ひもを対岸に渡す。次なるは、大綱を渡して両岸でつよく結ぶ。全兵隊と軍馬が渡っていく。そのさきは、長い白砂をひたすら北上していく。やや後方には、因州鳥取藩の約300人が隊列でやってくる。

粗末な建物が密集する久ノ浜駅に着陣した。旅籠、民家、寺などに分宿していく。すぐさま、複数の隊兵が宿陣のまわりの警備巡回に入った。

相馬藩や仙台藩が、磐城平城の落城後、どこまで敗走しているのか。奥羽越の聯合軍はどこで反撃の態勢を整えているのか。この久ノ浜周辺か、末続村か、広野か、木戸駅か。どこに本陣を構えているのか。その情報はとれていなかった。

　橋本素助の第2小隊と、佐久間義一郎の第6小隊が、あすの行動に備えて敵前偵察に出かけた。

　省三は旅籠の老主に、湾から突起した岬の名を聞いた。『殿上山《とのがみやま》』だという。むかしは古城で、姫が井戸に飛び込んで死んだ伝説があると教えてくれた。瀬戸内の島にも多い海賊城の地形によく似ている。

「古城は敵兵にも地の利がある。われらも、久ノ浜を巡視しておこう。それに、鳥取藩の砲隊長に会って情報交換をしておく必要がある」

　軍服姿の省三は略帽を被り、小銃を持った。山縣隊長補と高橋伍長の2人をつれて出かけた。殿上山の一帯を巡視するが、敵の気配はみじんもなかった。

　岬の袂の入江が漁港だった。手漕ぎ漁舟が舳《へ》先をならべて係留している。浜辺には大漁旗、浮き、網などが山積みされていた。褌《ふんどし》姿の40歳そこそこの潮焼けした漁師が、浜に漁網を拡げて修理する光景があった。漁師はお地蔵様に似た顔だった。

　女房が大きな胸をだし、赤子に母乳をやりながら、漁網の修理を手伝っている。半裸姿の子どもらが棒を振りまわし遊んでいた。

「ここらの海は、なにが捕れるのかな？」

　地蔵顔の漁師が、どきっとした表情を浮かべた。そして、軍服の襟章などを盗みみていた。

福島県・久ノ浜の殿上山（岬）

「……ヒラメ、スズキ、アンコウ、メバルがとれる」

そう言いながらも、漁師の眼が官軍の隊長が自分になに用かと探っていた。

省三は黙って聞いていた。

「シラス、コウナゴ、タコは真蛸と水蛸とイイダコ、それにカニは渡りガニと毛ガニ、サバ、イワシ、フグ。久ノ浜の海は小魚が豊富だ」

漁師は魚種を次々にあげる。

「漁法は？」

「刺し網だ。あれがそうだ」

「女房も、漁に出るのか」

「女っ子は絶対、漁船に乗せないだ。海神さまが焼き餅を焼くからだ」

省三はふいに綾の嫉妬ぶかい性格を思いだし、苦笑した。すると、漁師がいくぶん緊張顔をほぐしていた。

「地域によって、考え方はずいぶん違うものだな。瀬戸内の漁師は、所帯を持ったら、夫婦船だといい、ふたりして沖に出ておる」

「ここらは、四つ脚も船に積まないだ。犬もダメ。豚、牛、馬の肉を弁当にしてもダメだ。鶏肉なら、2本足だから、だいじょうぶ」

「さようか。相馬は馬の産地だと聞いているが、馬肉も食べないのか」

省三はあえて腰を低くし、目線を合わせた。

「ここは相馬領でも、磐城領でもない。天領だ。官軍の隊長さんは、どこだ？」

「芸州広島だ。知っておるか」

「それなら、毛利じゃ。巡業の役者が、『関ヶ原の戦い』を講談でやっておった」

「よく知っておるな、と誉めてつかわしたいけど、われらは浅野家の家臣だ」

「浅野家は、お家がお取り潰しと聞いたけど……？」

漁師が真顔で訊くので、山縣が愉快がって口笛を吹いた。

「船で口笛を吹くと、海が時化《しけ》る」

「それを早く聞いておけば、長い船旅で難儀しなくてすんだ。山縣は口笛で歌を吹くのが得意だ。疫病神だったのだ」

省三がヤユした。山縣が頭をかいていた。

気づくと、魚箱や漁具の陰から、子どもたちの数多くの眼が集まっていた。

「海に出ない日があるとか、そんな決め事はあるのか」

「8月の盆は地獄の釜が開くから、海に出ない」

「地獄の釜が開くのか、8月は……」

省三はふいにことばで言い表わせない、8月には何かしら不吉な胸騒ぎを覚えた。こんな体験などなかったのに、と嫌な気持ちにもなった。

「磐城平城の戦いで、どの程度の使役《しえき》に駆り出された？」

漁師の眼がとたんに脅えて、無言になった。

「無理に訊こうとは思わない。迷惑が及ばない程度で教えてくれ」

「……久ノ浜から磐城平まで、戦いの前に荷を運んだ。城下で煮炊きもやった。いまさら、嘘をつかないだ」

かれらはその間、漁に出られず、村じゅうが連れ立って雑役をさせられた口調だった。

「落城した後、相馬と仙台兵は逃げる時、どんな話をしておった？」

漁師はまたしても無言になった。省三は辛抱づよく待った。ぼそぼそ聞き取りにくい声で、漁師が語りはじめた。

「……官軍は鬼だ。鬼がきて宿を提供したり、道案内をしたり、内通したりすれば、悪の手引きだ。仙台・相馬軍が磐城平城を取り戻した暁には、連帯責任で漁師全員を処刑する。八つ裂きにしてやる」

（民に恐怖心を植えつけるのは罪だ）

「……官軍の軍役《ぐんえき》になったら、その者はからだの肉を削り、海にばらまいて、魚の餌にしてやる。女は裸にして家の柱に縛り、竹で叩き、火を放つ、と言われただ」

（残忍極まる私刑だ）

戦争は人間を残忍で狂暴にさせる。精神面でも脅す。これも罪だと思った。

「官軍は民にそんな仕打ちなどしない。敵と味方と別れて戦うからには、敵兵は首をはねても、民は大切にする」

そういうと、漁師は半信半疑な顔で、無言になった。

「300人前の魚を浜から集めて、神機隊の兵舎に届けてくれ。夜の酒の肴にする。これで間に合うか」

省三が懐から、父親から届いたばかりの1両小判を取りだした。

「多すぎるだ。小舟が1艘《そう》も買えるだ」

「取っておけ」

省三たちは波止場を離れた。そして、因州鳥取藩の隊兵が泊まる宿にむかった。ひときわ賑わう大きな商家があった。『柏谷』という看板を掲げている。酒、米、雑貨品、草履《ぞうり》、肌着、褌などが売られているようだ。神機隊、因州鳥取藩の双方の兵士たちがまとめ買いをする光景があった。店主の家族が大わらわで対応していた。

その隣が亀田屋旅館だった。山縣と高橋は玄関先で警備させた。

省三は、海が見える隊長の部屋に通された。

「これはようこそ」

近藤類蔵《こんどうるいぞう》は骨格の太い、武将らしい風格だった。

「回天第一神機隊の砲隊長、高間省三と申します」

「若いな。見るからに有能な顔だ」

「このさき官軍として、近藤どのと心を一つにする。戦歴から聞かせてもらえると、ありがたい」

「拙者の能力の吟味でござるか」

近藤は大きく笑ってから、因州藩京都表の警護では砲兵頭だったと教える。鳥羽伏見の戦いでは、正月5日に、近藤は淀川（宇治川）へと出陣したという。幕府軍が敗走したあと、近藤は大坂行在所の警備に残った。

　因州鳥取藩の本隊と土佐藩は東山道の出張を命じられた。1月21日、和田壱岐が旗頭、鳥取藩の河田佐久馬が参謀になり、出発した。甲府まで無抵抗だった。一方で、新撰組が『甲陽鎮撫隊』と名乗り、甲州街道を下ってきた。

「わが鳥取隊は勝沼宿で、新撰組と戦いました。圧勝です」

「近藤さんは、それに加わっていない。話は先に進めてください。わが神機隊も甲府の現地に入り、あらゆる人から、なんども聞かされておりますから」

「新撰組を相手にした熱の入る語りだが、聴きたくなければ、仕方ない。わが近藤隊は兵庫から横浜まで蒸気船に乗り、閏4月13日に江戸に入りました。上野山の戦いでは、わが近藤隊は和田倉門に待機しておった。河田佐久馬から出撃の要請で、上野黒門に駆け付けた。ここらもご存じで」

「わかっております」

「さようか。武勇伝はまたの機会として、磐城平城の戦いにのぞんだ貴隊は磐城平城の戦に間に合わず、遅れて、戦況を見ておらなかったとか」

　そう言わて、省三がむっとした。

「高間どのは、感情がすぐ顔にでる性格だな。まあ、それが若さというもの。わが武勇が貴殿の鼻についたら、即時、申してほしい。話題をすぐに変えるから」

平潟港には6月16日に上陸した。仙台藩と磐城3藩と交戦した。敵兵は、こちらの大砲の威力に驚いて逃げまわる。

「どんな大砲をお使いですか」

「わが近藤隊は前装大臼砲《ぜんそうだいきゅうほう》（有効な射程は800メートル〜1200メートル・重砲《じゅうほう》）でござる。こちらがどーんと撃てば、まあ、敵さんは逃げ足の速いことよ」

臼砲とは文字通り臼に似た形状で、砲身は1メートル、口径は20センチくらいである。

「重砲は、わが神機隊と同じ性能のようです」

「さようか。敵は前装軽砲《けいほう》（有効な射程500〜800メートル）であり、砲弾は小さな球形（テニスボール程度）で、飛んで来ても、身を伏せれば、あばよ、と逃げ切れる」

近藤は上半身を大きく傾けて、さよなら、とばかりに手を振って見せた。愉快な人物で、明け透けな人柄だと、省三はただ笑っていた。

「ここに面白い話がある。官軍に道案内を買って出たのが、小名浜を縄張りにする博徒《ばくと》だ。名は鉄五郎。子分は約10人。みずから官軍に道案内を申し出てきた」

鉄五郎は、よほど磐城の代官や役人を憎んでいたのだろう。磐城の陣地や砲台のありかを教えてくれる。官軍はその情報の下に、泉城、小名浜、湯長谷城と次々と攻撃を加えていく。やがて、磐城平城までやってきた。

「お城は3階櫓《やぐら》だった。城の南側には新川が流れておる。対岸の小島・谷川瀬に、わが佐久馬参謀の下で、近藤隊は陣取った。隣が長州藩の木梨精一郎の参謀の下、大砲をならべた。

このとき、白河城から板垣退助どの（東山道先鋒総督府参謀）が馬を飛ばしてやってきた。磐城平城の攻撃がもたもたして、平潟上陸隊がいつまで経っても白河に来ないから、会津攻撃に本腰が入らない。早く磐城平城を落とせ、と激励か、激怒か。ともかく、攻撃の催促にきたのじゃ」

7月13日の朝は霧が深かった。そこで総攻撃になった。

「敵の軽砲弾はお城から撃っても、せいぜい川の中にちゃぽり。こちらは榴砲弾《りゅうほうだん》だから、着弾すればドカーンと破裂して、人馬を30尺から60尺（約10〜20メートル）の範囲で殺傷できる。わが鳥取隊は川を渡った。磐城平の城下に突入すれば、中門櫓と大手門櫓から応戦してくる。しかし、雷雨となり、敵兵は火縄銃が撃てない。哀れなものよ。わが方は、ドンドンぱちぱちと攻撃できた」

近藤は胸を張り、自信に満ちた語りだった。

同13日の深夜、磐城平城から火が出た。自焼だ。お城の北側、戸張門から城兵たちが逃げて行った。

「博徒に勝たせてもらったわけだ」

省三が、近藤の自慢話の腰を折った。

「それはないけれど。これから陸前浜街道の進撃となれば、神機隊250人……？」

「276人でござる」

「さようか。因州鳥取隊あわせて、わずか576人。早々に砲弾も弾薬も尽きてしまう。総督府がどこで援軍をさしむけてくるか。勝敗はそれで決まる」

近藤は、とても2軍だけでは、本気で戦えない口調だった。

「戦いは勢いです。きょうはこれにて、ごめん」

省三は立ち上がった。

亀田屋旅館の玄関先では、高橋と山縣がしっかり待っていた。

「鳥取藩のやる気はどうでしたか」

猿顔の山縣が訊いた。

「どこまでも援軍待ちだ」

「やる気がないな」

高橋伍長が情けない顔をしていた。海岸通りを帰っていく。トンビが低空で滑空していた。

「……奥羽越同盟の諸藩がいま朝敵、国賊と言われているが、ほんとうに国賊だろうか。奥羽越31藩が揃いに揃って、日本の害だろうか」

「高間隊長が迷っておる。近藤砲隊長に、呪いをかけられてきたのかな」

山縣がちゃかした。

「そうじゃない。これまで長州藩が長く朝敵だった。いまは官軍となった。入れ替わりに松平容保《かたもり》公が朝敵だ。容保公は京都守護職の職務をつくされておった。天皇に弓を引いたわけでもない。容保公は孝明天皇からも信任が厚く、宸翰《しんかん》（天皇の直筆の手紙）と御製《ぎょせい》（天皇の和歌）を内密に下賜されている、と噂に聞く。これが、ほんとうに朝廷の敵だろうか」

「隊長の話はむずかしい。脳みそが違う」

高橋が太い指で頭をさす。

「天皇は国民の頂点だ。その天皇の眼からみれば、むしろ赤報隊を指図し、江戸で騒擾《そうじょう》（テロ活動）を起こした薩摩の方が悪いはずだ。鳥羽伏見で戦い、戊辰の戦に突入させ、日本人どうしを血に染めさせる。薩摩の方こそ、国賊に思えるのだ」

久ノ浜橋を渡った。海辺の砂嘴《さし》では子どもらが水遊びしていた。

「われら神機隊が3藩進発を提案した。天皇をお守りするはずの軍隊が、戊辰《ぼしん》の戦いに利用されてしまった。この戦いは薩摩と長州の下級藩士たちの私欲、権力欲がからんでおる。巧妙に仕組まれた罠《わな》だ」

「ワナね。戦争にきてまで、難しいことを考えるの、学問所の助教ともなると。高間隊長の頭のなかは、いつもくるくる回っておる」

高橋が眼を回す仕草をする。

「われらは広島の名誉回復でなく、速やかに戦争を終結させる、そして皇国の平和な国家をつくることだ。この戦争をそう考えるべきだ。3藩進発を推し進めてきた芸州広島藩は、諸国の民のためにも、戦争をはやく終結させる義務がある」

「義務かいのう……。広島の名誉回復の戦いと思うて、わしら奥州にきたけど」

山縣がひょうきんな表情をした。

「わしも、そう思って勇んできた」

「すみやかに戦争を終わらせる。もはや敵に討ち勝ち、はやく降服させることだ。これだけは違っておらぬ」

「ああ、よかった。敵に勝つ。これさえわかれば、戦える」

山縣が安堵していた。

旅籠の夕食後、省三たちは玄関に近い板の間で、漁師から届けられた魚を囲み、くつろぎの酒を飲んでいた。先刻の「戦争の終結の義務」を語っていた。やや、酒が回った頃、突如として、隊兵が土間に倒れ込んできた。軍服が血で汚れていた。

偵察に出ている橋本素助隊の福田松太郎（24歳）で、小目付だった。

「やられた。やられた」

福田隊士は激しく息を切らし、同じ言葉をくり返す。偵察隊に途轍もない事態が発生したのだろう。

省三はとっさに茶碗酒を床におくと、土間に降りた。

「なにが起きた？　水をすこし飲ませてやれ。一度に飲ませると、危険だ」

高橋が竹柄杓《ひしやく》を差し出す。福田が喉を鳴らして飲んだ。

「末続《すえつぎ》村の山麓『小坂』という集落で、わが隊がやられました」

「落ち着いて、話してみよ」

「農夫たち3人を道案内人に雇ったら、裏切られたのです。3人は浜辺の途中でふいに消えて、気づいたら、大勢の敵兵に囲まれておりました。いま、銃撃戦です。橋本隊長が、久ノ浜から援軍をよべ、というから、急いで知らせにきました。途中で、わしも撃たれた」

医者の小川道甫が、すばやく福田の傷の治療をはじめた。

「この久ノ浜にも、敵兵が襲ってくる可能性がある。末続村への応援隊と、ここを守る部隊と、全体を半分に分けよう」

家中が緊急の隊割りの協議をはじめた。あらたに兵士が駆け込んできた。

「林熊太郎（24歳）が撃たれた。即死だ。熊が死んだ」

久ノ浜に着いた当日から犠牲者が出るとは、予想外だった。まわりは深刻な顔になり、沈痛な空気がながれた。

「遺体はどこだ？」

「いま、寺に運んでいます」

末続寺です、という。

第13章　宿す幾千代

京橋《きょうばし》のたもとから、綾はご噂人さまの数歩うしろを歩いていた。風呂敷包みを手にした綾は、お茶の会に臨席される多須衞《たすえ》の付添人役だった。多須衞は、世子の長勲《ながこと》から園内の茶会に招かれていた。多須衞は築城奉行に栄転していた。きょうのお茶会は、築城の具体的な打合せらしい。

京橋川沿いの道から、綾が視線を右に流すと、川面には7月の太陽がきらめいていた。米俵荷を積んだ川船が連なり下っている。木立の道では、3人の子どもらが『論語』の素読をしている。

（ご噂人さまに、うまく話せるかしら？）

綾は宿す省三の子をいつ話すべきかと、その機会をはかっていた。ご噂人さまには、どのように頭を下げ、説明したら良いのかしら。婚前だ、不謹慎な、と反発されたら、どう応えたらよいのか。そんな悶々とした気持ちもあった。

京橋川と猿猴川《えんこうがわ》との合流点から、さらに上流に向かうと、浅野家の大名庭園の縮景園《しゅっけいえん》がある。そこに着くまでに、話しておきたい。二人きりになれた、この機会に打ち明けないと、ずるずる先延ばしになってしまう。

（省三さまが、もし、戦場で死んだら？）

そう思うと、怖い。省三なしでは、愛する自分は生きていけない。宿す子も、出生前に生きる道が絶たれてしまう。それも可哀そう。

（宿す子だけでも、高間家に受け入れてもらえないだろうか）

7歳のころから、省三の許嫁として、高間家の嫁さんになると決めてきた。将来を見通しても、他の男が好きになったり、嫁いだりできない。そんな考えすらできない。自分は省三を失ってまでも、生きていけない。

（省三さまは帰って来てくれる。きっと、還ってくる）

そう自分に言い聞かすが、不安はかえって高まるばかり。嫌な予感の方が拡がる。

「綾さん、奥州の省三の武勲よりも、生死が気になっておるのだろう」

大股で歩く大柄な多須備が、不意に振り返った。眉が濃く、唇が厚い。目もとは省三とそっくりだ。

「省三さまは武士ですから、武勲を願っております」

「さようか」

「いっときも、省三さまが頭から離れたことはありませぬ。ご噂人さまから頂戴した、省三さまのお写真を毎夜、胸に抱きしめて寝ております」

「その実、お腹の上に乗せて寝ておるのじゃろう」

多須備の眼が、綾の鶴模様の帯の辺りに流れた。

（ご噂人さまは、宿す子に気づいていた……）

綾は悟られた恥ずかしさから、着物の袖で赤らめた顔を隠すそぶりをした。

「省三が出陣する3日前だったかな、綾さんが西志和の練兵所を訪ねたのは。ふたりして瀬野村の割庄屋で、宿を借りておったとか。こういう噂が耳に入ってきた」

多須衞は大きな口をあけて笑った。

綾は戸惑った。省三に抱かれた夜は、ふたりだけの秘密だと思っていたのに、ご噂人さまにわかっていたのか。ふしだらな女と、ずっと見られていたのだろうか。失望した、見損なった、と内心は怒っているのだろうか。

「申し訳ございません。早くにお伝えするべきなのに」

「やはり、子を宿しておったのか」

「祝言の前に、申し訳ありません」

それ以上のことばが喉から出てこなかった。綾の脳裏には、割庄屋の風呂場、客間の寝床のわが身が羞恥として横切った。

（……ひどかった悪阻《つわり》は、なんとか収まりました）

これがご噂人さまとの話題になるとは思えなかった。考えるほどに、巧いことばが見つからなかった。無言となってしまった。

葉桜の道の前方から、老藩士が右肩に釣り竿を担ぎ、左手に魚籠《びく》を下げてやってくる。背を丸めて前かがみで歩く。9代藩主・浅野斉粛《あさのなりたか》、10代慶熾《よしてる》の代には執政で活躍した今中相親《いまなかすけちか》だった。豪商と手を結んで経済政策を実施していたが、あまり成功しなかったと聞く。

「高間どの、これを見てくれ。大物の鯉が釣れた」

すれ違いざまに呼び止められた。かつて執政上位だった雰囲気など消えて、隠居の身そのものだ。魚籠を傾けて、多須衛に獲物を説明する。

「お城の堀の釣りはご法度だから、この川まで来おるが、この頃は歩くだけでも、難儀だ。でも、釣はやめられぬ」

「釣りの腕は確かですね」

「その意欲だけが生きがいになっておる。老妻は川魚料理を好まぬのでな、余が帰宅して鯉コクの調理をすることになる」

「さぞかし、美味しいでしょう」

「ところで、高間どのの後妻か。若くて美しい女を娶《めと》ったな。再婚とは言え、祝儀には招いてもらえなかった。これも、落ち目の証拠かのう」

「いえいえ、省三の嫁です」

「もう、奥羽鎮撫から、神機隊は帰ってきたのか」

「まだ、戦いのさなかです。省三が広島に帰るのが早いか、初孫が生まれるのが早いか。そこらは、どうも」

「さようか。いい孫を産みんさいの」

今中が、ひとこと声をかけて立ち去って行く。大声で、頼山陽の詩吟を謡いだしていた。

「綾さんは、鯉こくなども食べた方が良いぞ。乳が出るように」

多須衞が振り返り、今中を見送りながら言った。

「はい、そうします。奥州はどうなっているのでしょうか」

「奥州全域に戦場が拡がっておる。官軍と徳川軍とは互角の戦いだろう」

「省三さまは、奥州から無事に帰ってこられるでしょうか」

「あまり、深刻に考えないことだ。宿す子に影響がおよぶ。大きな声では言えぬが、この多須衞にも親心もある。武具奉行だったから、神機隊には可能なかぎり最上の銃と大砲を持たせておる。それに、神機隊は発足から半年とはいえ、西洋式の散兵戦術《さんぺいせんじゅつ》など日々の訓練で仕上がっておった」

高間省三が使用した小銃　広島護国神社提供

「散兵戦術？」
「武家の嫁になるのだから、知っておいた方が良い」
「教えてくださいまし」
「日本古来の戦い方とはまったく違った、西洋式の戦い方だ。日本は武将や軍師が先頭に立って数百、数千が一団になって攻める。しかし、散兵は逆に兵士がかたまらず、ひとり1か所ずつ横広がりに散っていく。物陰などに隠れて射撃する。これには度胸がいる。集団には安心感があるが、『孤』で戦うわけだ。敵兵10人、50人、時には１００人の兵がいちどに自分一人に向かってくる錯覚に陥る。それを逃げ出さず、迎え撃つ。それには、精神面の強さと勇気がいる」

多須衛が時どき振り返って、そう教える。

綾は黙って聞いていた。

「一人が30尺（10メートル）を受け持てば、10人で横広がりに300尺、100人で3000尺（1キロ）の範囲で戦える。高性能の小銃で射程が長ければ、それだけ敵を陣に近づけず狙い撃てる。小銃100人で、火縄銃1000人は楽に戦える。運が悪くて流れ弾に当たっても、数人だ。全体では負けない」

多須衛が数字を挙げながら、神機隊の戦力を教えてくれた。綾はそれでも、省三に流れ弾が当たらないか、と不安は消えなかった。

「わが藩は文久3年3月6日、長崎でミニエール銃を600挺買った。西洋の武器すら、新旧交代の時期がきた。4年にして性能が見劣りしたから、昨年には新たに購入した。全員が、最新式のフランス製ライフル銃を300挺もっておる。射程は長くて、ずば抜けた性能だ」

それを聞きながら、綾は御手洗で聞いた、寿左衛門の話を思い出した。

『軽くて持ちやすく、射程が長く、七連発の高性能です。向かいの岡村島の通行人の頭でも狙えますよ』

そんな最新銃を持っているのだろう。

「神機隊の強さは、雑兵は一人もおらず、全員がよく訓練された射撃手だ。数千の敵兵に囲まれても、十二分に対応できる」

事実なのか、多須衞が気休めで言ってくれているのか。綾には判断がつかなかった。

「心強い、お話です」

「ただ、奥州は会津にしろ、伊達藩にしろ、強敵だ」

「省三さまの無事と凱旋《がいせん》を心待ちにしております」

「武士は体面を重んずる。平時ならば、婚前の出生は不謹慎きわまる。だが、出陣まえに、男が許嫁のお腹に子を宿す。女の功労だ。おめでたい話だ」

「ご噂人さま、ありがとうございます」

綾は涙声になった。

「泣き癖は直した方が良い。強い母親にならないとな。お腹の子のためにも、悪い方に考えないことだ。宿す幾千代」

「はい、そうします。省三さまの強運を信じます」

綾は帯に手を当てた。宿す子どものために、強くなろうと決めた。

第14章

広野の戦い

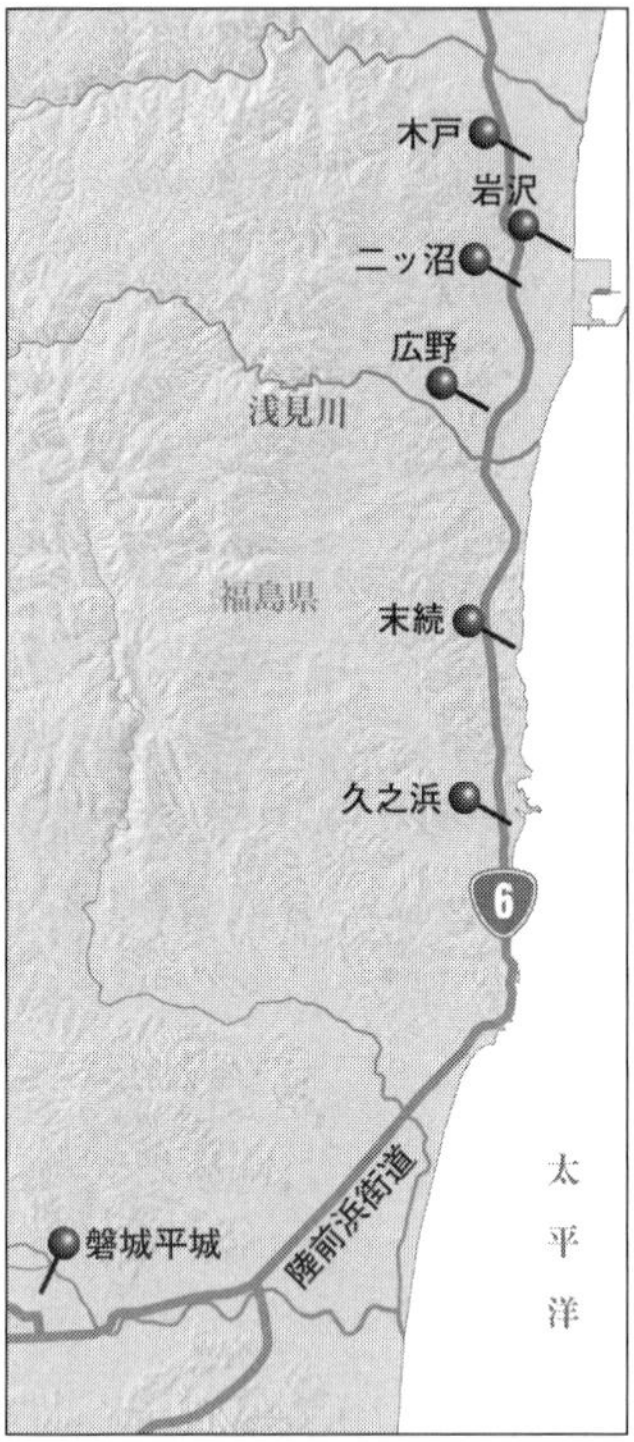

関係地図　福島県・浜通り

7月23日

神機隊は先鋒として広野駅に向かった。まずは、その手前の浅見川を目指す。鳥取藩兵はこれに続いた。日暮れには浅見川村に到着した。小集落だった。川を渡れば、広野駅だ。右岸の川辺に達したとたんに、敵兵が対岸の高い砲台、胸壁の上から大砲や銃を撃ってきた。

「瞰射《かんしゃ》（高い所から見下ろして攻撃）だ。伏せろ。大砲で反撃するぞ」

　こちらの岸は低い。地形は不利だった。省三は小銃を発射しながら、匍匐《ほふく》前進で野戦砲のそばに近づいた。車輪付き四斤山砲《よんきんさんぽう》（砲弾重量が4キロ）と臼砲《きゅうほう》（曲射砲）を撃たせる。高橋伍長が砲弾を運び、山縣隊長補が角度を決めていく。榴弾《りゅうだん》が着弾し、破裂する。敵兵の攻撃が緩んだので、一気に浅見川を渡り、陣地を造った。鳥取藩も渡り切った。

　夜の気配が漂ってきた。

　鳥取藩の近藤隊長がわが陣地にやってきたので、軍議をはじめた。

「しばらく退兵して、賊の銃鋒（銃のほこさき）を避けたい」

「えっ、逃げるのですか。せっかく、浅見川を渡り切ったのに」

　砲隊長・高間省三が詰問の口調で言った。

「われら2藩だけでは、この先の敵陣を破れない。援軍が来るまで、しばらく久ノ浜の本陣で待機する。むやみに広野駅を攻撃すれば、犠牲者が出るばかりだ」

「ひとたび退却すれば、気力がそがれてしまう。わが神機隊はこの陣を決死で守るし、機を見て広野駅に攻撃をしかける。鳥取藩も、退かずにいてほしい」

「了解した」

　それから夜の銃撃戦になった。真夜中に、近藤隊長がまたしてもやってきた。

「わが鳥取藩は弾薬が尽きた。貴藩から貸借させてもらいたい」

「われら神機隊も同じ。1人の兵が2、3発の銃弾しか残していない。後方からの運搬を待っている状態だ。これが着き次第、わが方は広野駅に突撃する」

「強気でござるな」

近藤が身を低くして、鳥取藩の陣地に帰っていく。

夜7時頃には、敵兵もようやく戦意が挫けてきたかに思えた。それは夕飯時の小休止だとわかった。敵兵はまた激しく攻撃してくる。すこぶる苦戦だった。小銃の弾がほとんどない。神機隊の輸送部隊は、なおも到着の兆しはない。

こちらの隊兵は約275人で、軍夫はほとんど雇えていない。因州藩は約300人。敵兵は相馬、仙台、米沢藩、それに佐幕派の兵が加わり、推定3000人から4000人だ。敵は圧倒的な数だ。それに比べて、銃弾の数すら見合っていない。

近藤隊長が明かりを忍ばせて、またしてもこちらにやってきた。

「われらには銃も、食料も補給もない。敵はさすが、東北の雄・仙台と平将門の子孫・相馬だ。わが因州鳥取藩は、やはり久ノ浜に引き揚げる」

「わが神機隊の砲弾もつきている。しかし、わずかに破裂弾が12、3発ある。これをもって、広野駅の敵の砲台2、3か所を奪い取る。もし、銃撃手で進まない者がいれば斬る」

省三が名刀を抜いた。近藤は驚いて飛びのいた。自分が斬られると思ったのだろう。近藤は帰って行った。

「山縣。四斤山砲《よんきんさんぽう》の狙いを正確に定めよ。一発も無駄にするな。全部、撃ちこめ」

「任しておきなって。さあ、高橋伍長、砲弾を詰めて」

「行ってらっしゃいよ」

腕自慢の高橋が、掌で砲弾をなでてから、軽々と砲口《ほうこう》に装填《そうてん》する。山縣が微細に角度を決める。省三が最終確認をする。

「右182度。撃て」

敵陣に砲弾が着弾すると、炸裂した火花が飛び散っていく。砲弾がすべて撃ち尽くされた。それでも、敵兵は攻撃してくる。

「ここは敵の大砲を奪うぞ。いくぞ、神機隊275人が総攻撃だ」

省三は刀を振り上げて突進する。全兵が小銃を撃ちながら、うおーっ、と駆けだす。その大声が広野の夜の闇に広がる。敵の発砲の光が、しっかりした誘導灯だった。夜の攻撃のメリットだった。それに向かってどんどん近づいていく。

鳥取兵の陣地からも大声が挙がり、この攻撃に参加してきた。

抜刀の高間省三が、最初に敵陣の胸壁に突入した。それを越えると、縦横に敵兵を斬り倒す。敵兵にすれば、闇の中から現れたものだから、驚き、勢いに負けていた。1か所を破られると、敵兵は敗走の連鎖を起こし、あたり構わず逃げだしていく。

「敵兵には死守の信念がない」

省三はそう読みとった。

7月24日

省三が懐中時計を見ると、すでに日にちが変わっていた。神機隊と因州鳥取藩が、未明までに広野駅の敵陣を奪った。銃撃戦に使える、囲いのしっかりした胸壁が奪えたのだ。うす紫色の空となり、夜が明けた。

視野のなかに、敵兵の屍が数多く横たわっていた。火縄銃、鍋釜までもが乱雑に転がる。

(奥羽越列藩にもし負けたら、戦場に己が横たわることになる)

生け捕りにされたら、河原に連れ出され、後ろ手に縛られて日本刀でばっさり首を落とされるのだ。戦争とは非情な世界だ。

「四方の警備を怠るな。敵は必ずや広野駅を取り返しにくる」

省三も大砲隊から、警邏《けいら》の要員を出した。

他の兵には、浅見川に仮設の橋を造らせた。

朝9時、久ノ浜の方角から、橋本素助が輜重《しちょう》(輸送部隊)を誘導してきた。16歳以上60歳の人夫たちだ。軍夫が引く馬車が仮設の橋を渡ってくる。砲弾を背負ってきた老農婦らには、置き場所を指図する。なかには、見た目にも腹が大きな妊婦もいた。かれらは黙々と、支援物資や砲弾や銃弾を荷卸しする。あの久ノ浜の漁師の女房もいた。突如として、敵兵が現れて発砲する。

軍夫や軍婦は、すぐさま橋を渡って逃げていく。

「敵は、ここに死骸を残しに来るだけだ」

高橋が囲いの中で、そう軽口を言いながら応戦していた。こちらに銃弾の補充がついた余裕があった。

　敵の砲弾が、ドーンと落雷のような轟音で響いた。味方の兵士が直撃弾を受けた。一瞬にして健康な肉体が飛び散った。省三のそばまで四肢の肉片が散らかる。

「後方に運べ」

　隊兵の遺体が収容されていく。

　味方の死は敵兵への憎しみとなる。小銃で応撃する。敵の砲弾がまたしてもドーンと空気を切り裂いて、陣内に着弾した。また、隊兵が吹き飛んだ。味方の死傷者が増えてくる。

「敵の大砲の照準がここに見合っておる。場所を移せ」

　省三は、浅見川の上流側に大砲も隊兵も移させた。

　一刻後、鳥取藩の近藤がこちらの陣にやってきた。いかり肩で厚い胸部を張って歩く近藤だが、いつもの格好とちがい、這うほどに身を縮めている。

「砲弾と銃がなくなった。３小隊ほどを広野駅にとどめおいて、その他の隊兵はことごとく久ノ浜まで退く」

　鳥取藩には補充がついていないらしい。

「また、退くというのか。どうぞ、ご勝手に」

　省三がうんざり顔で応対した。

「高間どののように、若くて、二十歳のきらきら輝く歳ならば、攻撃一辺倒で行く。敵の弾が雨のごとく降っても、若ければ、恐怖もないものだ。しかし、40歳前になると、どうしても隊士の親や兄弟までも気を配ってしまう」

「わが藩は徹底して、全員が戦います」

「情報によると、総督府は援軍を送り込んでくれるそうだ。それを待てばよい。貴藩とわが藩の2藩だけで、遠く伊達仙台藩領まで進撃できない。どこかで、2軍は全滅する。これは自明の理でござる」

「攻撃は最大の防御。ここ広野駅で守りに入ると、かえって大勢の犠牲者がでる。勢いに乗り、敵を討つ。攻撃は最大の防御です」

「神機隊と心中する気はない。これにて失礼する」

「われらは無謀ではない。勇気だ」

「勘違いされるな。拙者はこの広野に留まって戦う」

「さすが、因州鳥取藩の砲隊長だ」

「ひとまず、ごめん」

近藤は引き下がって消えた。

7月25日
午前中、敵兵は追い払っても、陸前浜街道の左右の田圃《たんぼ》を踏み荒らして攻撃してくる。これに応戦する。
「ここで雨が降れば、反撃できるのに」

そうなれば、火縄銃の導火線の火縄が湿り、薬盒《やくごう》に水が入り、装薬《そうやく》の焔硝《いんしょう》（黒色小粒薬）がダメになる。こちらには好都合なのだ。しかし、期待通り、朝から空は濡れてくれない。

火縄銃の銃弾は球形の円弾《まるだま》だった。目が慣れてくると、火縄銃は発射後に、ゆるい弾道を描いて飛んでくるようにみえる。妙に冷静になれる。ちょっと首を傾げれば、弾がそれてしまう。そんな風に思えたりもする。

神機隊の兵士が数を減らしていく。２６０人余り、敵はきっと数千人だろう。こちらは元込《もとこめ》銃《じゅう》の最新銃のライフルだから、互角に戦える。

「まてよ。動きが変だ。これまでと違うぞ」

省三が異変に気付いた。

「なにか？」

山縣が四方に眼を向けていた。

「この敵は攻撃隊じゃない、近づき方がちがう。荷役の数とか、浅見川の土手に積まれた中身を確かめようとしている。わが陣営の兵備を探索しておるんだ。いちど、攻撃を止めてみよう」

「隊長命令。撃ち方、止め」

高橋伍長が大声を挙げた。すると、敵も撃ってこない。

「高間隊長の眼は間違いない」

山縣が妙に感心していた。

「ここは鯨波《げいは》作戦だ。大声を挙げて、大人数に見せかけるのだ」

怒号を挙げると、浅見川の疎林の陰から、敵の斥候たちが慌てて逃げ出した。

この日の午後は、敵の本格的な攻撃隊となった。こちらの消耗を狙った攻撃だった。応戦を指揮する小隊長の加藤種之助、藤田太久蔵なども負傷した。ふたりは気迫に満ちており、小川医師に手当てをしてもらうと、すぐ持ち場に戻って行った。

銃撃戦のさなかに、近藤類蔵が這うようにやってきた。

「われらは死者がたくさん出た。勝敗は、このままでは決まらない。ここは、亡骸を久ノ浜の本陣に運ぶ。一度、因州藩は撤退したい。貴藩はいかがいたす?」

「わが隊員のいずれが死すとも、撤退などあり得ない」

不動明王の次郎が怒っていた。

「勇戦も結構ですが、犠牲者たちも国もとに帰れば、家族がおる」

「それを言ってしまえば、戦場の維持などできない。ここは、望郷感を捨てるべきだ。わが兵はみんな『よき戦いの場を得た』と認識しておる」

次郎が殺気立っていた。

「神機隊とは、戦う目的がちがう」

「はっきり申して、われらは上野の彰義隊の戦い、甲府、磐城平城でも、ほとんど戦えず、これが初舞台だ。徹底して、会津まで踏み込む」

「それは遠ござるの。わが因州鳥取藩は新撰組とも戦ってきた。彰義隊では上野山の正面攻撃の黒門から入った。磐城平城も落とした。これ以上の戦勝よりも、兵士の命を大切にする」

「いま、四方が敵兵に囲まれている。せめて、広野駅の一か所は守ってほしい。このままだと、神機隊は全員の死を免れない」

「よろしい。承諾した。初めから、そう申してほしかった。鳥取藩がぜがひとも必要だ、と」

「広野から引き揚げたい、と申したのは貴殿だ」

「さようだったたな」

近藤は身を低くして鳥取陣地へと引き揚げた。

黄昏《たそがれ》で一日が終わった。しかし、闇のなかのどこから襲ってくるのか。それがわからないだけに、夜襲は兵士たちの恐怖を誘っていた。

7月26日
朝から敵軍は大挙して攻撃してきた。広野全域を埋めつくすほどの大軍団である。これまでにない最高の敵兵の数だ。敵は昨日の斥候で、こちらの戦力と兵隊の数を読みとり、そのうえで本格的な攻撃を仕掛けてきたのだろう。相馬・仙台藩の連合軍はこの勢いで、広野から磐城平城への取り返しを図る戦略だろう。兵士の数はおよそ3000人から4000人だろう。
軍旗から確認すると、右手（海岸道）は米沢藩兵、中央は相馬軍、左手（山川）から仙台兵が迫ってくる。
省三は大砲を撃ちこむ。左側の仙台藩は橋本素助らが応戦する。右手の米沢藩は佐久間儀一郎たちが小銃を乱射する。中央は残る全神機隊員だ。

それでも敵兵は次々と湧いてくる。その勢いは猛烈である。硝煙が潮風に乗る。硫黄の臭いだけでも窒息しそうだ。

死傷者が増えた。午後に入っても、劣勢つづきだ。

硝煙が立ち込める中、因州鳥取藩の士官が面会にやってきた。

「神機隊の兵士の死傷が、すこぶる多いようだが……」

初めてみる将兵の顔だ。省三が応対した。

「地の利からすれば、神機隊は良き場所とは思えない。しかし、撤退はあり得ない」

「さようか。わが因州鳥取藩は撤退に決めた」

「戦線離脱ですか。神機隊だけになろうとも、数千人の敵を相手に戦う。この決意は変わらない」

「了承しました。どうぞ」

省三は失望した。

「実は、近藤砲隊長が死んだ」

「えっ、近藤さんが」

「近藤砲隊長はつねに兵隊の心を想う、優しい人だった。このまま広野駅を守ると、全滅する。撤退は近藤隊長の遺志《いし》である」

「近藤さんの墓に、いつか参る日があろう」

「奮闘激戦をお祈りする。では、ごめん」

相馬・仙台・米沢藩が総攻撃している最中、因州鳥取藩の撤収となったのだ。

神機隊はまさに、たった一軍の孤軍奮闘だった。周囲は仙台藩、相馬藩、米沢藩、磐城平藩、そして一部幕府軍だ。きっと、新撰組の敗走兵もいるだろう。

それらの軍旗からすれば、奥羽越列藩の最強の部隊だろう。

敵の立場になれば、このさき磐城平城を奪還すれば、こんどは官軍の白河口の背後を突くことになる。会津盆地の松平軍が白河に出てくれれば、官軍を挟み撃ちにできる。新政府に勝利できる、唯一の選択肢だ。

まして広野、久ノ浜、四倉は手薄な布陣だ。否、官軍は軍隊など置いていない。神機隊を倒せば、あとは撤収する因州鳥取藩だけだ。背を向けて逃げていく軍隊は弱い。攻撃がたやすいものだ。

この広野駅を突破すれば、磐城平城が手に入る可能性が高い。会津戦争の勝利へと導ける、と奥羽越列藩の本陣や将兵は確信しているはずだ。だから、3000人以上の兵力をそそいだ総攻撃だ。

省三には、そう理解できた。死者のみならず、負傷者も増えてくる。

「健全な兵士は、もはや250人以下だろう。奥羽越列藩の総攻撃を、この人数で応戦するとは……。こんな熾烈《しれつ》な戦いが歴史にあるのだろうか」

神機隊の隊兵たちは疲労の極致にあった。それだけに、死者と怪我人が増えてくる。戦力になる兵は減少していく。240人程度となった。

「攻撃は最大の防御だ。ここは1か所を突き破ろう。最強の伊達仙台藩を蹴散《けち》らせば、まわりの士気は落ちるはずだ」

省三が大砲隊の高橋や山縣に指示し、全員がライフル攻撃に変えた。壕を飛び出し、乱射して左手の仙台藩の軍旗をめがけて駆けていく。第2小隊、第4小隊と、次々と省三のあとを追って飛び出した。

西洋式訓練を受けた神機隊は、隊兵たちが左右に広がり、一人ずつ樹の陰、物陰に入ったり、匍匐《ほふく》したりしながら、敵に銃弾を浴びせる。

「仙台藩以外の敵は考えるな」

省三は叫んだ。味方の兵はどんどん横隊に広がっていく。仙台藩の軍勢は数千人がひと塊だ。ライフルを撃てば、完璧《かんぺき》に当たる。次々血しぶきをあげている。一発で、2、3人倒すこともある。つねに連射だ。

この散兵作戦など初めて見るのだろう、敵は明らかに動揺している。ライフル弾が容赦なく撃ちこまれる。敵は火縄銃に弾を込めず、仲間の屍を収める暇なくして、敗走していく。神機隊はどこまでも仙台藩を追撃した。

浜街道には血に汚れた兵器、雑嚢《ざつのう》、鎧兜《よろいかぶと》、槍など乱雑に散らかっている。同年輩の敵兵が手をあげて、水をくれ、と叫んでいる。発狂して叫ぶ者もいる。

省三たちは遺体を踏みつけず、大股で越えていく。弁天坂（二ツ沼）の敵陣の壕や胸壁が近くなる。敵兵はわれ先に逃げ込んでいく。散兵の連射でさらに接近する。

ここは広野駅から測ると北へ2キロあまり。奥羽越列藩の総攻撃を跳ね返し、わずか半里ほど進撃したことになる。仙台までは遠い、と省三は思った。

突如として、浜辺に近い敵兵がこれまでになく右往左往と慌てて逃げて行く。

「あれは長州藩だ」

省三には、右手の軍旗で確認できた。長州藩兵は米沢藩兵を撃退しながら、こちらに近づいてくる。おもわぬ援軍に、神機隊はいっそう勢いづいた。一気に弁天坂（二ツ沼）の敵塚に迫る。

鋭い銃撃音が数多くなってきた。

省三は横目で、長州藩兵を観察した。同じ散兵作戦でも、物陰からしっかり狙いを定めて射殺している。

（さすが、幕長戦争を戦った長州だ。落ち着いている。まさに、飼いならされた猛犬のようだ。迷いもなく死骸を作っていく）

官軍が優勢になると、敵兵は弁天坂の塹壕《ざんごう》に入り、徹底抗戦する態勢になった。

「神機隊は退却を恥とする」

省三が声を挙げて、隊兵を奮い立たせる。

戦いが昼夜にわたって連続すると、兵士の疲労から集中力が一段と散漫になり、敵の攻撃をまともに受けてしまう。威力の弱い火縄銃にしろ、神機隊の隊士らの顔面が吹き飛ぶ。

二ツ沼は湿地帯で、人家がほとんどなく、負傷兵を運び入れる場所が確保できない。草っ原に横たえる。負傷兵の傷口の周りにはハエが集まる。

小川道甫を含めた4人の医者は休む間もない。ここには満足な消毒液などない。麻酔もない。負傷兵の激痛に震える全身を医師たちが押さえつけて、荒々しい手術で、手足が切断される。隊兵が喚いて泣き叫ぶ。

手術待ちの10代の兵士は、焔硝《えんしょう》焼けした顔で、眼ばかりをギラギラさせていた。血がすべて抜けた顔色に思えた。

「広島に帰りたい」

故郷の海や山の風景、親きょうだいの顔を想い浮かべているのだろう。

「いまに帰れる」

戦友が声掛けしている。

死んだと名前が届くたびに、省三は無念さと何ともいえない淋しさと寂寥感とをおぼえた。

「傷病者は久ノ浜に運搬しよう。その兵力を割こう」

橋本が提案した。

神機隊は総督も決めず、上下の関係はない、きわめて珍しい、自費出兵の同志共同体だ。一人二役、三役をこなす。午前中は最前線で兵隊を指揮し戦闘する。午後は後方にまわり、軍夫（補給・輸送を担う民間人）を叱咤して運輸を監督する。

負傷兵を隊兵に背負わせたり、銃弾のなかで手づくりの担架を組んだりして、運ぶ。あるものは輜重《しちょう》（輸送部隊）の軍夫が引く馬車で、ここから久ノ浜へと退却させる。復路の馬車では、久ノ浜から補充の弾薬を運んでくる。

藤田次郎、負傷している加藤種之助らは、若干の兵を使って仮設の胸壁づくりにあたっている。

「午後3時になったから、輜重を代わる」

省三が牛馬車の側に歩み寄り、汗だらけの川合に言った。

「ここはよい。省三は岩沢川を攻略してくれ。難所すぎる。勇猛果敢なそなたにしか頼めない。輜重はこのまま拙者がつづける」

川合は実質の総隊長だが、分担の重労働に徹している。

「それでも良いなら、岩沢の陣を落とす」

「命まで落とすな」

「拙者は大丈夫。部下までも無傷とはいかないけど……」

「犠牲はやむを得ない。これだけ、敵から総攻撃を受けておるのだ。死傷者は続々と出ているが、退く気はない。全員が最も困難な激戦地を選ぶぞと、それを納得した上でやってきた。家臣だけでなく、農兵も同志なんだ」

「たしかに、そうだ。皇国の国家になったら、農民らも一揆せず、食べていける社会にしたいものだ。それに上下なく議論ができる、われら神機隊のような同志共同体にしたい」

「省三が皇国の参与になり、みずからやるがよい。農兵にいちばん愛されている省三ならできる」

「考えておきます。では、岩沢の攻撃に着きます」

省三は二ツ池を通り越した、200メートルばかり先の岩沢川へと向かった。

河川は極度の七曲がりで蛇行しており、右岸は断崖絶壁で敵には自然の要塞である。省三はのぞき見た。谷底まで目測で135尺（約41メートル）ある。広島城の城壁よりも角度がきつい。難度の高い防砦《ぼうさい》だ。岩登りの訓練がないと、兵士といえども簡単には登り降りできない。隠密や忍者なみの鍛錬が必要だ。

しかし、対岸をみると、敵兵はせいぜい200から300人程度の守備隊だ。

「相馬藩や仙台藩の軍師は、こんな大岩壁があるのに、この地の利を使わず、あえて久ノ浜寄りの二ツ沼に陣を築いたのか。なぜ、ここを大胸壁にして迎え撃たなかったのか？」

省三は考えていた。

「そうか、旧式の火縄銃だと、この広い川幅だと射程が長すぎて命中度が低いのだ。これは武器の差だ。われらの最新の兵器が地の利より勝っているのだ」

省三は、四斤山砲の砲身の角度を決めると、敵の守備隊に破裂弾を撃ち込ませた。2発、3発と撃つ。炸裂音で、野鳥が驚いて逃げていく。

敵は重大砲をもっていないから、攻撃してこない。

「いちど右岸から降りて、左岸に渡るぞ。そして、むこうの崖を登るのだ」

此岸《こっち》はまばらに立ち木がある。崖を降りていく。谷底につくと、鋸と金槌とで仮設橋を造りはじめた。頭上から銃声が響く。にわかに地獄の釜のなかに入れられた心境に陥っていく。隊兵は次々に倒れる。谷底の疎林の陰に身を隠す。

左岸は切り立つ岩場だ。ここを登攀《とうはん》しないと、敵に狙われ続ける。

「わしが先陣切って登る、鳶職《とび》の経験があるから」

柴山進之助は大砲隊の隊長補だ。鳶職、とは聞いたことがない。隊長補のひとりとして、最も厳しい役を引き受けたのだ。

「敵兵が岩壁の上から顔を出さないように、下から激しく射て」

小銃の銃声が峡谷に鳴り響く。

柴山は快調に綱をもって登攀する。突起した岩や立ち木に括りつける。あとわずかだ。突如として、あっ、と柴山が背中からのけぞった。仰向けに勢いよく落下してくる。味方の銃弾が柴山の背か腰に当たったのだ。

柴山が岩場から転げ落ちてくる。川底まで落ちた。水辺に片足が入り、投げ棄てられた人形のように動かない。軍服が川の水で赤く染まった。

「また、殺《や》られた」

頭上から敵兵が容赦なく銃を撃ちはじめる。

この岩沢の敵陣をはやく奪わないと、明日にはまた相馬・仙台藩など大勢の敵兵が広野奪還で押し寄せてくるだろう。今日だけでも、おおかた死傷者は30人以上も出ている。これだけの隊兵を失い続けると、敗色が濃厚というよりも、全滅だ。

「ここは岩壁の突破を図る」

省三は掩護《えんご》射撃を指示してから、柴山が張った綱を使い、岩壁を登りはじめた。銃声が凄まじく、立ちこめる硝煙が風に千切《ちぎ》られていく。

周りの岩肌が銃弾で飛び散る。

(背中を撃つなよ)

そう、叫びたくなる。

こんな緊張の場面で、省三の脳裏には幼いころの光景がなぜか思い浮かんだ。いたずら盛りの省三は広島城の城壁を登り、反った壁面で身体が支えきれず、両手が離れ、内堀の水中に墜落した。それが脳裏を横切ったのだ。

登城中の辻将曹が見ており、供侍が城内の小舟を出して助けてくれた。助かったのに、綾が妙に怒って口も利かなかった。何がどう気に食わなかったのか。それがいま思い出せない。

「城の石垣など、登るのは止めて」

一つ違いの年上の綾の制止に対して、言い成りになりたくなかったのだろう。年上の許嫁だと、ことさら意識する年頃だった。

柴山が張った綱の先端まで、省三は登りつめた。足もとの石砂と泥土がなおもバラバラ崩れていく。足下には山縣、高橋がつづいている。剛毅な高橋は連日の不眠不休だが、疲れを知らない顔だ。山縣は精根つきた灰色の顔になっている。枯れ葉で軍靴の底が滑る。登り切ると、顔だけを出した。

生か死か。ここは賭けだ。四つん這いの匍匐《ほふく》で進んだ。ところが、無人だった。敵兵が木戸駅（現在の楢葉町）の方角へ逃げて行くのがみえた。いましがたの砲弾跡には、爆死した敵兵の肉片が飛び散っていた。

この広野の戦いは熾烈《しれつ》で、死傷者が結果として40余人だった。損傷が頭部に関わるだけに、久ノ浜、磐城平の病院に収容されても、死に至るものが多かった。

第15章

子供を大事にしてやれ

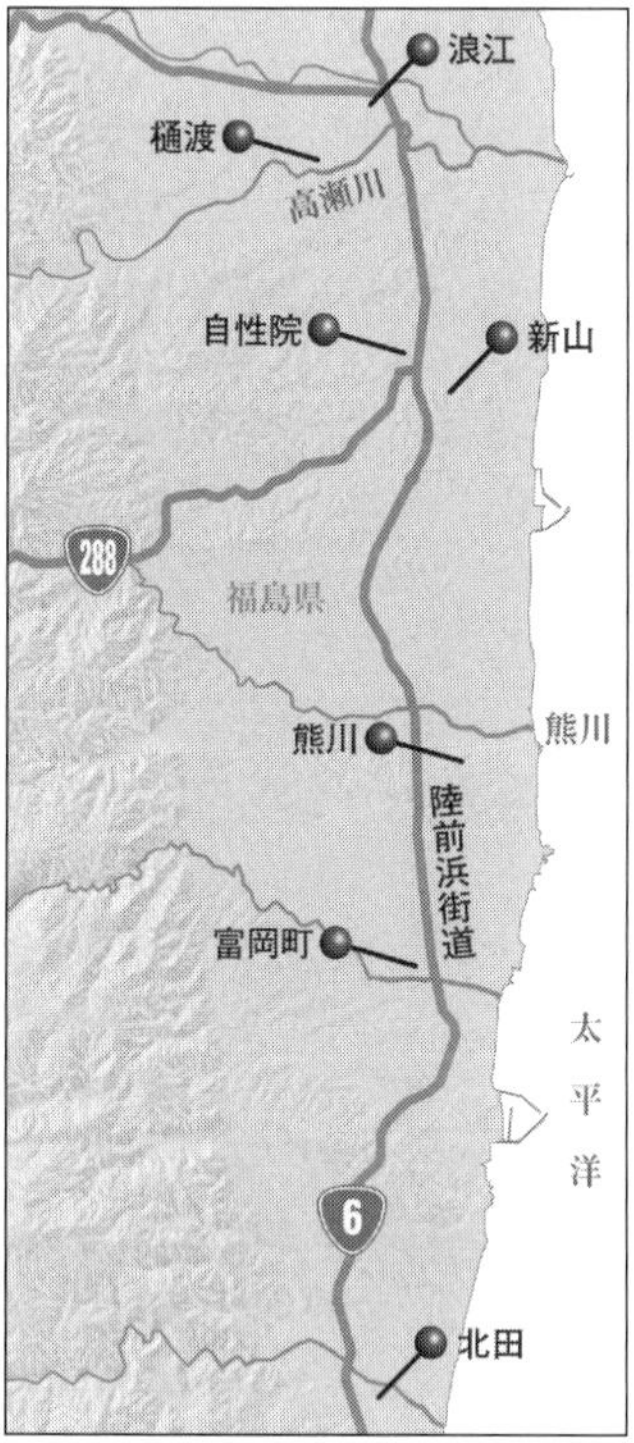

関係地図　福島県・浜通り

7月27日
朝食の折、総督府の参謀より命令が出た。
『木戸（現楢葉町）北田村へ進撃すべし』

橋本素助が伝令書を受け取った。と同時に、新たな情報が提供された。芸州広島藩の軍艦である豊安号が7月21日に、大総督府の命令で応援軍320人を乗せて、小名浜《おなはま》港（現・いわき市）に着船した。浜通りの戦に、それら全兵をつぎ込む、という内容だった。

「だから、きのう突然、長州兵が現れたのだ」

橋本がそう言うと、だれもが納得顔になった。

豊安号は、神機隊が広島の江波から大坂まで乗ってきた軍艦だった。省三の父親・多須衞が性能を吟味して購入している。わが藩では最強の軍艦だ。その豊安号が海軍として参加するのだ。艦砲射撃の標的は広野、木戸、富岡、請負（相馬市）だから、官軍は着弾被害に遭わぬように、と指図が添えられていた。

「艦砲射撃をしてくれるとは、鬼に金棒だ。あしたは見物だ。豊安号はアームストロング砲で、撃ち込むのは榴弾《りゅうだん》だから、威力は十分ある」

省三の気持ちは、ずいぶん楽になった。死の境地から一気に解放されたような、そんな嬉しさで頬が緩んだ。

「榎本武揚の艦隊と、豊安号の海戦はないかの。平潟では榎本艦隊が出没する、と話しておった。佐幕派は大型軍艦を持っておるしの」

奇才の藤田太久蔵が案じた。

周りは急に不安におそわれていた。

「佐幕派に制海権を取られたら、神機隊が艦砲射撃を撃ちまくられるんかの。漁師の船を借りてきて、攻撃もできんしの」

藤田が滑稽なそぶりで手漕ぎの真似をしていた。

「質問しても、ええかの」

山縣隊長補が乗りだした。

「遠慮するな。疑問があれば、なんでも訊け。質問に、家中や隊中の差はない。それが神機隊の良さだ」

川合が言った。

「豊安号の艦砲射撃が無差別攻撃だったら、わしら神機隊の命も危ない、と思うけど？」

「船長は望遠鏡で軍旗を確かめてから、長い射程のアームストロング砲を撃つ。狙いは正確だ」

川合が両手で、望遠鏡をのぞき見る真似をした。

この日の艦砲射撃は実に正確だった。

郭公山《かっこうやま》（447メートル）の山麓から海岸まで、約3キロにわたって着弾、破裂させる。艦砲射撃は砲身の口径が大きく、砲弾が大きい。一発の着弾で、数十メートルが吹き飛ぶ。破壊力は地上軍では考えられない威力がある。

相馬藩、仙台藩、米沢藩は、思いもよらぬ激しい艦砲射撃を浴びせられたのだ。海上からの攻撃に応戦はできない。無抵抗だ。かれらは木戸駅に踏みとどまれなかった。宿場町や民家に放火して、富岡駅の方面に遁走していった。結果として、大きな木戸駅では、陸上の銃撃戦はなかった。

冬場は鮭が遡上するという木戸川まで、神機隊は進んだ。

この日だけは休養になった。一方で、神機隊の家中の合議で、小人目付の津田野金次郎が広島にむけて旅立つことに決まった。

『広島藩の西志和村に出向いて、神機隊の留守部隊から、補充の隊員を選ぶ。藩政には、すみやかに出兵許可申請を藩に出す』

橋本素助の手で、稟書《りんしょ》が作成された。津田野がそれを持って出発した。（仙台まで、補充は間に合わなかった）

7月28日
朝が明けた。北田村（楢葉町）を出発した。神機隊は富岡駅へと向かう。神機隊は高間省三の率いる大砲を先鋒として、本道を進んでいく。この駅はきのう敵兵が沿道の家屋に放火しており、残留するものはほとんどいなかった。薄紅の花が咲く百日紅《さるすべり》の樹すら燃えていた。

官軍の姿を見ると、すぐに焦土作戦を取っている。敵を追うところは、つねに悪臭が鼻を突く。時には直前に、真っ赤な火が草葺きの屋根を舐《な》め、火の粉が飛び、黒煙が上がる。それがかえって、敵軍の位置を教えてくれる。

陸前浜街道を北上する。富岡ですこし休憩を取る。神機隊はさらに進撃する。

手代岡原の高原から前方の中央を望めば、西願寺（富岡町・夜ノ森）に接して、堅牢なる3個の砲台を築いていた。竹と杉林の丘陵は曲がりくねり、城郭のように連なっている。相馬・仙台藩がその小高い場所を有利に使い、狙い撃ってくる。省三の四斤山砲が火を放つ。敵兵は多数であり、またしても苦戦となった。高間隊の大砲が直弾を受けて破損してしまった。修理しないと用をなさずだ。省三は悔しがった。

「敵の大砲を奪い取ってやる」

省三の性格から、勢い挑戦的になった。かれは、砲兵隊員ら13人を引き連れていく。西願寺の南側から農業用水路に入った。

「西志和川で訓練した通りにやれば、敵の砲台に近づける」

省三は敵の砲台に肉薄していく。硝煙の硫黄の臭いが鼻を突く。省三らは身をしゃがめて進む。7月の水は冷たくて心地よいが、血を吸う蛭《ひる》が飛びついてくる。それには悩まされる。息を殺し、秘かに進む。

用水路から顔を出すと、鐘楼が見えた。丘陵の動きを見ると、予想通り、前装軽砲だ。となると、砲台より下向きには撃てない。

「ここだ、行け。斬り倒せ」

省三が日本刀を抜いた。兵士らが用水路から一気に立ち上がり、鯨波《げいは》の大声をあげる。砲台の背後から襲いかかる。気づいた敵兵には、火縄銃に点火している間など与えない。

「こやつ」

山縣が最初に敵兵を斬りつけた。

土盛りにあがった省三が、名刀を振りかざし、飛び降りる。と同時に、敵兵を斬り降す。すぐさま、体躯を入れ替える。逃げ腰の敵兵を斬る。

省三は猛烈にして敏捷だった。

敵兵は不利となれば、すぐさま陣地を捨てて逃げ出す。粘りはない。

「わりゃあ、逃げるんか」

「山縣、深追いするな。追えば、こちらも深手を負う。逃げる者は逃がしておいた方が役立つ。口伝えに、官軍に対する恐怖を語ってくれるから」

省三らが敵の前装軽砲を奪いとった。

遁走する相馬・仙台藩らは、勢い沿道の家屋に放火していた。黒煙が次々にあがる。まさに連続放火だ。

西願寺から戻っていく最中に、老夫婦たちが焼かれる家を呆然と見ている光景があった。孫娘らが泣いている。老夫婦が生涯かけて苦労して築いた家や家財が焼かれているのだ。それでいて、武士や兵士らには逆らえない態度だ。

「寺の墓所の木桶をもってこい。火を消してやろう」

省三たちは農業用水路の水をかきだし、手桶で火の粉と格闘した。そのさなか、仙台藩旗を掲げた軍が、何を思ったのか戻ってくる。省三は前装軽砲で3発、4発撃つ。音に驚いた様子で、すぐさま逃げだす。

「逃げ癖がついたら、戻って来てもダメよ」

省三が蔑視の眼を向けた。

草葺きの家はすぐに焼け落ちた。老夫婦もさすがに泣いていた。

ここは天領だ。相馬軍も、官軍もない。

(農民たちに、生活の恐怖は与えてはならない)

第二次幕長戦争の時、広島藩領の大竹や廿日市の民家が長州藩の奇兵隊や岩国隊によって焼かれてしまった。浅野家から毛利家に厳重な抗議がなされた。長州軍の撤退となった。しかし、いまだ焦土の傷は残っている。

「これを使いな」

省三は、軍服から1両を取り出して差し向けた。それは、父親の多須衞から送ってもらった5両の2回目の使い道だった。

「隊長さん、ありがとう」

老夫婦が何度も頭を下げている。

農民は、生活に安堵を与えてくれた方に味方する。皇国国家になれば、農商の民を大切にする政府をつくるべきだと、省三は現場から学んでいた。

神機隊は熊川駅（大熊町）まで、進撃した。

『戊辰戦争余話』

むかし。戊辰戦争があった頃、野上さは相馬藩の兵がいて守っていだど。これを攻めようど、官軍は熊町を朝早く出で、大和久から野上さ向かっていたど。

ほこらは荒れた野っ原で、ほこさ3軒の農家があったど。真ん中の家さ「ナカ」という若え嫁さんがいたんだと。

慶応4年、ナカは誕生過ぎたばっかしの初五郎を遊ばせながらアンコを煮ていたど。ほうして、ナカは土間さ鍋おろして、ちょこっと外の仕事に行ったど。ほうしたら、いきなり、火がついたような泣き声がしたど。ナカはたまげで家さ戻って来てみだら、初五郎はアンコ鍋さ転んだのか、アンコだらけになって泣いていたど。

ナカはあわくって、井戸端さ抱いでいって水で冷やしてやったげんちょも、子供《わらし》の柔《や》っこい肌は赤むくれになっちまったど。ナカは、だましだまし、手当てをしてやっていたが、子供は痛がって泣きやまねがったど。

この時、官軍が野上さ攻めで来る、どいう話が伝わってきて、里の者らは荷物をまとめて後ろの山さ隠れるごどになったど。

ナカは、

「父ちゃん、おら、みんなに迷惑かげっから、ここさ居る。官軍だって鬼ではねべ」ど、言ったど。

「バカ、なに言ってんだ。若い女がいてみろ。あの鬼だち何しっかわかんねぇべ」

「だめだ、だめだ。やらは初太郎のかんかぢ治してやんねっかなんね。ほれにおらんどこには阿弥陀様がござらっしゃる。きっと守ってくださる」

そういってナカはついに動かもぇで、家さ残って子供の手当でをしていたど。

次の朝、大和久の方さ鉄砲の音が聞こえてきたど。ナカは、阿弥陀様が守ってくださるに違いねえど、初太郎を抱きしめて一心に念仏を唱えていたど。

ほのうち、兵士たちは後ろの道をドタドタと足音をたてながら通って行ったど。ほうして、2、3人が井戸さ回ってきて水を飲んでいたど。ほのうちの一人が家の中さいだ、ナカに気がついで声をかけたど。

「オイ、女、なぜ逃げない」

「子供がかんかぢして泣くもんだから」

「お前、偉いな、子供を看るのに残ったのが」

「はい」

ほうして兵士はナカが拝んでいだ仏様を見で、

「お前の家は一向宗が。おれもそうだ。久しぶりだ、拝ませでくれ」

兵士はほう言うど、汚れた手を合わせで念仏をくりかえしたど。

「もう、兵隊も行った。心配するな。おれも遅れると隊長に叱《おこ》られるから行くぞ。子供を大事にしてやれ。戦争《いくさ》が終わったら、おれも安芸《あき》の国に帰る。では、達者でな」

兵士はそう言うど、兵隊の後を追っかけるように出て行ったど。ナカは涙が出て止まなかったど。これが鬼の官軍だべが、いや、あれは阿弥陀様の身代わりではねがったべが、ど思ったど。

『大熊町史』

この隊兵の名まえは確認できない。だが、別の資料・石田弼常《すけつね》（元大野村長）編『千民遺徳伝』から、芸州藩の大砲を運んでいた兵士だったと類推できる。そうなると、高間省三の大砲隊15人の農兵の誰かだろう。

「遅れると、(高間)隊長に怒られる。子どもを大事にしてやれ」となると、妻帯者の気持ちに近い。神機隊の志和村練兵所は、西芳寺（本陣）、報専坊（副本陣）を利用していた。ともに、親鸞《しんらん》聖人を崇拝する浄土真宗である。東北では一向宗、広島では安芸門徒という。

「戦争が終わったら、安芸の国に帰る」

かれら農兵には、京都や江戸で一旗あげたい、そんな私欲な気持ちなどなかったと思える。芸州広島藩の名誉回復、それだけの学問所同志の心意気にほれ込んで、農兵までもが自費で戦いにきたのだから。高間省三など、優秀な藩士と寄宿生活ができる。学べる。その喜びが最も大きかった、と日記などに書き残されている。

7月29日

新山駅（現・双葉町）へ進撃の命令が出た。

筑後藩、伊州津藩《いしゅうつ》、因州鳥取藩《いんしゅうとっとり》、長州藩らと事前の打合せがあった。

「芸州広島藩に、新山攻撃は任せる。手柄が欲しい隊だと聞いた。これは情けだ。わが筑後藩と伊州津藩は、これから浪江駅を攻撃する。相馬藩主と磐城平藩の元老中・安藤信正の首を討ちにいく」

「抜け駆けはご法度《はっと》だ。総督府から、浪江攻撃の指示が出ておらん」

交渉役の川合が制した。

「総督府の公卿さまはわかっておらん、戦争など」

「浪江は単なる砦とはちがう。官軍の総攻撃をもって臨まないと、浪江駅は落ちない。城攻撃と同じ。大手、搦《から》め手など、緻密な作戦が必要だ」

「われら九州男児よ」

筑後藩は藩士を出さず、博多の博徒など、ならず者を寄せ集め、頭数を見繕い、新政府軍に送り込んだ軍隊だと聞いている。

「貴藩は後からきたから、凄まじい広野の戦いすら知らないからだ。わが隊は、死傷者が40数名もでた。浪江では、これ以上の犠牲を出すかもしれない」

「死傷者が出たと、泣きごとに聞こえる。芸州広島は女々しいの」

「なに。もう一度言ってみろ。死者の霊を侮ったのと同じだ」

次郎が刀の鞘に手をかけた。

「芸州広島は風見鶏よ」

「こやつ」

次郎が帯刀を抜く寸前に、川合が止めに入る。細かな戦術、戦闘の配列、進撃する道筋の話し合いの場では、こんな争いが幾度もあった。心情的にも、相容れない出来事も起きた。

神機隊が相馬藩の家老級の武将を捕虜にした。筑後藩に身柄を預けた。和平交渉に役立つから、と念を押しているにもかかわらず、かれらは武将を河原で斬首した。これでも、双方がもめている。

神機隊は、熊駅より山手の間道（年貢道路）を北上することに決めた。2頭の農耕馬を使って四斤山砲を引く。敵弾で壊れた四斤山砲は、昨夜のうちに、2人の銃師・法安父子が夜を徹して修理しておいてくれた。

神機隊は傷を負った兵が多い。接ぎ木とか、顔や頭に血がにじむ包帯を巻いている。新山の要害は通称『つばきの木』とよばれ、狙撃兵300人余りが壕を造っている、と現地民の情報があった。どこまで信憑性《しんぴょうせい》があるかわからない。ときには罠《わな》だったりする。行軍中の神機隊はつねに斥候を立てていた。右手は第1から第3小隊、左手は第4から第6小隊が眼を光らせる。片方ずつ、警戒をうけもつ。斥候も洋式戦術だった。

省三の大砲隊は、四斤山砲を引いて神社の横から間道を進む。最後尾には連日の激戦で傷ついた隊兵らがつづく。重態の隊士は久ノ浜に送り、ここには射撃や戦闘能力が残っている隊兵に限っているが、それでも痛々しく歩いている。

軍夫に訊くと、『新山』はこの先だという。

省三は射程から目測し、敵の砦の陣地から手前800メートルの地点に四斤山砲を据えた。敵の軽砲では届かない距離だ。省三の命令で、すぐさま攻撃の準備にかかる。砲筒の前から重さ4キロの弾を装塡《そうてん》する。

山縣が着弾地点など狙いを定める。砲身の仰ぐ角度が決まってくる。鉄師が3、4歩引いたところで、腕組みして見つめている。

「撃て」

号砲が耳をつんざく。着弾と同時に砂塵が舞い上がる。右手の森の樹木までも震えている。着弾の地響きがこちらまで戻ってくる。発射後の火薬の臭いが鼻を突く。

「当たったぞ」

砲弾は節約しながらも立て続けに撃つ。

「ちょっとおかしいな。8発も撃ったけど、敵の塹壕から、だれも顔を見せないな。逃げておるんかの」

高橋伍長が前方を指す。

「こりゃあ、もぬけの殻だ。戦うよりも、逃げるが勝ち。情けないな。平将門の子孫の相馬、東北の雄の仙台藩が泣くぞ」

山縣が侮って、大きな口を開けて笑った。加藤種之助、藤田太久蔵の隊が敵陣に近づいていく。味方に当たる恐れがあるので、砲弾は停止した。

「山縣の言う通りかもしれない。隊長が小心者なら、部下にも伝染する。避難の逃げ道が地下に掘られているのかな？　陣地を築くときから逃げ道を作る、弱いな敵は」

省三は地形から敵の陣容を探っていた。

知能的な軍師がいれば、近くの前田川から水を引いて、仮の城郭の濠も作れる。その作戦すらなかったようだ。

突如として、真後ろの森から、バーン、バーンと銃声が響く。一瞬、恐怖を感じるほど、激しく火を噴く。森全体が吠えているようだ。

「後ろに回られたか」

省三たちはとっさに、四斤山砲の台車の車輪の陰に身を伏せた。大砲の砲身の方角とは逆だ。向きを変えている暇はない。森との距離はわずか20メートルだ。

火縄銃は発砲に時間がかかっても、多くの軍勢が同時に行動するので、連射と同じだ。銃弾が台車の車輪にあたり、火花を散らす。

「罠だったのか」

前方の砦は囮《おとり》だったのだ。うかつだった。神機隊はおびき寄せられてしまったのだ。軍隊は後方から攻められると弱い。

「散兵《さんぺい》で行くぞ。逃げたら死ぬぞ」

大砲隊は小銃を構えて、それぞれが野獣の雄叫びに似た声を挙げ、森に飛び込んでいく。樹木の1本ずつに身を隠しながら、銃を構え、発射する。応戦の銃砲も響きわたる。襲いかかる敵兵は、いったい何百人の兵がいるのか。

「敵は逃げ腰だ。突っ込め」

省三は、火縄銃に弾詰めする敵兵を狙う。森林の枯れ葉が硝煙でかすんでいる。

「退却」

紅い鎧兜《よろいかぶと》の敵将が叫んでいる。敵兵は銃を放り出し、空身で逃げていく。

「この獲物は狙うぞ。捕まえて、敵情報を取ろう」

省三は刀を抜いた。森には小道がなく「藪漕《やぶこ》ぎ」で羊歯《しだ》、枯れ葉、落ちた枝を踏みつける。

赤い兜は目立つ。鎧兜は重いのだろう。省三は先回りし、待ち伏せした。

「待て」

敵将はふり向いた。省三はとっさに、日本刀を敵将の首元に突き付けた。敵将の息が荒く、肩で息している。

「殺さないでくれ」

「逃がせば、次は拙者の命が狙われる。名乗れ」

「伊達仙台藩の……。不名誉だ、名乗れない。武士として情けないが、命乞いさせてくれ」

敵将はなんと、手を合わせているではないか。

「武士は切腹、斬首《ざんしゅ》は厭《いと》わず、戦場にきているはずだ。潔《いさぎよ》く死ななければ、武士魂に欠ける。なぜ、そんなにも命が欲しいのか。申してみよ」

省三の刀が木漏れ日で光った。

「すまぬ、語らしてもらう。去年、婚礼を挙げて、妻の腹には赤子がいる。来月にも生まれる。ここは見逃してくれ」

省三は黙っていた。

「武士として情けない。お願いだ。赤子のためにも、拙者は生きて帰りたいんだ。戦いには来たくなかった……」

敵将の眼から涙が流れた。

「そちは何歳だ」

「20歳になった、この夏で」

「女房の名まえくらいは語れるだろう？　なんという」

「アヤノ」

「……アヤノか」

省三の気持ちは、遠く広島の綾に飛んだ。わが身を逆の立場においてしまった。綾のお腹に子供がいるかもしれない。自分も、この敵将のように命乞いする勇気があるだろうか。天皇への大義と、綾の子と、どちらを取るだろうか。

「赤子には、こんな意気地のない父親でも、生きて顔を見せてやりたい。頼む。殺さないでくれ」

「わかった。わが隊の銃に狙われないように、身を低くして逃げると良い」

省三は刀をおさめた。

「かたじけない。せめて、お名前を？」

「回天第一神機隊の砲隊長・高間省三だ。そちは名乗らなくてもよい。聞けば頭に残る」

「高間殿、かたじけない。女房と育った子どもには、いつか安芸広島にお礼に行かせます」

男は右腕で顔に流れる涙を拭く。

「なぜ、安芸広島藩とわかった？　そんなことはどうでもよい。すぐ、逃げるがよい」

省三はじっと見送っていた。敵将の姿がやや傾斜面の森の奥へと消えていく。

(あの敵将は強いな。アヤノと胎児のために、命乞いができるのだから。あの涙はほんものだ)

「綾さんを思い出すだろう」

と言われて振り向くと、橋本素助だった。

「見ていたのですか。こんな偶然があるのか、驚きです」

「人間は善行も必要だ。しかし、敵将ひとりの情よりも、この戦争は早く終わらせないと、日本国中の民が不幸になる。戦地では敵将は捕まえるものだ。明日の作戦と和睦《わぼく》交渉のためにも」

そう言った橋本はまわりの隊兵に、深追いするな、森のなかには伏兵がいるぞ、とさりげなく指図した。

第16章　浪江に死す

相馬藩の資料から見ると、野上から退却してきた岡田将監の約450人の隊が、高瀬川（浪江町）左岸の桶渡《ひわたし》に陣を敷いた。

浪江までは天領だ。高瀬川の防備が破られると、相馬領内の戦いになってしまう。領内で、民を犠牲にしてまでも戦いたくない。相馬藩にすれば、高瀬川が生命線だった。蛇行する河川を挟んでの攻防となる。当時は細い木橋が一つ渡されていた。

7月末日、筑後藩、伊州津藩の部隊がやってきた。この官軍は高瀬川を渡り、牛渡《うしわた》の三軒家を攻撃してきた。岡田将監ら相馬軍は地の利があり、新政府軍の両藩兵あわせて700〜800人を挟み撃ちにした。

筑後藩、伊州津藩の軍兵らは大砲、兵器、弾薬など抛《なげう》ち、仲間の遺体も収容できず、「新山」（双葉町）の方角へと敗退する。真夜中まで、2藩は追われてしまう。2軍で浪江を落とせると自惚《うぬぼ》れ、抜け駆けした結果の惨敗だった。逃げ惑う周囲には火まで放たれ、炎が夜の天を焦がしていた。

『これに撃ちたる屍の数は累々として、その数は知れず、高瀬川はしばらくの間、兵士の血の流れで、紅泉となる』（『相馬従軍・末永頼重記』）

高瀬川の水が真っ赤になるほど、官軍の筑後藩、伊州津藩は多くの兵士の命を失ったのだ。

新山駅に着いていた神機隊は午後8時、篝火《かがりび》のまわりに神機隊の参謀と各隊長が集まった。蛾《が》や蚊がうるさく飛びかうなかで、軍議がはじまった。

『総督府から、あした浪江進撃の命令あり』

その作戦会議だった。そのさなかにも、浪江の高瀬川の方角から銃弾が響く。空が焼けている。

筑後藩、伊州津藩は、この時間でも『新山』にたどり着いていない。おおかた地理に迷い、相馬・仙台軍に追われているのだろう。

援軍は出さず、明日の浪江の戦に備えることに決めた。……相馬藩は平将門の一門の名家を自負する。東北の雄・仙台藩はもともと仲が悪い。双方の藩境の線引きから、長年にわたり小競り合いがある。駒ヶ嶺城はかつて相馬藩の藩領だった。

橋本素助が歴史的な解析をする。

それを受け継いだのが、川合三十郎だった。相馬藩は新政府軍側に入れば、駒ヶ嶺城の奪還も可能だ、と考えている節もある。一方で、仙台藩は相馬藩の挙動がおかしいと疑いはじめている。それは、きのう捕虜にした、相馬藩の家老級の武将からの情報だ、と話す。

「地理の利を知った相馬が官軍に加われば、東北の雄・仙台は落

高瀬川（福島県・浪江町）

とせる。仙台が落ちれば、奥羽越連盟も崩壊して、会津が落ちる。浪江の戦いが、すべてを決着させる。皇国興廃の一戦だ。先陣はわが神機隊がとろう」

川合の決意で統一された。

「小笠原壱岐守が相馬領に入っている。確実な情報だ」

総督府から伝令がやってきた。

「おう、あの小笠原だ。まだ、佐幕派で根を張っておるのか。醜い奴だ」

飛び込んだ情報で、神機隊の参謀や隊長の眼が燃えた。

「広島で、小笠原が幕閣の偉そうぶった威厳を見せなければ、第二次幕長戦争はなかったのに。あの男のために、日本の悲劇がはじまった」

省三は篝火のそばで憎しみを語った。

「それで新しい国家が生れた。感謝感激だ」

奇才の佐久間儀一郎が混ぜ返した。

宿陣の部屋に戻った省三が、あしたの浪江の戦を見通すうちに、詩吟『川中島の戦い』がふいに口から出た。大先輩の頼山陽ならば、あすの浪江の戦いを前にして、どんな漢詩を詠うだろうか。

蝋燭《ろうそく》の下で、粗末な机に向かった。夜のセミがうるさく鳴いている。久ノ浜の漁師のことばが、ふいに横切った。

『8月の盆は地獄の釜が開くから、海に出ない』

省三は、あの時の不吉な胸騒ぎを思い浮かべた。

「明日から8月だ。地獄の釜が開くのか……」

もしや、途轍もない危険がわが身に及ぶのか。綾には、もう会えないのか。もし死んだら、綾も両親も悲しむ。

『あふくかな　千里の外も　へたてなく　君と父とに　つくすまことを』

綾は、永遠の愛を詠ってくれた。

きょうの敵将の命乞いが浮かぶ。一方で、省三の脳裏には割庄屋の湯船の裸身の綾が思い浮かんでいた。寝床で裸身の綾を愛した、それは言い表わせない昇華だった。もし、わが子が綾の体内に宿っていたならば……。

綾はわが子と生きるために、他に嫁ぐ。他の男に抱かれると思うと、心がかきむしられる。綾と祝言を挙げてくれればよかった。高間家の嫁にしておけばよかった。綾は誰にも渡したくない。

「返歌は要りませぬ、無事にお帰りくださいまし。それが返歌です」

綾への手紙を書きはじめた。

『もし拙者が戦場で死したならば、綾は千里の外を詠んだ和歌を弔魂場に奉納してほしい。ふたりの愛は永久にある』

そんな内容だが、途中で破り捨てた。綾が涙する手紙しか書けない。

(千里の彼方まで、綾は想ってくれる。それを胸に収めておけばよいではないか。こちらから綾を涙させることはない)

省三は、そう自分を納得させた。

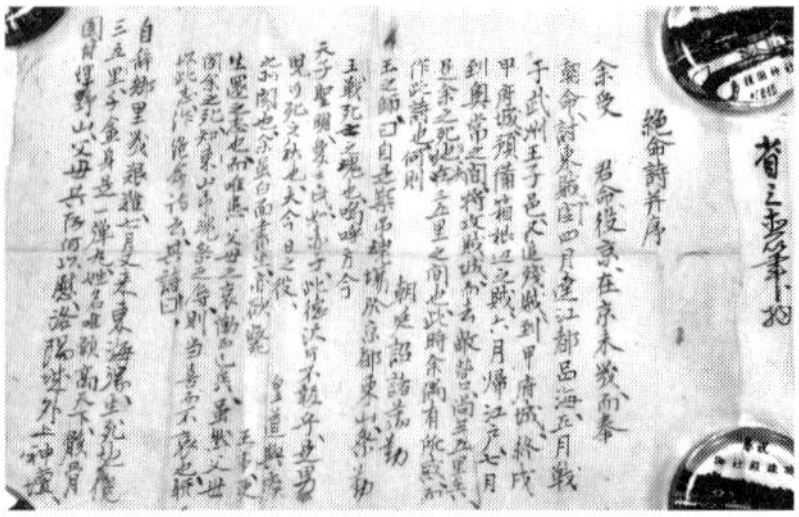

高間省三の最後の手紙『絶命詩並序』
広島護国神社提供

「頼山陽の二世」とまわりから言われる。才は及ばずしても、「絶命詩並序」を作ってみた。この際、両親あてに手紙を書こう。

『殿さまの命を受けて、京都に上がり、幾日も過ぎないうちに、朝廷の命令を受けました。東の賊を討つために、閏4月には江戸の品川の海に達しました。5月には武蔵国の王子村で彰義隊と戦い、また残る賊を追って甲府城までいきました。甲府城の役を終えると、さらに箱根あたりまで賊を追い、6月には江戸へ帰ってきました。

7月は奥羽と常陸の間（平潟）に到着しました。まさに、賊軍の磐城平城を攻めようと決めました。しかし、敵の城兵は逃げた後でした。ここから会津城まで35里です。私の死地はこの35里の間にあります。

私はいま偶々思うところがあり、『絶命詩並序』の詩を作りました。なんとなれば、朝廷や諸藩の勤王の士がいうには、これより弔魂場が京都東山に築かれるそうです。そして、勤王の為に戦死すれば魂が祀られるという。

ああ、天皇は明徳を想い、純心に武士や民を赤子のごとく愛す。皇国の興廃は今日の戦いにありです。この徳に報いるためにも、男児の死ぬべき時は今です。

私は色白の書生ですが、天皇のために死ぬことを欲します。さらに生きて還る志はありません。

ただ、父母の悲しむことだけが心残りです。私の死を聞いたとしても、父母は東山の弔魂場に私の魂があると想い、悲しまずに喜んでください。ひとまず、この志をもって絶命詩を作りました』

自辞郷里幾艱難　七月又来東海端
生死地僅三五里　千全身是一弾丸
姓名唯顧高天下　骸骨固甘埋野山
父母共存何以慰　洛陽城外上神壇

8月1日
神機隊は朔日《ついたち》の朝、決まって儀式を行う。宿陣に近い広場に簡単な祭壇が作られた。神酒、洗米、塩が供えられた。川べりに仮設の御舞臺《おぶたい》をこしらえていた。楽隊が演奏し、御旗方の4人がそれぞれ『錦の御旗』、『藩旗』、『隊旗』を掲げる。そして、それぞれ隊長たちの訓示がはじまった。

「皇国の戦いが、この浪江の一戦にある。浪江が落ちれば、相馬藩は降服して官軍につく。その密約は一部の者とできている。そうなれば、伊達仙台藩が孤軍だ。かならず落ちる。仙台が敗れると、会津がたちまち落ちる」

川合がきょうの戦いを鼓舞《こぶ》し、激励した。

「新たな吉報だ。東北遊撃軍の参謀に、われら神機隊の船越洋之助どのの、下参謀に池田徳太郎どのが任命された。神機隊の名誉だ。東北遊撃軍は秋田、米沢、陸奥、庄内を攻撃し、会津の背後に迫る。これが、岩倉具視公から大坂に残留を要請された真意だった。神機隊の黒田益之丞どのが隊長で、出陣する」

藤田次郎がそう報告した。どよめきが起こった。

「昨年末、御手洗から『3藩進発』で、薩摩と長州兵を京都に上げた。それがわれら神機隊の家臣組だ。京都御所を守るためとはいえ、野犬を手放したかたちになった。それが諸悪の根源で、大規模な戊辰《ぼしん》の戦いにまでなった。戦争責任と人民安堵《じんみんあんど》のためにも、一日でも早く戦争を終結させる。そのためにも、この浪江の砦を落とす」

加藤種之助が3藩進発の根拠を簡略に説明した。

「われらはなぜ白河、二本松、会津の道は選ばずして、距離の長い艱難辛苦《かんなんしんく》の浜通りに戦いを求めたか。日和見と言われた、芸州広島藩の名誉回復だけだ。松平容保公が皇国の国家を認めて恭順書に署名すれば、それだけで戊辰の戦いは終わる。いま会津を敵にするが、芸州広島藩はけっして容保公を憎んではいない。むしろ、われらに罪があるのだ。戦いの目的は会津落城ではない、容保公に恭順書を提出させることだ」

藤田太久蔵が菊の御紋の旗を指す。

「連日、多くの同胞の犠牲を払いながらも、連勝つづきだ。きょうは八月朔日、気持ちも新たに突撃していく。頼山陽二世といわれる高間隊長が七言絶句を詠んだ。『絶命詩並序』だ。拙者が謡う」

橋本が七言絶句をしっかり記憶していた。

軍服姿の省三が橋掛りからしずしずと舞台に登場し、祭壇の前で正座し、深々と一礼をする。

そして、きびきびした動きで舞いはじめた。

『故郷から幾里も離れて苦労をしてきた
生死はこの先三五里の間にあり
この名まえは天下に高く顧みられ
何が父と母の慰めとなるだろうか
七月には東海の端までやってきた
われらの身は全て一発の弾丸である
亡骸は深く野山に埋められる
京都洛外の神壇に祀られることだ』
（絶命詩並序・現代文）

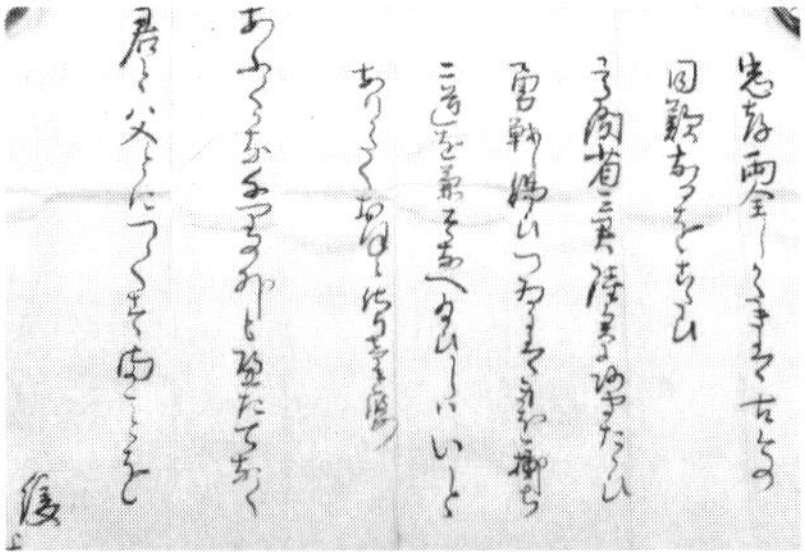
『あふくかな　千里の外も　へたてなく　君と父とに　つくすまことを』の原文　広島護国神社提供

省三の『絶命詩並序』の能の舞いが終わると、みずから謡う。
『あふくかな　千里の外も　へたてなく　君と父とに　つくすまことを』

省三が恋慕のこころを優雅に舞う。農兵たちは藩・学問所の助教、20歳の英才をじっと見つめている。

ここに２００人余りの隊員らがいるのか、と思うほど静寂で、省三の声だけが響く。舞が終わると、

「きょうの余はかならず、敵の砲台から3、4の砲台を奪う。芸州男子の技量を示さん」

省三からまず神酒を飲み、その盃をまわす。さらに米を噛み、塩で身を清め、火打ち石で切り火をする。

「出撃するぞ」

省三は、硝煙で顔が真っ黒な大砲隊の一人ひとりを見つめた。

重かった雨雲から、わずかに降りはじめた。本降りの雨になりそうだ。敵兵は多いが、火縄銃は雨に弱い。それに期待した。

省三たちは大砲をもって高瀬川の河岸へと進む。銃隊がその右側に備え、進行する。道々には昨夜、筑後藩、伊州津藩が放棄した小銃や兵器が散乱していた。いかに狼狽《ろうばい》したか読み取れる。死屍もまだ放置された状態だった。

神機隊は高瀬川の土手までやってきた。この向こうに相馬藩主、元老中の安藤信正、小笠原がいると思うと、省三は武者震いする自分を意識した。

「ここに、広島藩の名誉回復の戦いがあり。対岸の丘陵には、きっと砲台があるはずだ。狙いを定めよ」

省三は上下の角度と方位の微調整をさせた。

「撃て」

省三は号令を発した。対岸の丘に直撃した砲弾が破裂する。雨がやや強まってきた。2発、3発と撃つと、疎林の陰から5、6人の足軽が出てきた。高瀬川の橋に火を放つ。わが進路を遮断する作戦だ。この橋を川に落とされてしまうと、神機隊の攻撃力が弱まる。

「われらは斬り込んでいくぞ」

省三はすぐさま、山縣たち10数人を指名する。そして、草土手を駆け下って行く。橋床から黒い煙が上がる。雨で、弱々しい炎だ。

「橋を渡るぞ」

省三たちは小銃を発砲し、猛進して橋床を駆けていく。橋の袂の足軽があわてた様子で逃げていく。

「まず、火を消せ」

隊兵らが踏み消したり、叩き消したりする。

火縄銃は散発的と思いきや、連射のように銃声が響く。それだけでも、浪江の陣には敵兵が数千人いるとわかる。相馬藩主と元老中たちがいるのだ。負けられない。

橋本素助の小隊が渡ってきた。この橋本隊は丘陵を迂回し、左側の山脈へと向かう作戦だ。

「二重の強固な砲台がありそうだ。高間君、細心の注意で、大胆に突撃せよ」

「了解」

丘陵の手前が平坦な田んぼだ。樹木の遮断が少なく、身を隠す場所がなく、暴露している。

雷雨が激しくなった。刀や銃は鉄製だから、落雷を招くかもしれない。その不安もぬぐえなかった。

対岸からは寝そべった丘陵に見えていたが、近づくと堀切、土塁などがある。さらには、二重の胸壁を築いている。敵の守備はすこぶる備わっていた。

そのうえ近づくほどに、故意に道が細く曲がりくねっている。道の泥がぬかるんでいた。2軒の農家の陰には、敵兵が潜伏していた。発砲してきた。応戦する。突破した。目の前は、背丈の2倍もある石組みの急な崖だ。先頭の省三は背中に刀を背負った。登りはじめた。

「わしらは高間隊長の下で戦える、誇りだ」

高橋伍長が真後ろにつづく。

「隊長は勇敢だから、敵弾が恐れて避けて通る」

山縣隊長補が石壁を登ろうとすると、西側のわずかな林のなかから伏兵が立ち上がり、高間隊の背後を襲う。こうも大勢の兵士が、疎林に身を隠していたのか。応戦するが、こちらに犠牲者がでた。

この銃撃戦に気づいた橋本素助の隊が応援に駆けつけてくれた。橋本隊が一斉射撃する。敵兵はたちまち狼狽し、200人、300人の兵が乱れてちりぢりと敗走する。

「かたじけない」

省三は一礼すると、あらためて石垣を登る。高橋、山縣などがつづく。続けざまに稲妻が光る。落雷が響きわたる。

雨がいっそう強くなった。次は盛り土だ。斜面を登るが、足もとがぬかるんで滑る。ズボンも泥だらけだ。獣道も利用する。

大砲の真下の方角に進む。相馬・仙台の大砲は真下を討てない。ここまで来ると、あとの攻撃は火縄銃だけだ。こんどは、切り立つ壁をよじ登る。

「この砲台で、1門の大砲は奪うぞ」

省三がやがて、溝を掘った堀切を越えた。雨の筋が風で斜めになる。銃弾が耳もとの空気を切る。

「山縣や高橋は、ふたりして右手の砲台を攻撃しろ。拙者は真上の砲台だ。3つも大砲を奪えば、相馬藩の士気が萎《な》えるはずだ」

省三は呼吸を測り、胸壁を登り切る。稜線に陣取る砲台に立ちあがった。雨風が吹き抜ける。

「芸州広島藩の神機隊だ。備後国三次住宍《しし》戸《ど》定広《さだひろ》作だ」

愛刀を抜いた省三は、4、5人の砲兵に襲いかかった。斬り倒す。すぐさま、ピストルを連発した。見たこともない短銃に驚いた砲手たちは、一目散に逃げだす。なにもかも投げ棄てていく。

「われら神機隊、浪江の砲台に一番乗り」

省三は砲台の上で勝ち名乗りを挙げた。2度、3度と刀を振りあげた。

ぴかっと光った。1発の銃声が響いた。と同時に、銃弾の衝撃で省三の上半身がのけぞった。省三の顔面と後頭部から、真っ赤な血が飛び散った。

省三は反射的に刀を杖にした。強烈な激痛が頭部から全身に駆けまわる。

「綾、アヤ……、やられた」

省三のとっさの言葉は、上顎の骨が砕けて声にならなかった。銃弾貫通の省三は、なおも刀を杖にして突っ立っていた。全身が崩れかける。

（ここまでの命だったのか。無念だ）

飛び散った血が目に入り、真っ暗になった。倒れたら、このまま死ぬ。踏ん張った。

「広島に帰りたい……」

血を吐いた。急激な悪寒に襲われた。視力が全くなくなった。

「高間隊長、報告します。となりの砲台から敵兵を追い払いました。完全に討ち取りました」

山縣がそう言いながら、省三に駆け寄ってきた。

「隊長、この血は……」

と手をかけた時、省三の身体が地面に崩れ落ちた。

「高間隊長がやられた」

山縣が大声で叫ぶ。

隊兵たちが次々胸壁を登って、駆け寄ってくる。

省三のうわごとは、言葉になっていなかった。

「軍医をよこせ。軍医の小川道甫どのはどこにおる」

敵兵を高間隊長に近づけるな、とまわりでは銃を乱射している。

「おらが隊長、死なないでくれ」

号泣がとりまく。

小川が丘陵を登ってきた。まだ脈はある。弾が貫通しているが、脳(細胞)は外れておる、と診る。

「この流血は致命的だ。もうすぐ、高間隊長の意識がなくなるはずだ。話しかけてやれ。魂を死線から呼び戻せ」

小川が布で止血する。

誰もが大声で、省三の名を呼ぶ。なかには『綾さん来たぞ』と精いっぱい叫ぶものもいる。全員が必死だった。

「あふくかな　千里の外も　へたてなく　君と父とに　つくすまことを」

最後の力だろう、省三の口から和歌が途中まで洩れてきた。

「高間。生きて還れば、綾さんに逢えるぞ」

藤田太久蔵、橋本素助らがくり返し呼びかける。

「息が切れた」

小川が、ひとこと言った。

一瞬だれもが、嘘だろう、という顔になった。

「りっぱな隊長が、わしらみたいな農民に学問を教えてくれた。死なないでくれ。たのむ、死なないでつかあさい。隊長が必要なんじゃ」

隊兵たちが、高間省三のからだに覆いかぶさって泣いた。

「……最期は壮絶な攻撃で死す。口惜しいな、高間君」

加藤種之助が言った。

「敵の最大の砦を破った。これぞ、英雄だ」

川合三十郎が目頭を押さえた。

エピローグ

広島城の裏手には、疎林の小高い丘がある。４歳の少女が坂道を駆けていた。樹の陰に隠れては顔をだす。悪戯《いたずら》を見つけられたように、また駆ける。

「転びますよ。そんなに駆けては」

「かかさま、早く。こっちよ」

「そんなに急がなくても、お墓は逃げませせぬ」

周囲の梢ではセミが鳴く。その坂を、もうひと折れする。娘の脚は速い。そんなにも、父親に早く会いたいのだろうか。額の汗をぬぐう綾は、木桶と盆花と線香を持っていた。高間省三は福島・双葉町の自性院《じしょういん》に眠る。死後に隊士らが遺品をすべて持ち帰ってきた。そのときの遺髪だけが、広島の高間家の墓に眠る。いつも花が溢れ、墓前に挿す隙間がなかった。そばには、背丈よりも高い石碑『高間壮士之碑』があった。『明治3年孟春　阪谷素撰文』と掘られている。それは省三の恩師が戦績を書いたものだ。綾は、ここに来るたびに全文を読んでいた。

「また、あのオジサマが来ているよ」

それは飛車顔の川合三十郎で、いつもながら大股で坂道を登ってくる。墓の前で、４歳の娘はそれなりに挨拶ができた。

「綾さんに似て、美しい子になった」

「目もとがそっくりでしょ、省三さまに。性格もよく似て活発です」

女児が勢いよく赤とんぼを追って駆けだした。

「綾さんは、いつまでも若く美麗《びれい》な娘さんだと思っていたら、この頃は母親の美しさになってきたな」

「あら、川合さまもお世辞を言われるのですね」

綾は微笑んだ。このごろはやっと、人前でも笑顔がつくれるようになった。

「先般、福島の双葉町の自性院に行ってきました。３回忌には出向けず、心の負担になっていたが、多少はすっきりできた」

「あちらは、いかがでしたか」

「まだ、神機隊はどこも仮の墓石だったから、このたびは一通り石屋に頼んできた。福島のひとは、亡き兵士たちの墓に花を活けてくれておる。敵味方を超えた、丁寧な墓守りには驚かされた。久ノ浜も、広野も、磐城平の墓もみなそうだった」

川合は心から感謝している、とつけ加えてから、

「なぜ、敵味方に分かれて、こうも熾烈《しれつ》に戦ったのか。会津戦争は必要だったのか、と改めて疑問に思った」

「それを否定したら、省三さまが哀れです。戦いで死んだのですから」

「さようだな。高間家に入れず、戊辰戦争が綾さんの人生を狂わせた。許嫁として7、8歳から、ふたりは仲良くしておったのに」

「死を聞いた日から、もう、それはないと思いました。高間家には、弟さんがいますから。いまは、省三さまの子を授かった、それだけでも幸せな綾だと思うようにしております」

綾はふと、割庄屋の一夜を思い起こした。この身体にヤヤを宿してほしい、と女の自分から頼んだ。恥ずかしかった。でも、それも正解だったと思う。省三の子どもを宿せたのだから。

「男の児ならば、高間家にも入れただろうに」

「それはいいんです。川合さま、これまで私は神機隊の話となると、つらくて、悲しくて、両手で耳を塞いできました。でも、わたしは母親。やはり、知っておかなければ……。省三さまの遺児《こ》に、いつか語って聞かす日が来るでしょうから。最期を教えてくださいまし」

「あれは8月1日の朝です。まず、高間君は綾さんの和歌で、美しく能を舞った。お神酒で決意を固めてから、浪江の砦へと討ってでました。雨が降りはじめたけれど、火縄銃の攻勢は激しかった。3時間ほど経った頃でしょうか。高間君が一番乗りで、浪江の砦を破った。とたんに、一発の銃弾が高間君の顔から抜けた」

「……聞かせてください。その先までも」

綾が涙声で訊いた。

「最期のことばが無念というべきか、綾さんの和歌です」

「あの和歌ですね。御手洗にいく船上で詠いました」

「浪江の砦には、相馬藩主、落城した磐城平城主の安藤信正（元老中）、小笠原壱岐守（元老中）らがこぞって集結しておった。敵は最強の布陣で、圧倒的な戦力だった」

浪江の砦が落ちると、相馬藩が予想通り官軍に寝返った。わが官軍は援軍の兵を増やしながら、駒ヶ嶺、初野口、旗巻峠、伊達仙台の領内へと、攻撃と守勢とを連日くり返し北上した。仙台藩にも大勢の死者がでた。一方で、35里の長い道のりを選んだ神機隊には、もう戦うな、と大総督府から命令が下るほど、まともに歩ける兵がいわきで276人いたが、50人もいなかった。

仙台青葉城の凱旋では、神機隊は最も悲惨な傷ついた隊だった。

「伊達さまは強かったのですね」

「さよう、さすが東北の雄だ。奥羽越列藩の求心として、31藩をまとめた意地もあろう。反撃のすさまじさは言い表わせない。しかし、伊達仙台藩が落城すると、もはや会津容保公は士気を失くし、白旗を挙げた。陸前浜通りの勝敗が、会津戦争を決めた。仙台藩とすれば、浪江が最も重要な戦略地だった。そこに一番乗りした高間砲隊長は、会津戦争の最大の英雄です」

「省三さまの武勇を誉めてあげたい。いま、そんな気持ちになれました」

「ただ、20歳の燃える炎は、新しい国家建設に役立ててほしかった。しかし、優秀な彼すら浪江で燃えつきてしまった。実に、もったいない」

「省三さまの炎が幾千里のかなたに行かれても、わたくしの心のなかで、あかあかと燃えています」

綾の眼には涙が光っていた。

【了】

あとがき――幕末史の真実を浮き彫りにする

このあと神機隊はどんな展開をしたのだろうか。「浪江の戦い」の攻防で敗れた相馬藩は新政府についた。言い方を変えれば、寝返ったのだ。

仙台藩は最後の防衛線となる藩境の、「駒ケ嶺の戦い」で、大量の藩兵を投入し、死力をつくす。一方、芸州広島藩・神機隊のほうは戦死、負傷、傷病で、もはや戦える兵卒が軽症者をふくめても80人ていどであった。

仙台藩の反撃ははげしく、新政府軍はなんども後退ぎみで、第三次の攻防戦にまでおよぶ。四条総督からの要請で、壮絶な戦いの経験がある神機隊が、またしても主戦の表舞台に立った。かれら約80人は英知ある戦術で、仙台藩の陣営を正面から中央突破してみせたのだ。ここから仙台藩が崩れ落ちた。慶応4（1868）年9月に仙台藩が陥落すると、連鎖して会津藩主の松平容保が降伏した。

こうした神機隊の活躍をもってしても、日和見といわれた広島藩の名誉は回復されず、明治政府のなかで中核とならなかった。ところが、明治26（1893）年に発行された『軍人必読　忠《ちゅう》勇亀鑑《ゆうきかん》』には、高間省三が3ページにわたり、幼少の性格から浪江の戦いで死すまで紹介されている。日本武尊、加藤清正、徳川家康らとともに英雄に列せられているのだ。戊辰戦争の武勲で登場するのは西郷隆盛でもなく、板垣退助でもなく、高間省三ただ一人である。

慶応3年12月9日に新政府が樹立された当初は、皇族と公家、そして広島、福井、土佐、尾張、薩摩の五大名と上級藩士たちが三職を占めていた。戊辰戦争、函館戦争が終結してくると、薩長土肥の下級藩士が新政府の中央政局のなかで登竜し、要職を占めはじめた。戦争だ、武装だ、強兵だと勇ましく声高な人物ほど、とかく政治の中心につくもの。広島藩執政・辻将曹がかかげた平和主義は、富国強兵政策の下では軟弱にみえたのだろう、真っ先に政局の中心から外された。

新政府を擁立した他の大名や重臣たちも、おなじく活動の場をふさがれ、次々と重職から追われて姿を消していく。と同時に、薩長の藩閥政治が色濃くなってきた。やがて、中央集権の国家体制から西郷隆盛、板垣退助らも野に下った。西南戦争で薩摩の勢力が落ちた。

強力な権限をもちはじめた長州閥の政治家たちは、日清戦争、日露戦争で勝利したあと、ヨーロッパ列強と肩をならべる国力になったと、得意満面だった。かれらは貧農、下級藩士の出身者が多かった。自分たちが歩んできた歴史を大きくみせたい。徳川政権を武力で倒幕したのだと胸を張りたい。その威厳と権威づくりから、御用学者をつかった徳川政権を見下す史観が広がりはじめた。

そうしたなか、明治42年に、広島藩・浅野家が編さんした『藝藩志』が完成した。

「長州藩はダシにして軍事同盟の一員に加えた」という趣旨で、その経緯が書き記されている。さらに徳川倒幕の詔書《しょうしょ》は偽物であり、薩摩と長州はともに分裂した藩論を統一する偽装工作から、謹慎中だった岩倉具視の腹心である玉松操に書かせたものだと詳しく記しているのだ。

長州閥の政治家は幕末当時、下級藩士ゆえに詔書が偽物だと知るよしもない。『藝藩志』を読んだかれらは「あの詔書が偽物だったのか。天皇の命令だと信じて疑わず、3藩進発に参加したのに」とおどろいたことだろう。訂正要求もせず、即座に、『藝藩志』は封印された。広島藩の幕末史は闇のなかに葬られたのである。

昭和53（1978）年に『藝藩志』がわずか300部復刻出版された。それは既成の幕末史を覆すほど、おどろくべき内容であった。原文の書体や文体は読みにくいので、平成26（2014）年に『二十歳の炎』として小説化した。五刷りまでいったが、出版不況で幕を閉じる運命となった。「芸州広島藩を知らずして、幕末史を語るべからず」という帯も閉じるのか。幕末の真実はここに消えるのか。そんな思いのさなか、一連の趣旨を理解してくれた関係者のはたらきかけで、新装版として刊行してくれたのが広島の南々社だった。

「歴史から学ぶ」には、まず歴史が真実でなければならない。歴史の歪曲は国民のためにならない。新装版の『広島藩の志士』発刊に際して、この「あとがき」を書くさなか、私は前々から疑問に思っていた明治新政府を樹立した主役たちの日記を調べてみた。

予想通り、おどろくべき事実があった。

尾張の徳川慶勝、福井の松平春嶽、薩摩の小松帯刀の日記には、慶応3年から明治元年分が欠落しているのだ。なかには焼却された跡があるという。土佐の山内容堂の日記も現存していない。岩倉具視の日記も丙丁（焼く）に伏す。長州の木戸孝允は死ぬ寸前まで1日も欠かさず日記を綴った人物だが、明治元年4月1日からしか確認できない。大久保利通の家は明治22年に火災に遭って、日記の原本はない。誰が、いつ、どのように、これら大物たちの日記を廃棄させたのか。薩長芸軍事同盟による倒幕から新政府樹立に関わる期間（約5か月）が空白で、まさに歴史ミステリーである。

これまで歴史学者や歴史作家たちは、なにを根拠に論じたり、ストーリーを展開したりしてきたのだろう。学術書すらも作り物なのか、あるいは推測なのか、と疑惑がわいてくる。

幕府方の徳川慶喜、小栗上野介も調べてみると、日々の進行形で書かれた日記がまったくない。当時を知る大藩の旧重臣らも語らず、書き残さず、その色合いが濃厚である。明治以降の政府から闇の脅しが広範囲にあったのだろう。150年前から現代のどこかで、焚書《ふんしょ》がおこなわれていたのだ。闇から闇へと幕末史のねつ造を指図した人物がかならずいる。

『防長回天史』においても、毛利家は維新史編さん事業の途中で、長州出身の井上馨の横やりが入り、嘘と真実という対立のトラブル続きで、同家はとうとう編さんを放棄している。挙句の果てに、長州藩士でない人物による井上色の強い私的な編集に切り替わったのだ。

その点、『藝藩志』は訂正されず、封印が早かっただけに、ペリー来航から明治4年まで記述が連続し、克明に残存する貴重な資料となり得た。だれもが信じて疑わない「薩長倒幕」という用語すら政治的な作為を感じさせる。それをねつ造するための焚書の可能性が高い。奇《く》しくも生き残った『藝藩志』である。この『藝藩志』をより忠実に小説化した本書は、単に小説にとどまらず幕末史の定説を覆す、明治維新の真実を浮き彫りにする役割をもった物語ともいえよう。

２０１８年２月

穂高　健一

参考・引用文献

川合三十郎・橋本素助編『藝藩志』
武田正視著『木原適處と神機隊の人びと』
修道学園『修道開祖の恩人・十竹先生物語』
諏訪正編『維新志士・新谷翁の話』
澤井常太郎誌『池田徳太郎補傳』
尾川健著『戊辰戦争と広島藩兵』
『広島県史』
ほか、作中に明記

写真提供
広島護国神社（口絵、本文）
御手洗重伝建を考える会（口絵）
明治神宮聖徳記念絵画館（本文）

地図製作
有限会社マップ・タンク

イラスト、写真、略図の協力
伊藤敦、滝アヤ、蒲池潤

本書は２０１４年に日新報道より刊行された『二十歳の炎』を改題して、まえがき、あとがき、口絵を付け加え、新装版で再刊したものです。

【著者略歴】
穂高 健一（ほだか　けんいち）

広島県・大崎上島町出身、中央大学・経済学部卒業。日本ペンクラブ（広報・会報委員）、日本文藝家協会、日本山岳会、日本写真協会の各会員。

地上文学賞『千年杉』（家の光社）、いさり火文学賞『潮流』（北海道新聞社）など8つの受賞歴がある。ジャンルは純文学、推理小説、歴史小説である。

朝日カルチャーセンター、読売・日本テレビ文化センター、目黒学園カルチャースクールなどで「文学賞を目ざす小説講座」、「知られざる幕末史」、「フォト・エッセイ教室」、「エッセイ教室」、かつしか区民大学では「区民記者養成講座」などの講師を務める。

「幕末芸州広島藩研究会」を1～2か月に一度、広島市内で開催・講師。首都圏の講演活動は2か月に一度くらい。

近著として、『小説3.11 海は憎まず』、幕末歴史小説『二十歳の炎』（いずれも日新報道）、祝日・山の日の制定記念出版『燃える山脈』（238回新聞連載小説を山と渓谷社より単行本）。

作家・吉岡忍、出久根達郎、小中陽太郎、高橋千劔破、新津きよみ、山名美和子、ジャーナリスト・轡田隆史、大原雄、吉澤一成、井出勉、相澤与剛、文芸評論家・清原康正の各氏と交友する。

装幀／スタジオ ギブ

二十歳の英雄・高間省三物語
広島藩の志士

二〇一八年三月一五日　初版第一刷発行
二〇一九年五月一五日　初版第二刷発行

著　者　穂高健一
発行者　西元俊典
発行所　有限会社 南々社
広島市東区山根町二七−二　〒七三二−〇〇四八
電　話　〇八二−二六一−八二四三
FAX　〇八二−二六一−八六四七
振　替　〇一三三〇−〇−六二四九八

印刷製本所　大日本印刷 株式会社

ISBN978-4-86489-081-6